刘敬堂 著

刘敬堂散文集

幽兰若故人

中国文史出版社
CHINA CULTURAL AND HISTORICAL PRESS

图书在版编目（CIP）数据

幽兰若故人：刘敬堂散文集 / 刘敬堂著 .— 北京：中国文史出版社，2019.12

ISBN 978-7-5205-1949-6

Ⅰ .①幽… Ⅱ .①刘… Ⅲ .①散文集－中国－当代 Ⅳ .① I267

中国版本图书馆 CIP 数据核字（2020）第 008707 号

责任编辑：徐玉霞

出版发行：中国文史出版社

社　　址：北京市海淀区西八里庄 69 号院　　　　邮　　编：100142

电　　话：010-81136606　　81136602　　81136603（发行部）

传　　真：010-81136655

印　　装：北京新华印刷有限公司

经　　销：全国新华书店

开　　本：16 开

印　　张：19.5

字　　数：300 千字

版　　次：2020 年 7 月北京第 1 版

印　　次：2020 年 7 月第 1 次印刷

定　　价：59.00 元

序

他山石

去年岁末，九省通衢的武汉爆发了新型冠状肺炎疫情，疫情很快波及全国，紧接着武汉封城，公路、铁路停运，城乡严防严控，小区居家隔离。各省派出的医疗救援队迅速奔赴千湖之省的湖北，打响了一场史无前例的抗疫大战。

在隔离的日子里，是刘敬堂先生先前发给我的散文集《人在江南》（后更名为《幽兰若故人》）的电子稿，陪伴着我度过了一段寒冬阴冷的日子。

我和先生结识已久，私交颇笃。因他出生在"海上第一仙山"崂山的南麓，于是"崂子"便成了他的笔名。他当年住的房子，推开窗子就能看到前海琴岛的灯塔和伸向大海的栈桥；他读书的青岛三中，就在胶州湾之滨。他在海滩上挖过蛤蜊，在退潮时赶过海，在波浪中学会了游泳。他认为大海是有生命的，每天的涨潮退潮就是大海的呼吸。他的第一部散文集的书名，是《海之恋》。

当他的人生在大海中扬帆航行时，却触到了深藏不露的暗礁！他的命运只有两种选择：要么回到温馨的海湾，要么放逐未知的荒原！他毅然选择了后者。我和朋友们在为他惋惜的同时，也为他留下的故事所感动。

25岁时，他离开了大海，也告别了崂山，千里迢迢地去了江南的一座古城，并在那里生活了57个春秋，已将那里视为他的第二故乡，于是便有了第二部散文集《西山采灵芝》。

巍峨的崂山和大海的波涛，成了他难以化解的乡愁，而江南沉淀的文化已成了他血脉中的因子。两种情感的碰撞，便成了这部《幽兰若故人》。

他一直坚持手写，前期以诗歌、中短篇小说为主。1966年以前的作品和藏书，全部在"破四旧"中化为了一堆纸灰！后来他偏重长篇历史小说的写作，只是将生活中的所见所闻和所感，顺着他的笔尖流淌在纸页上，散见于报刊中。因他疏于保存，不少作品和手稿已难以收集。幸好他将部分手稿和作品赠送给了市图书馆，中国现代文学馆也收藏了他的部分作品和手稿。

从这三部散文集中，能依稀看到他 83 年的人生轨迹。

来势汹汹的疫情已被三月的春风扫荡而去，小区里的白玉兰和桃、李、杏、梨次第开花，已是春深如海。我似乎闻到了一种久违了的芬芳，也许江南的幽兰已经吐蕾绽放了。

2020 年 4 月 6 日 于青岛

目 录

第一辑　江南风物

第二辑　挑灯温史

第三辑　文苑轶事

第四辑　芳草天涯

第五辑 乡愁如酒

第六辑 文坛拾珠

第一辑

江南风物

寻访二十四桥

最早知道二十四桥，是在杜牧的那首诗里：

> 青山隐隐水迢迢，秋尽江南草未凋。
> 二十四桥明月夜，玉人何处教吹箫。

不知道为什么，自读了这首诗以后，我对扬州这座古城便难以忘怀了。过去，虽数次路过扬州，也曾在瘦西湖一带寻访过二十四桥，但却令我大失所望。我曾问过湖畔的年轻游人，他们听了，摇着头，一脸的茫然；我还向一位卖工艺品的老人请教过，他说，那座桥早就坍掉了！我本是为领略那座古桥的诗情画意而去扬州的，听了此话，只好怀着一种难以名状的惆怅而归了。自此以后，二十四桥便成了我的一个心结。

江南河多，河多桥亦多。著名园林艺术家陈从周，在他的《水乡里的桥》一文中是这样写的："在水道纵横、平畴无际的苏南、浙北一带，桥每每五步一登，十步一跨，触目皆是……一桥如带，水光山色，片帆轻橹，相映成趣。每当舟临其境，必有市桥相迎，人经桥下，常于有意无意之中，望见古塔钟楼。"这与白居易在《正月三日闲行》中的"绿浪东西南北水，红栏三百九十桥"，有异曲同工之妙。

江南的古桥，充满了人情味：山村村头的小桥，宛若河边浣纱的村姑；瓜州古渡的石桥，如一位站在夕阳里的老者，正在目送远去的故人；太湖岸边的古桥，像一位年迈的慈母，正在等候游子的归来；西湖上的那座断桥，欲向世人倾诉一个凄美的故事；金陵城里的那座文德桥，像一位左右逢源的游客，他左手牵着"天下文枢"的文庙，右手拉着枕河而居的秦淮人家；苏州城外的那座枫桥，正将诗人的心事，托付给寒山寺的钟声……

除杜牧之外，不少人对二十桥也有不同的说法。宋代的姜白石说："二十桥犹在，波心荡，冷月无声。念桥边红药，年年知为谁红？"《扬州慢》。红药，即芍药，花大艳丽，是扬州名花。

韩琦在他的《维扬好》里写道:"二十四桥千步柳,春风十里上珠帘。"

吴文英在《风流子·芍药》中,有"二十四桥南北,罗荐香分"之句。

北宋的科学家沈括,在他的《梦溪笔谈·补笔谈》中写道:"扬州在唐时最为富盛,旧城南北十五里一百一十步,东西七里三十步,可记者有二十四桥。"他不但详尽写出了二十四桥的桥名,还写出了每座桥的位置。

清初学者吴绮,曾对二十四桥进行过考究,他说:"出西廓二里许,有小桥……"题曰:"烟花夜月",相传为二十四桥旧址,盖本一桥,会集二十四位美人于此,故名。在《扬州鼓吹词序》中,他认为,二十四桥原本就是一座桥!

现代著名画家丰子恺,在教其子读姜白石的《扬州慢》时,引发了对二十四桥的好奇,他曾于1955年到了扬州,打算对二十四桥进行实地考察。扬州的司机听说他要去寻找二十四桥,便告诉他说:那个地方很远,也很荒凉,你们去做什么?并不太愿意驱车前往;丰子恺耐心说服了司机,司机才同意了,驱车将他送到了一片山野荒地,丰子恺看到"桥下水涸,最狭处不过七八尺。"并没找到那座令他神往的古桥,更没看到站在月光下吹箫的玉人!只好乘兴而去,败兴而归了。

他回去之后,特意画了一幅《二十四桥仍在》的漫画,还写了一篇《扬州梦》,记述了他在扬州探访二十四桥的经过。

扬州到底有没有二十四桥?它是一座桥,还是二十四座桥?他越是弄不明白,就越是好奇。

这都是因为——杜牧。

出身于长安的杜牧,其祖父杜祐曾任过唐代的三任宰相。他家学功底深厚,博通经文,才华横溢;早年间写了一篇《阿房宫赋》,传颂京城。考中进士之后,他便离开长安,在任淮南节度使掌书记期间,曾迷恋扬州的灯红酒绿,有时甚至夜不归宿。他曾写过了一首《遣怀》:

> 落魄江湖载酒行,楚腰纤细掌中轻。
> 十年一觉扬州梦,赢得青楼薄幸名。

此诗一出,风流无拘的杜牧,名噪一时。

不过,杜牧在任黄州、池州和睦州刺史之后,不再放浪形骸,还能兴利除弊,同时,他的诗风也清丽高朗起来,如他的《山行》:

远上寒山石径斜，白云生处有人家。

停车坐爱枫林晚，霜叶红于二月花。

他的那首《泊秦淮》，更是脍炙人口：

烟笼寒水月笼沙，夜泊秦淮近酒家。

商女不知亡国恨，隔江犹唱后庭花。

30多年前，当我再次来到扬州时，竟然在瘦西湖上看到了二十四桥！我十分激动，便随着潮水般的游客，登上桥去。

这是一座仿建的单孔拱桥，桥长24米，桥宽2.4米，共有二十四级台阶；两侧还有24根汉白玉栏杆，栏杆上雕云镂月，此桥暗合了杜诗"二十四桥明月夜"的意境！

我在人群中边走边看，桥下一泓秋水，碧波涟漪；桥旁是雅致的煦春台，景色绝佳；但我总觉得缺少了一点儿什么；是缺了当年的古韵、吟唱的诗人？还是缺了天籁一般的箫声？还有落在桥下的明月？想到这些，便游兴索然了。

因为当年的二十四桥，已在岁月中风干了，成为一种文化，无可代替。

而今人仿建的二十四桥，虽然形似，其神却不相似，因为它缺失了古桥的灵性。

原汁原味的二十四桥，应当是有生命的。

我心中的观音阁

1

第一眼见到观音阁时，我心中便有了一种灵感，极想写一首诗，但都未能如愿。那一年，我 25 岁，正热恋着诗歌。

我的寓所就在长江南岸，观音阁朝夕可见。

我曾听人说过与观音阁有关的人物，如东方朔、吕洞宾、伍子胥，等等，还听说了阁上的古井、纯阳楼、油盐凼的传说，也喜爱古人吟诵观音阁的诗词楹联，我更喜爱清代郑履中的描绘：

江光万顷，一碧遥涵，沙鸟风帆，往来不绝，春也；熏风徐来，江流有声，天籁争鸣，洗耳清心，夏也；万里澄清，江天一色，夜深人静，风清月白，秋也；岁暮严寒，风雪弥漫，渔人独钓于中，乐此不疲，冬也。

其实，观音阁之韵，需用心去慢慢品味，方能领会她的真谛。

2

有一年夏初，数日大雨之后，江水徒暴，人们纷纷站在堤上"看水"。此际，长江的滚滚浪涛，犹如一群野马，被鞭子抽打着，向下游奔腾而去！湍急的江水，已漫到了观音阁的窗口，倘若江水再涨半尺……我不敢多想，只能在心中默默地为她祈祷。后来。她终于安然度过了汛期，只在窗子上留下了一道黄色的水迹。

又过了几年，因众所周知的原因，我写的作品忽然成了"大毒草"，家中收藏的中外名著，也被烧成了一堆灰烬！紧接着便是破"四旧"，庙宇受到冲击，佛像被人推倒，一些人家中悬挂的楹联、中堂和家传的古董、善本古籍，都成了"四旧"，或一烧了之，或被砸碎捣毁！我更担心观音阁的命运，因为不论是她的名字，还是阁中供奉着的神话人物，以及亭、门、殿、楼等集儒、佛、道于一身的古建筑，将会面临何种命运？

不知是观音阁与堤岸之间有湍急的江水所隔？还是苍天有眼？这座压缩版的袖珍庙宇，竟然逃过了一劫。

当时十分激动，我更想为她写一首诗，但不敢写。

3

长江蜿蜒数千里，两岸胜景难以数计，唯观音阁得天独厚，无处可与之相比；还有人将她称为"万里长江第一阁"，这是世人想说而未曾说出来的"点睛之句"。不知道有多少异乡人，经过此阁时，凝目相望，浮想联翩；更不知道有几多古城人，去了天南地北，此阁已成乡愁，常萦绕梦中。

有一年早春，我曾看到两只不知从何处飞来的鸥鸟，栖息于观音阁旁边的礁石上，却不想，有人用装满石灰的罐子炸鱼，鸥鸟受惊后迅速消失在暮色中。若干年以后，当我在三亚天涯海角的礁石上，再次看到两只鸥鸟时，竟然怀疑他们就是当年我看到的那两只！

4

我曾登过观音阁，还应约写了一篇《登观音阁》的拙作。其实，我所看到的和听到的，与许多人看到的、听到的并无异样，人云亦云，了无新意，文字也无别人的深刻。属应景之作。

丙申年三月，因编纂《观音阁专集》，念征君向我约稿时，我忽然想起了要为观音阁写一首诗的心愿，于是，又去了长江的堤岸。

江堤已不是当年的模样，低矮的民房不见了，江滩上的水泥、煤炭等货物，已经让位给了新建的公园；在残存的古城墙下，群芳斗艳，嘉树争华，小亭临风，游人如织，但观音阁依旧是原貌原样。我驻足于栏杆旁边，久久凝视着江水中的观音阁，观音阁也默默地望着我，相顾无言。

在此之前，曾听说有人建议造一座桥，将江岸与观音阁连起来，游人登阁就方便了。

还听人说，若对观音阁进行装修，改成酒店或别的什么场所，人气一定大旺，效益也会不俗。

……

观音阁是一种文化，文脉源远流长，若改变了她的身份，损坏了她的模样，则是冒天下之大不韪！今人应当做的，是如何保护她，珍惜她！

望着江中的观音阁和她在水中的倒影，蓦然，我终于找到了当年的灵感：观音阁是一个可爱的小女孩儿，当她随大人走到这里时，便挣脱了大人的手，跑到江中，一边调皮地戏水，一边笑着、唱着，既不回到岸上，又离大人们不远，既让人爱怜，又让人牵肠挂肚……

这才是观音阁在我心中幻化出来的形象。

不过，心中的那首诗，还是未能写出来。

没有桃树的桃花岛

季春时节，友人约我前往长江中的桃花岛——邵家新洲踏青时，我一口就答应了。

在此之前，我曾去过韶山的桃花源，山坡上的桃花开成了一抹丹霞，山风拂来，落英缤纷坠入桃花潭中，在涟漪中与枝头的桃花相互照应，养眼又舒心，有一种唐诗中的意境。但也有点遗憾：一是桃花开得太热情、太奔放，甚至有些疯狂，少了些含蓄和矜持；二是游人如织，车辆塞道，过于喧哗，影响心情。

两年前，一位女作家说她发现了一座桃花岛，待去看时才知道，在她的窗外确有一座似被人遗忘了的袖珍小岛，岛上尽是自生自灭的野桃树。我们一行人在密密麻麻的野桃林中走着，满眼皆是绽放的桃花。刚走了几步，头上、肩上便落满了桃花瓣。因无人管理，野桃成熟落在地上，次年或许便可以长成一株小桃树！虽说是荒岛、野桃，倒也有一种野趣野味，令人至今难忘。

邵家新洲的桃花岛之所以勾起我的兴趣，一是这个桃花岛在长江的江心之中；二是这个岛与贬谪黄州的苏东坡曾有过一些瓜葛。

次日清晨，一行人便乘车东行，约四十分钟后，到达了江南的平山矶。岛主邵勇已经站在码头上等候我们了。

我们乘坐他的柴油机渡艇，向长江中的一座沙洲驶去。

"乌台诗案"后，苏东坡大难不死，被贬为有职无权的黄州团练副使，居黄州。他以为此生再也难以实现"致君尧舜"的志向和抱负，遂已做好在齐南（今黄州）终老一生的打算。故一到黄州，他就"求田问舍"，准备购买田地。他先后选择了黄州柯丘的田地、定襄胡家的田地、荆南的庄田和武昌（今鄂州）的田地。但由于种种原因，他的买田计划未能实现。

在这个江心岛的南岸，当年有个叫"车湾"的村庄，那里住着一户戴姓人家，是苏东坡的四川同乡，彼此常有往来。

早春二月，雨后初晴，同去的一行人中，有的在垂钓；有的在油菜花海中拍照；有画家在描绘江心岛的风光；有作家在撰写《邵家新洲记》；还有人在着手准备午间的野炊。

邵通是个不善言辞的人，他上岛已有二十三个春秋，其间经历了怎样的甜酸苦辣，他从来不说，我也不便问及。他指着长江北岸的山峦告诉我说，那里就是浠水县的兰溪。

一提到兰溪，我就记起了苏东坡的那首《浣溪沙》，词前有一小段题记：游蕲水清泉寺，寺临兰溪，溪水西流。

> 山下兰芽短浸溪，松间沙路净无泥，萧萧暮雨子规啼。
> 谁道人生无再少？门前流水尚能西！休将白发唱黄鸡。

就是这首写在江心岛对面的《浣溪沙》，八百余年来，不知感动了多少后来之人！

此词的上阕，写的是暮春三月，雨后兰溪的景色，若画若诗，雅淡凄婉。下阕借景抒怀，富有人生哲理。

我忽发奇想：江心岛上的土质，远比苏东坡在黄州曾经耕耘过的东坡要松散肥沃。当年的苏东坡，为了买田地，费尽了多少周折也未如愿，若他登上这座桃花岛，一定会后为人留下更多的传世佳作！

然而，待我登岛之后才发现，这座曾经的桃花岛上，竟不见一棵桃树！岛主告诉我们说，林业部曾经从美洲引进了五万株油桃树，栽在江心岛上。由于土质良好，长势喜人，每到春季，满岛都是鲜艳的桃花。可惜，有一年洪泛期间发生水灾，岛上的油桃树全部淹死了。

正值风华正茂之年的邵勇，当年毅然承包了这座江心的沙洲小岛。小岛长 14 公里，宽 2 公里，总面积达 27 平方公里，那是多少个标准足球场的总和啊。他在岛上种了 60 万棵速生的意杨树，在林地旁边种了油菜四千五百亩，小麦 3000 余亩，还开了近千亩的鱼塘。每到春季，他向鱼塘灌进江水，不需投放鱼苗，因为江水中自有野生鱼苗；也不需要投放鱼饵，到了秋季，便可捕捞野生的江鱼了。

这座江心岛，同时为父老乡亲们提供了创业、就业的机会。

苏东坡谪居黄州时，曾与太守徐君猷在安国寺的一座小亭中唱和。他应僧人要求，为小亭题名"遗爱亭"，还撰写了一篇《遗爱亭记》。

当年的黄州、武昌（今鄂州）一带，时有溺婴事件发生，即家大口阔的贫苦人家，若再生下女婴，怕养活不了，便狠着心将女婴放在水盆中溺死！

苏东坡听说此事后，分别向武昌太守朱寿昌和黄州太守徐君猷写了信，让他们珍爱生命；并发起成立了一个"育儿会"，富裕人家每年每户出 1000 钱。苏东坡自己虽然生活拮据，仍然捐出了 3000 钱。募来的钱由安国寺方丈掌管，若哪家生下了女婴，便购买布、絮、粮食送到那家去；并劝人家说，一定要珍惜自己的亲生骨肉。

这是一种大爱！

为了纪念这位伟大的诗人，现在的黄州城外，建起了一座规模宏大的遗爱湖公园。也是全国唯一一座以苏东坡文化为主题的四星级景区。

岛主邵勇为人十分低调。

有人建议他在岛上建座高级会所，可建造一些欧式木质别墅，再放养梅花鹿、孔雀、鸵鸟什么的；还有人建议他在岛上建造跑马场、射击场、娱乐城、星级大酒店等，以扩大江心岛的影响，增加经济收入。他听了，只是笑笑表示谢意。也许他心中已有了开发的蓝图？

我粗略地估量了一下，江心岛的 10000 多亩土地，按市场最低价千元一亩计算，早就超过了亿元。若每亩按 5000 元计算呢？他就可以坐拥数亿元了，是名副其实的土豪级人物了。若再引进项目进行深度开发呢……不知他心里是怎么想的。

邵勇陪我登上了办公室的楼顶，放眼远眺，排列成行的意杨树，枝头已有了簇簇新绿，南风徐徐拂过，宛若万顷碧波。他指着林中的一座"新四军烈士纪念碑"说，每年清明，他和岸上的学子们都要来到碑前，为烈士们扫墓。这座烈士碑是他的邵氏族人出资修建的，碑后是十六位新四军烈士的长眠之地；至于他们是新四军的哪支部队？在岛上经历了怎么惨烈的战斗？十六名新四军战士的名字叫什么？家在何处？碑上并无记载。他们无声地守望着江心岛的日落日出，春华秋实。

创业好似针挑土，败家如同浪淘沙！

邵勇以"针挑土"的意志，守候着这座江心岛，也时时提防着"浪淘沙"的悲剧发生。

在返程的摆渡艇上，我回头望了望，蓦然间觉得，在不经意之间，江心岛的春色，又浓了三分！

姑苏行（三则）

一　小巷中的石板路

　　未到苏州时，我总觉得对它有些似曾相识，如那里的小河和河上的小桥，那里的古刹、古塔和巧夺天工的园林，以及那些狭长的小巷和巷子里的人家；尤其是小巷里那些湿漉漉的石板路，在我的潜意识里，我不但非常熟悉，还在上面多次走过。也许，这与我读过的一些苏州的典故有关？

　　有一年，我与周君从大运河乘船，到了无锡，再由无锡转乘火车赶往苏州，到达时，已是晚上九点多钟了。当时，尚没有私营的旅馆、酒店，所以，下车后的第一件事，就是拿着介绍信去找招待所。

　　当时细雨迷蒙，路灯昏黄，店铺打烊，行人稀少。周君和我一样，都是第一次到苏州，因无处投宿，他的表情显得有些茫然。我安慰他说："跟着我走吧，招待所就在前面。"说着，便领着他走进了一条长长的巷子。

　　小巷两边，是一家连着一家的民房，都是黛瓦粉墙；小巷的路面铺着石板，平整、光滑，石板上湿漉漉的。我们拖在身后的影子，好像是从水中捞上来的，也是湿漉漉的，忽近忽远地追随着我们的脚步。

　　小巷是苏州的血管，柔润而温暖，它不同于北方的胡同，也不同于上海的里弄，这些被细雨打湿了的苏州小巷，倒是别有一种风韵，耐人品味。

　　我一面走着，一面想着，这些已有上百年甚至上千年年龄的小巷，它们经历过怎样的岁月？当年周天子的长子秦伯和次子冲雍，为什么选在这里避难呢？阖闾、夫差、勾践，以及伍子胥、范蠡和西施们，是否在这条巷子里走过？李白、杜牧、张继，以及明代的四大风流才子，他们大约都走过这条小巷。我由古人想起了戴望舒的那首《雨巷》：

　　　　撑着油纸伞，独自
　　　　彷徨在悠长、悠长
　　　　又寂寥的雨巷
　　　　我希望逢着

> 一个丁香花一样的
>
> 结着愁怨的姑娘
>
> ……

我想，诗人也许也走过我脚下的石板路，迷蒙的小雨给了他灵感，才让他写出了这种淡雅而水灵的文字？

我一面想着，一面在湿漉漉的石板路上走着，好像小巷的尽头，一定会有一家等待我们去投宿的客栈；暮然，我的眼前一亮：小巷深处，果真挂着一个不大的灯箱：招待所。

周君大为惊奇，问道：原来你来过这里？

我既未点头，也未摇头，其实，我也觉得奇怪，也许这是一种巧遇？

办完住宿手续，服务员领着我们去了房间。这时，窗外传来了一阵拖着长音的吆喝声：云吞——

云吞就是馄饨。

我朝窗外看了看，一个小贩挑着担子，正在小巷的石板路上走着，他的影子和他的吆喝声，也是湿漉漉的。

二 撞钟寒山寺

1500 多年以前的梁武帝，因他笃信佛教，故而佛寺遍布，吴中一带尤甚；杜牧曾在《江南春绝句》中写道："南朝四百八十寺，多少楼台烟雨中"，苏州的寒山寺，就是其中之一；又因张继的那首《枫桥夜泊》，更让这座古刹遐迩天下了。这首脍炙人口的七绝，当年传到东瀛以后，不少人慕名而来，有的人甚至守候在除夕之夜，为的是亲耳听到寒山寺的钟声。

为了听到寒山寺里悠扬的钟声，我曾多次去过寒山寺，每次去，都听到过从钟楼传出来的钟声。不过，钟声敲响时，不是在夜半，更不是在客船上。

我想，当年的行客，所乘之舟停泊在枫桥旁边，冷月高挂，白霜满地，他独自坐在船舱里，望着远处渔船上的点点灯火，扳着指头计算着，这里离家乡还有多远？

就在此时，突然传来了寒山寺的钟声，钟声猛烈地震动着他的心，这位远行的游子，一定会整夜难眠。

我永远忘不了，我在寒山寺撞钟的情景。

大凡古刹名寺，都需购票方可进去，寒山寺也不例外。不过，为了撞钟，还须另购撞钟票，每撞一声，收费5元；我想看看大钟是什么模样，也想体验一下撞钟的滋味，便付了15元，买到了撞钟三次的资格。那时的5元钱，相当于今天的50元，这已经是很便宜的了。据说，今天一些名气大的寺庙，大年初一烧一炷香，就要数百甚至数千元，听说有的还超过了万元！

钟楼坐落在大殿后边，呈六角形，有两层飞檐，十分古朴；铁铸的大钟，悬于半空，游客们排着长队，等候着撞钟：有的是一个人撞钟，有的是情侣双人撞钟；还有的是全家人或同来的伙伴们，一齐上阵撞钟！每撞一下，大钟便发出震耳欲聋的声音，继而化为了一缕缕回声，越飘越远，最后，在天地之间飘荡而逝。

终于轮到我去撞钟了！我双手抱着吊在旁边的一根粗壮木柱，向后退了一步，用力将木柱向大钟撞去，只听"轰"地响了一下，但响声不太大；于是，我的身子向后退了两步，奋力撞了第二下，钟声是比第一次大了些，但仍不理想；于是，我用尽了全身的力气，撞了第三下，这一次的钟声洪亮多了，但仍不及别人的响声！原来，别人是人多力气大，撞钟的声音也大，而我是孤家寡人撞钟，当然就不如别人撞的响亮了。我的心中虽有不甘，但也无可奈何。

离开钟楼以后，我漫步寺中，瞻仰了黄墙碧瓦的巍峨殿堂，又去了碑林；在不绝于耳的钟声中，细细默读了历代诗家留下的诗句，这是一种难得的机缘。

三 紫蘑菇之祸

寒山寺门前有一方照壁，屏障着这座千年古刹；照壁为黄色，庄重、古朴。

在中国的传统建筑中，黄色，是帝王专用的颜色，象征着至高无上的尊贵。有人说，当年的唐太宗李世民，因得到过少林寺武僧的救助，他即位后，恩准天下寺院，可涂黄色；也有人说，佛教超然世外，故用黄色。

照壁两边成"人"字形，"寒山寺"三个魏碑大字，分别刻在三块青石上，十分醒目；还未进寺，便被它气势不凡的照壁所折服了。就是这座遐迩天下的江南寺院，自建寺以来，除了经历无数次狂风暴雨和太多的动乱兵火，它还历经了一次令人难以置信的毒蛇之祸！

在寒山寺大殿后院，种植有不少花草树木，一位中年男子正在修剪树枝，他头上戴着一顶草帽，脚下是一双蓝色的旅游鞋，看不出是寺中的比丘，还是一位园艺工人。趁他坐在树荫下歇息的功夫，我同他闲聊起来；他对寒山寺的历史颇为熟悉，在谈到寒山寺的殿堂、屋宇遭到天灾人祸时，他说，寒山寺还曾被一窝毒蛇所毁——

道光年间，寒山寺里曾发生了一次令人毛骨悚然的灾难，惊动了苏州全城：

有一日，有人发现寒山寺里的全部僧人和在寺中借宿的居士，共一百四十余人，不知何故已经悉数毙命！但身上却无伤痕。

当地的乡保禀报到苏州当局，县令立即率领衙役前往查验：为什么要杀害这些无辜的僧人？杀人凶手是谁？就在查验时，死者中的一名厨师忽然苏醒了，他告诉县令说，那一天是寺中方丈的生日，寺中特煮素面招待众人。厨师看见大殿后边院子里，长出了两株巨大的蘑菇，紫色鲜艳，其大盈尺，于是，便采下做了面条的调羹浇汤。他本人并未吃素面，只是闻了闻，觉得味道十分鲜美，但闻过之后，顿时头晕，倒下了；其余人吃了面条之后，纷纷倒地而死！

县令不信，让他领着众人，前往后院查验，又发现了两株大于蒲扇的蘑菇，其色紫鲜艳。

县令命人查看时，发现每株蘑菇下面，都有一个黑洞。于是，县令命人持铁锹挖掘。当挖到丈余时，见洞中盘踞着数百条赤练蛇！最长的约有数丈，蛇头大于一只饭碗！原来，蘑菇下的黑洞，就是这些赤练蛇的必经之地，蘑菇受了毒蛇的毒气所嘘，故而含有剧毒，人食之后必会中毒而死！

县令立即下令：向黑洞中灌注菜油，点燃了火种；又用鸟铳朝洞中轰击！尽除了洞中的赤练蛇。

可怕的毒蛇铲除了，不过，寒山寺也因此荒废了多年，直到咸丰四年，才得以重新修复。

我听了，有些半信半疑；但这个细节，在《庸庵笔记》（薛福成著）里亦有记载，虽然仍未打消我的怀疑，但从此以后，便对紫色蘑菇便有了一种恐惧之感。

诗人与酒

盛唐的诗人大都爱酒，在他们留下的作品中，与酒有关的诗篇可谓数不胜数。而诗人李白，既是诗坛上的领军人物，也是饮酒的大哥大。

李白斗酒诗百篇，长安市上酒家眠。

天子呼来不上船，自称臣是酒中仙。

天宝初年，李白应诏到了长安，玄宗皇帝召见他时，由于他"论当世务，草答蕃书，言辩悬河，笔不停辍"，令玄宗大为赞赏。相传玄宗特命以七宝床赐宴，还亲手为他调羹，并诏为待诏翰林，让他入住大明宫的翰林院里，吟诗作赋，佐酒助兴。

有一天，玄宗与杨玉环在宫中的白莲池上泛舟时，玄宗召李白进宫。而此时的李白正在长安西市的一家酒肆里喝酒，已经喝得酩酊大醉，还是前去传诏的高力士将他扶上船的！

杜甫既是李白的挚友，也是他的酒友，他的一首《饮中八仙》中，既有人物，又有动作，还有对话，活灵活现地描绘了诗人的豪饮和醉后的神态。喝醉了的诗人，才更真切，也更可爱。

杜甫的另一首诗《饮中八仙歌》，写的是李白与诗友们的豪饮，其中的第一位诗友就是贺知章。李白初到长安时，认识的第一位诗人就是贺知章。李白向他自报家门时说：我乃海上钓鳌客李白！

贺知章笑着问他：以何物为钓线？

李白：以明月为勾，虹霓为线。

贺知章看到李白的《蜀道难》时，认为李白是天上的谪仙！当知道李白与自己一样都喜爱饮酒时，便立即解下佩戴在腰间的金龟，换来美酒，与李白畅饮起来。

李白自己也嗜酒如命，除了与朋友对饮，有时也独斟独饮。他在《月下独酌》中说——

花间一壶酒，独酌无相亲。

举杯邀明月，对影成三人。

月既不解饮，影徒随我身。

暂伴月将影，行乐须及春。

我歌月徘徊，我舞影零乱。

醒时相交欢，醉后各分散。

永结无情游，相期邈云汉。

　　不过，对杜甫诗中的"天子呼来不上船"一句，我和许多人一样，认为李白在酒家喝得大醉了，当玄宗召见他时，他醉成了一摊烂泥，已经无法登船了。

　　不过，也有人认为，诗中的"船"字，并非水中之舟，而是"穿"字的谐音。当君王召见李白时，他已醉得穿不上自己的衣衫了！

　　还有一种解释：诗中的"船"字，其实是指人的衣襟、衣领。君王召见李白时，李白未扣好自己衣襟上的扣子，是衣冠不整。

　　第三种解释是：诗中的"船"，指的是一种酒器。

　　李浚在他的《松窗杂录》中，有"上因连饮三银船"之句，银船，即形状如船的银质酒具。如果按照这种解释，杜甫诗中的上联当是：既然天子召我入宫，为什么不摆上酒杯呢？

　　对诗中的这个"船"字的几种解释，虽是各抒己见，并无定论，但总觉得都难以让人心服。

　　更为巧合的是，李白这位天才诗人的死，也与酒有关。

　　广德元年（公元763年），李白去投奔他的族叔、当涂县令李阳冰，他在那里将自己的诗文整理成十集《草堂集》，并委托给李阳冰。李阳冰认为李白是"千载独步，唯公一人"，并为《草堂集》撰写了序，还出资刊印行世。这位著名的书法大家，为后世留下了一笔无可替代的文化遗产！

　　也就是在这一年暮秋，李白因醉酒而死。

　　不过，他的死也有多种版本，《旧唐书》上说："以饮酒过度，醉死于宣城。"

　　五代人王定保在《唐摭言》中说："李白着宫锦袍，游采石江中，傲然自得，旁若无人，因醉入水中捉月而死。"

　　南宋的洪迈在他的《容斋随笔》中说："李白在当涂采石，因醉泛舟于江，见月影俯而取之，遂溺死。"

郭沫若则持有不同说法，他根据唐代诗人皮日休的《七爱诗》中有"竟遭腐胁疾，醉魄归八极"之句，认为李白患了"腐胁疾"，是"脓胸症慢性化，向腔壁穿孔"致使诗人死亡。

不过，我宁愿相信李白是醉后捞月溺水而死，因为这更符合李白的浪漫性情，采石矶上的"捉月亭""醉月亭"，就是最好的佐证。

旅中断想（三则）

石头无语

两块石头竖立在海滩上，不方不圆，亦不高大，任潮涨潮落，春来秋往，从来都没说过一句话。

它们既没有女娲补天石那样的神奇，也没有昆仑玉那般的尊贵，身上灰不溜秋的，看上去还有些粗糙，普通到不能再普通了，甚至没有正儿八经的名字！人们说起它们时，通常会说，刻着"天涯"的那块石头，或者说刻着"海角"的那块石头。没听人叫"天涯石"或"海角石"。

不过，人们却像中了邪一样，千里迢迢渡海而来，为的是看看它们，摸摸它们，或在它们旁边拍一帧照片，证明自己到过"天涯海角"，以了却一种心愿。

"天涯海角"虽是一个地名，也是一种意境，容易让人想到灯下缝衣的白发慈母，想到凭栏远眺的伊人，想到异乡漂泊的游子……它是一种化不开的情愫，更是一首只可意会不可言传的诗歌。

离开海滩后，听人议论，可别小看了这两块石头，它们的身价贵过黄金！每年能赚 8 亿元！当然，人家指的是门票进账。

我不大相信，不过一想，也就释然了。其实，深山野岭之中藏着多少奇岩怪石？因为人迹罕至而默默无闻；而这两块石头，因为长在天之涯海之角，得天独厚，身价自然不菲。世人想要来看，就要舍得花银子，这也无可非议。不过，一旦和银子扯在一起了，那种诗的意境也就淡了远了。

我又回头望了望，时已涨潮，浪花溅在那两块石头上，石头无语。

请君入瓶

在海口市的一隅，有一条通海的小河，涨潮时海水倒灌，退潮时河水入海。

小河上横跨一座小桥，桥上有十数人在忙着钓鱼，钓法奇特而可行：他们既不用鱼钩，也不用鱼竿，而只用一根塑料线，系着一只装辣酱的空玻璃瓶子，在瓶中放一小勺面粉，尔后将瓶子投入水中。不一会儿提起瓶子一看，瓶中竟有一条鲜活的鱼儿！鱼儿类似湖北出产的刁子鱼，有中指那么长，不过比刁子鱼肥壮一些，当地人称作"海狗"（音），用油一炸，特香。

钓客中有一位中年女子，她一共有七八只瓶子，依次投入水中，再依次提起来。提上来的瓶子有的是空的，有的有鱼，有的瓶子里甚至有两三条鱼！这些钓上来的鱼都呈一种姿势：头在瓶内，尾在瓶外！不大工夫，她已钓了小半桶！

钓具可以自己制作，也可花两三元钱买一套。卖钓具的小贩就守在桥头上，随要随供应，价廉而实用。

我试着钓了一会儿，虽是生手，却也钓了三条，心中颇乐。

我站在桥上看了一会儿，发现这些生活在河水海水交汇处的"海狗"们，非常贪吃，当它们发现瓶中有面粉时，便奋不顾身地钻进去抢食！进去后便无法回头，也无法转身，只好乖乖被捉！

我为人的聪明而折服，这种"请君入瓶"的钓鱼法，不知是何人发明的？完全可以申请专利。

我也为"海狗"们的鲁莽感到可悲，因为它们难以抗拒面粉的诱惑，才成了人们酒桌上的佳肴。

假若鹿不回头……

椰树临风而立，三角梅红若丹霞。山坡上的游人一拨接着一拨，每拨都有一位导游领队，她日复一日地重复着鹿回头的传说——

一只梅花鹿拼命在山坡上奔跑，一位年轻猎人在后边紧追不舍。当梅花鹿跑到山顶时，停下了，因为前边就是波涛汹涌的大海！

猎人离梅花鹿越来越近了，正当他弯弓欲射时，那只梅花鹿猛然回头，竟变成了一位美丽的女子！于是，猎人放下弓，二人携手而归，过起了幸福美满的日子……

有人调侃地问道："假若那只梅花鹿不回头呢？"

大家听了，纷纷议论起来，有的说，梅花鹿若不回头，就会跳进大海！

有的说，若跳进了大海，也就没有"鹿回头"这个景点了！

这时，有人说起了另一个版本的"鹿回头"：

一对年轻人出去闯荡天下，他们曾开办过旅行社，卖过服装，养过鲍鱼，但运气不济，赔光了积蓄。女的无法忍受生活的窘迫，不辞而别，渡海来到了"鹿回头"。男的苦苦寻找了三年，终于在这里看到了她的背影——她进了一家五星级酒店。他在门口等候良久不见出来，便进去打听；门卫说，她已从贵宾通道离开了。

人们开始纷纷猜测这位女士的身份和去向。有人说，她也许成了一位商界名流；还有人说，她也许去了大洋彼岸；有人说，她也许是淑女俱乐部的会员；只有一个人说的干脆：她在海里淹死了！

这是真的？

他说，是我瞎编的。

大家听了，都会心地笑了。

鹿回头，依然美丽、迷人。

也说庾楼

1

鄂州的庾楼，亦叫鼓楼，也称南楼、玩月楼。

我第一次看到鄂州的鼓楼时，心中便生出了一个念头：这座鼓楼中，一定会藏着许多故事！到底是些什么故事呢，我不知道。那是在54年以前。

我当时在鄂城县总工会工作，总工会的工人俱乐部就在鼓楼旁边，去俱乐部必定要经过鼓楼。我总想登上楼去一探究竟，但当时的鼓楼归属县银行，金融重地，闲人免进！这正如屹立在长江波涛之中的观音阁，当时也是"闲人免进"的禁区，因为阁上是生资公司的炸药仓库！

当时的鼓楼是县城的中心，被人踩得光溜溜的石板路两侧，是一家挨着一家的杂货铺、副食店、小饭馆，以及出售蔬菜、瓜果、竹器、农具等的商贩小摊。有一次，全县的物资交流大会会场就设在鼓楼附近，货物众多，人流如潮。我曾在鼓楼楼洞里买过一只剃须刷，五毛钱，木质的把柄，白色的毛刷，至今仍在使用。

鼓楼，是建在城阙上的楼房，内置大鼓，按时击鼓报告时辰，亦有警戒作用。屹立在西安城西大街的鼓楼，巍峨气派；建在杭州吴山东麓的杭州鼓楼，始建于南朝，距今已有1400余年的历史；宁波城中的鼓楼，始建于唐代，距今也有1100余年的历史；北魏时期建于临汾平阳的鼓楼，苍劲古朴；南京的鼓楼，分上下两层，是南京的标志性建筑；建于明代永乐年间的北京鼓楼，是一座典型的殿堂式建筑，红墙朱柱，雕梁画栋，是著名的人文景观……

以此类推，大凡建有鼓楼的城市，必定历史悠久，它们见证了一座城邑的变迁，已经成为当地不可替代的文化遗产，理所当然受到了人们的重视和爱护。

鄂州的这座鼓楼，亦是如此。

2

鄂州的鼓楼，乃东晋重臣名将庾亮所建。史料载：他容貌俊美、善于言谈、气度峻整、讲究礼节、爱好《老子》《庄子》，在晋元帝时历任丞相、参军、黄门侍郎、散骑常侍等要职，被封为都亭侯。后因讨平叛乱有功而封为开国公。又因平定苏峻等人的叛乱，诏为平西将军、征西将军，是为东晋王朝立下了汗马功劳的三朝元老。他在任江、荆、豫三州刺史时，其治所就在今天的鄂州。

庾亮曾镇守鄂州八年。县志上说，他"崇修学校，高选儒官"，德行可嘉，政绩显著，是位颇得人心的封疆大吏。他任征西将军时，十分器重宰相王导的侄儿王羲之，并让他做了自己的参军。他还上疏朝廷，推荐王羲之"清贵有鉴裁"。后来，王羲之先后任过宁远将军、江州刺史、护军将军、右将军、会稽内史等职。

庾亮镇守鄂州时，常在幕僚们的陪同下登楼赏月，故有"庾楼"之名。楼以人名，这在中国众多的鼓楼中十分鲜见，可见此楼在当时的声望之高和影响之远了。

史书载：庾亮在鼓楼上赏月时，坐在胡床上与部属们说笑吟唱。他的幕僚殷浩在场作陪，而殷浩又是王羲之的同僚和挚友。我想，作为书法大家的王羲之也应在场，他若在场，或许会挥笔作书，若作书，其墨迹将会留在楼中，若留在楼中，将是庾楼之幸，亦是鄂州之幸！

奇怪的是，王羲之在鄂州生活了整整六个年头，即便未在庾楼留下墨迹，也会在其他地方留下墨迹。但令人不解的是，鄂州至今尚未发现他留下的片言只字，甚至没有一方石刻！

难道他的作品已被兵火所毁？被岁月和风雨所蚀？

值得今人慰藉的是，庾楼尚在。它的粉墙布瓦，它的朱栏青砖，虽不高贵华丽，却拙实质朴，就像一位历经沧桑的老者，默默站在大街中央，正在向路人叙述这座江南古城的前世和今生！

3

我客居鄂州之初，便从街坊邻家那里听说了鄂州十景：一鼓楼、二宝塔、三眼桥、四眼井、五家巷……十字街。排在十景之首的就是鼓楼，可见人们对它的喜爱名副其实。

如今，有些景观仍在，但有些已不复存在了，令人遗憾。

曾记得，东门之外的洋澜湖畔，在一座古老的寺院旁边，曾竖着一座古塔，不知是受了雷击，还是受狂风所摧，古塔的上半身已不复存在，只剩下了半截！旁有数株梧桐树相伴。远远望去，一湖秋水倒映着半截古塔，恰似一幅绝妙水墨画！

这就是古城的八景之一——"凤台烟树"。

后来，半截古塔和梧桐树都不见了，成了一家工厂的车间！

在长江之滨，曾屹立着一段高高的古城墙，今天已变成数栋高层楼房。

还有，唐代诗人王建曾写过一首《望夫石》：

> 望夫处，江悠悠。化为石，不回头。
> 上头日日风复雨，行人归来石应语。

诗人写的就是武昌（今鄂州）西山上的望夫石。如今，此诗犹在，而西山上的望夫石却难觅踪影了！成为一种难以弥补的遗憾。

值得庆幸的是，这座庾楼依然健在，虽然它有些破旧、空寂，但若对它进行一番修缮，将有关的文字、绘画充实其中，不但可使它焕然一新、延年益寿，这里还可成为人们休闲和文化交流的沙龙。

若将它身边的街道进行改造、整合，建成一条文化大街，对庾楼来说，则是锦上添花了！

4

其实，在长江流域，还有两座与庾亮有关的鼓楼：其一，晚唐时期，有人在武昌的蛇山上修建了一座南楼，也叫庾楼，而此庾楼并非鄂州的庾楼。

其二，江西九江也有一座庾楼，庾亮曾镇守过江州。当年的诗人白居易因得罪了朝中权贵，贬为江州司马，其《长恨歌》就是写于江州。他登上庾楼远眺，思乡之情油然而生，便写了一首《庾楼晓望》，其中有"三百年来庾楼上，曾经多少望乡人！"之句。

写到这里，我心中便有些许不解，比方说，鄂州与邻近的武昌，总有一些剪不断、理还乱的纠结：吴王孙权称帝时，鄂县更名为武昌，是东吴的都城。到了后来，夏口更名为武昌，正统的武昌就变成鄂州了！

再比方说，鄂州的江边有座吴王钓鱼台，是中国十大钓鱼台之一，张昭罢酒的故事就发生在这里。而武昌亦有座钓鱼台，据说也是吴王的垂钓之处。试想一下，若吴王从鄂州前往武昌垂钓，不但要往返百余里，还要遭受舟车劳累之苦！这可能吗？

有一年中秋，我应邀登上了庾楼，文朋诗友们或挥笔创作，或离座吟哦，十分尽兴。

我朝窗外望去，碧空如洗，一轮皓月渐渐东升，将无边的月辉洒满了古城，若雪，若银，若梦，若幻，令人遐想，使人陶醉。

我蓦然发现，那个夜晚的月亮，不但比往日更圆、更亮，离人也更近了，似乎伸手可及！

我又想起了此楼的另一个名字——玩月楼。只有到了此时，登上斯楼，才能体会到玩月的真谛！

古塔·剑池

1

我曾多次去过苏州。每去苏州，必去虎丘。虎丘虽是一弹丸山丘，但那里的每座建筑、每块石头、每条小径，都沉淀着浓重的历史文化，隐藏着神秘的往事。

虎丘又称"海涌山""海涌峰"，因山形如一只老虎蹲在那里，故而又名"虎丘"。古人对虎丘有"九宜"之说，即：虎丘宜月、宜云、宜雨、宜烟、宜春晓、宜夏、宜秋爽、宜落木、宜夕阳。此说恰如其分。

虎丘山上的虎丘古塔，又名云岩寺塔；在苏州的众多古塔中，是年龄最老的一座古塔，它与杭州的雷峰塔，合称为"江南二古塔"；雷峰塔于1924年轰然坍塌之后，这座身高47米、已有1700多年塔龄的虎丘塔，依然站在那里；只是从元代开始，它便渐渐向东倾斜了。

为了保护这座千年古塔，人们曾用铁箍喷浆、围桩灌浆等方法，进行过多次保护，使这座比意大利比萨斜塔还要早300多年的古塔，依然屹立在虎丘山上，向人们无声地诉说着发生它身上的故事。

虎丘塔的倾斜，应与塔底下的吴王阖闾墓有关；因为古塔建立在阖闾墓的封土之上；因经历了两千多年的风雨冲洗，封土已有流失，才导致了虎丘塔的渐渐倾斜。

虎丘古塔又与塔下的剑池有关，池中的碧波下面，隐藏着一个世人皆知、但一直未能解开的秘密。

2

公元前506年，吴王阖闾拜孙武为将军，发兵攻打楚国，五战全胜。阖闾生前对宝剑情有独钟，他不但收藏着天下最好的宝剑，还命干将和镆铘两位制剑大师，为他打造锋利无比的宝剑，并命名宝剑为扁诸、鱼肠。

他被刺客刺死之后，其子夫差将他葬于虎丘。据《史记》载："阖闾之葬，发五郡人作冢,铜椁三重,水银灌体,金银为坑,以扁诸、鱼肠剑各三千为殉。葬经三日,金精上扬,化为白虎,蹲其上,因号虎丘。"

为他殉葬的宝剑,就藏在虎丘塔下的剑池之中。

又过了12年,吴越交战,越王勾践夫妇及相国范蠡,成了吴王夫差的战俘,留在吴国为奴;勾践经过卧薪尝胆,十年生息,发愤图强,终于灭了吴国,战败后的吴王夫差,死于姑苏城。

据说,秦始皇统一天下之后,前往东巡时,曾经来到过虎丘,想寻找被吴王殉葬的那些宝剑。当他命人挖掘时,忽见一只猛虎踞于墓前,他拔剑砍虎,未砍中老虎,却砍在了一块巨石上!这位千古第一帝王,只好悻悻离去,那块被他砍中的巨石,裂陷为池。这就是那个神秘的剑池!

三国时期的东吴大帝孙权,也曾慕名前来虎丘,数度寻找古剑,未果,只好无功而返。不过,他并不死心,他曾在武昌采矿冶炼,打造"千把刀、万把剑",至今在西山顶上,仍留有他的一块试剑石!

好奇,是人的一种天性,自此以后,不知有多少人想一探剑池的秘密,更想一睹那些绝世古剑的真容,但到了剑池岸边,却都一筹莫展。

不过,也有幸运的人。

古籍上载:明朝建德六年辛未冬,剑池水涸露底,文徵明、唐寅、王鏊等人进入剑池,发现剑池的池北有一石穴,但不得进,难以深探。文徵明曾在池中拾得一方古砖,回家后制成一方砚,取名"金精",并作了一首《游虎丘得古砖后作》:

吴王埋玉几千年,水落池空得墓砖。
地下谁曾求宝剑?眼中吾已见桑田。
金兔寂寞随尘劫,石阙分明有洞天。
安得元之论往事,满山寒日散苍烟。

我驻足岸边,向剑池观望,因光线太弱看不真切,只看到池水深幽,池壁上刻有"虎丘剑池"四个大字,乃宋代的米芾所书。

虽是三伏天气,但我感到寒气逼人,不知道这种寒气是来自于剑池之水,还是池底下那些古剑的寒气?

3

在剑池旁边，有一块巨大的岩石，旁有文字：千人石。

我走累了，看到不少游人坐在上面休息，我也坐下小憩；见旁边有位老者，正与一稚子说话，听他的一口吴语，应是苏州人氏，便问他：此石为什么叫"千人石"？

老者很健谈，他告诉我：吴王阖闾生前曾征召三千匠人，为其开山造墓。墓穴竣工之后，他在此石上赐酒，犒劳造墓的匠人。为防匠人泄露墓中的秘密，遂将全部匠人杀于此石之上，于是，便有了"千人石"这个名字。

我听了，下意识地摸了摸身下的石头，似乎能感到有一种凉意，正从石缝中汩汩沁出！再向深不见底的剑池望去，心想，当年那些工匠的孤魂，或许还游荡在剑池的涟漪中吧？

既然剑池中藏着吴王的古剑，为何不进行挖掘呢？挖掘出来以后，不但可保护这批春秋时期珍贵的兵器，还可以研究、传承古代精湛的冶炼工艺。我们在博物馆中看到的越王勾践剑、吴王夫差剑，精美绝伦，天下无双；若将剑池中的扁诸、鱼肠古剑挖掘出来，必将惊艳世界！

老者听了我的想法之后，含笑点头；不过，他告诉我一件往事，让我明白了不能挖掘这些古剑的真正原因——

1954年夏季，由于剑池长期积水、雨水携带泥沙杂物，沉淀池底，文物部门决定对剑池进行清理、维修。谁知，将积水抽干了以后，发现池底平坦，只在池的北端发现了一个三角形神秘洞穴，尽头是由四块青石砌成的"山"字形石壁。考古专家认为：石壁就是阖闾墓的墓门，墓门的顶部，就是著名的虎丘古塔；若想打开墓门，必会震动已经倾斜的古塔，古塔必会因失去支撑而倒塌！于是，连忙停止了挖掘，重新向剑池中注满了水，以维持原状，保护古塔。

此事不虚，有当年报纸的报道为证。

不过，我对剑池产生了怀疑：阖闾墓中，是否真的藏着扁诸、鱼肠古剑各3000把？这应是一个尚未解开的千古之谜。

既然古剑已经成谜，就不妨让它继续谜下去。

江南古桥

中国多古桥。由于地理环境不同，北方和江南的古桥也不尽相同。北方的古桥大气，壮观，有一种阳刚之美，似能听到金戈铁马之声和壮士们的慷慨悲歌。卢沟桥上的那些石狮子的身上，仍残留着当年的烽火硝烟；赵州桥上的深深凹槽，记载着漫长岁月的印痕；西安城外灞桥桥头的垂柳，至今还记得李白、杜甫和贺知章们折柳话别的咏唱……

江南的古桥，不但众多，而且各具风韵。她们婀娜多姿，玲珑委婉，像仪态万方的江南女儿，丽而不娇，俏而不俗。每逢看到江南的古桥，总会有一种似曾相识之感，是在路途上曾与它们擦肩而过？还是在唐诗宋词元曲中邂逅？由于客居江南多年，便对江南的古桥有了一种难以割舍的心结。所以，每逢出行，若遇到古桥，总会在桥上流连一阵子。

江南多雨，湖泊众多，水网纵横，连接彼岸的古桥便应运而生了。白居易任苏州刺史时，说那里是"绿浪东西南北水，红栏三百九十桥"，可见苏州的古桥之多了！今天，在周庄、南浔、西塘、乌镇等古镇里，到处都能看到大小不等、造型各异的单孔或多孔的古桥。我曾在绍兴住了些日子，惊叹那里的古桥之多之美。由于城里河道众多，舟船成了居家过日子必不可少的代步工具，也载来了生活物品。河多桥便多，全城竟有上百座古桥！望着桥下往返如梭的船只，始信"三步两桥寻常在，舟棹代步船当车"之语不虚！

有些古桥看上去平淡无奇，但却留下了优美的故事。绍兴有座"题扇桥"。当年，一位在桥头出售纸扇的老婆婆，一面流泪一面叹息。原来，这些纸扇都是她亲手制作的，虽然做工精细，无奈秋风乍起，天气转凉，故而无人问津。路过的王羲之听了之后，便找来笔墨，在扇面上题写了诗句。消息传开后，纸扇被人抢购一空，后来者为了得到一扇，竟以十倍之价向人求买。于是，此桥便有了此名。

西湖苏堤上的断桥，据说是许仙和白素贞相会的地方，"断桥残雪"便成了杭州的十景之一；苏小小和阮郁曾在"西泠桥"上演绎了一个凄美的传说；陆游和唐婉分别时，四目相望，二人的泪珠便洒在"春波桥"上了。

有些古桥，虽未与历史名人沾上边，但他们的名字却能引起无穷遐想，如飞虹桥、卧龙桥等，因它们连通了村镇，造福于人，被人称道。一个地方只要有了桥，便有了灵秀之气，"小桥流水人家"的意境，用不着去刻意渲染，就是一轴水墨丹青，一种耐人品味的诗境。

为了体验《枫桥夜泊》的诗境，我曾在寒山寺山门外的枫桥上逗留了多时，虽然身边就是寒山古寺，却不是夜半，桥下也没有舟船，更没有渔火了，心中不免有些许惆怅。不过，我似乎听到了"姑苏城外寒山寺，夜半钟声到客船"的隽永余音了。

最令我难忘的，是南京的朱雀桥。这座古桥桥北的夫子庙，是人们拜谒孔子的殿堂，弥漫着浓浓的文气，桥南就是乌衣巷。因当年吴大帝孙权在那里设营，将士们皆着乌衣，故称乌衣巷。东晋显赫一时的王导、谢安两大家族在此居住，曾走出了多少将相才俊？创下了怎样的一番事业！一座小小的朱雀桥，将东岸的江南贡院和西岸的秦淮人家连在了一起。贡院里的莘莘学子为了功名在苦苦煎熬，秦淮人家的佳丽们正临窗照影，洞箫横吹……如今，桥上天天游人如织，桥下画舫如过江之鲫，我真担心这座古桥能否承受超负荷之重？太多的游船会不会堵塞窄窄的秦淮河？我好不容易挤出了人群，终于在乌衣巷的墙头上找到了刘禹锡的那首《乌衣巷》：

> 朱雀桥边野草花，乌衣巷口夕阳斜。
> 旧时王谢堂前燕，飞入寻常百姓家。

如今古桥犹在，在桥头上飞舞的燕子犹在，只是不知道它们的呢喃，是不是当年的声调？

江南的古桥，不但是一道风景，更是一种文化。

古钓台拾遗

1

钓台，即钓鱼之台，因年岁久远，亦称古钓台。还因它们承袭着不同的历史元素，已经演化成了一种独特的文化。

中国各地有众多的古钓台，其中名气较大的有十处，如陕西宝鸡的姜太公钓鱼台、山东鄄城的庄子钓鱼台、江苏淮阴的韩信钓鱼台、福建闽溪的闽侯钓鱼台、浙江富春江的桐庐钓鱼台、安徽贵池的太白钓鱼台、湖北黄石的大冶钓鱼台、江苏瘦西湖钓鱼台、北京三里河畔的北京钓鱼台……武昌（鄂州）的钓鱼台也在其中，也称吴王孙权钓鱼台，排在太白钓鱼台之前。

这座坐落在长江之滨的孙权钓鱼台，不仅风光秀丽，且人文景观密集。沿着武昌门北行，首先映入眼帘的，便是万里长江第一阁——屹立在江涛之中的观音阁，这也是鄂州的八景之一的"龙蟠晓渡"。继而是吴王孙权的雕像、唐代留下来的石刻"怡亭铭"、造型别致的二乔轩等等，可谓一步一景，令人目不暇接。在众多汉代风格的楼台亭阁之间，有一高台耸立于青松翠竹之中，拾级而上，便是孙权钓鱼台，如今已辟为湖北省美术家协会的创作基地，亦是艺术家们进行创作、展览、以艺会友、学术交流的沙龙。

据史料载：汉唐时的武昌城，城北紧靠长江，江水绕城墙而过，江岸上有石如叠，平坦宽阔，可容百人。是当年吴王孙权垂钓、宴饮的所在，三国时期"张昭谏酒"的典故，就出自这里。

当年，雷山脚下的大洄和西山脚下的小洄，盛产武昌鱼。由于江水改道，地形改变，今天，大小洄已经消失。唐代诗人元吉在他的《漫歌八曲·小洄》中曾经提到过这里：

> 丛石横大江，人言是钓台。
> 水石相冲激，此中为小洄。
> ……

2

中国的古钓台，均与历史人物有关。姜太公垂钓处的旁边，有他双膝跪坐垂钓的遗踪，旁有太公庙。白居易说："姜太公钓鱼钓人，七十得文王。"汉代的越王余善，曾在江边钓到了一条白龙，便筑台于此；北京的钓鱼台，是金代皇帝完颜璟的垂钓处，也称望海楼，金代文人王郁曾隐居于此，筑台垂钓；公元1763年，清代的乾隆帝游览至此，亲书"钓鱼台"三字。现为我国接待国宾的所在。

在这十大古钓台中，要数富春江上的桐庐钓鱼台的名气和影响最大。

钓台的主人是东汉的严子陵，字汉光，当年他与刘秀是发小，曾一同游学。有一次睡觉时，他的腿压在刘秀的肚子上，可见二人情谊不浅。刘秀称帝后，曾多次诏他入朝为官，他反穿羊皮袄在富春江上垂钓，刘秀派人找到他，他不理。刘秀便亲自前往相见，他却躺在床上不起来！刘秀要封他为谏议大夫，他不肯，仍耕种于江畔，以垂钓为乐。后人敬仰他不慕富贵、不媚皇权的气节，宋代的范仲淹还专门修了"严先生祠堂"，并撰写了堂记："云山苍苍，江水泱泱，先生之德，山高水长。"

在这些古钓台中，我最喜爱的是唐代诗人张志和在大冶的钓鱼台，这不仅是因为他的垂钓之处离鄂州不远，更令我心仪的，是他的那首《渔父》：

西塞山前白鹭飞，桃花流水鳜鱼肥。
青箬笠，绿蓑衣，斜风细雨不须归。

这位自号烟波钓徒的诗人，其词质朴、淡泊，又寄意高远，有一种天然美感。细细品味，如亲临其境，似与诗人一道，站在湿漉漉的江边，渐渐融进春雨的氤氲之中了。

3

孙权迁离鄂州之后，江边的这座钓鱼台便渐渐冷落了，加之战乱不断，江堤失修，钓鱼台附近荒草丛生，无人问津。近些年来，当局打造沿江的三国风光带时，又在旧址旁边重修了这座古钓台。

登上钓台的台顶，似有楚风汉韵扑面而来，心胸顿感开阔起来。近可鸟瞰全城，远可极目楚天。左为武昌大道，车水马龙；右为滔滔大江，舰船如梭。我突发奇想：若在风清月朗之夜，邀友数人，清茗一钵，围石桌而坐，或谈古论今，或低吟浅唱，或拨丝弄弦，定有另一番情趣。

我不禁想起了宋代女诗人李清照，当年她从临安前往金华避难的途中，乘船经过严子陵钓台时，感慨颇多，曾写了一首《钓台》：

> 巨舰只缘因利往，扁舟亦是为名来。
> 往来有愧先生德，特地通宵过钓台。

在诗中，诗人颂扬了严光不为名利所累的风骨，也表达了她对南宋社会现状的深刻思考。

今天，鄂州的这座古钓台，正在默默地见证着一座城邑发生的巨大而又深刻的变化。

汛期见闻

一

进入梅雨季节以来，一场接一场的倾盆大雨，袭击了鄂州，梁子湖告急了！三山湖告急了！梧桐湖告急了！洋澜湖告急了！还有愚公湖、档网湖、花马湖、鸭儿湖……全境的湖泊险象丛生，都在告急！越来越多的告急信息，令我们的神经越绷越紧。

这些信息，经过媒体的报道之后，全国乃至全世界，都看到了鄂州洪水汹涌的惊险的画面。我也接到过远方亲友们的来电询问，心中便有了一种激动：全民总动员，军民齐上阵！年轻的党员在抗洪第一线锻炼自己的党性，突击队员在抢险中灌包、筑堤、通宵苦战；一支女子抢险队巡查时发现了一处险情，她们立即加固了堤坎。在洪灾面前，美丽的绿丝带，不但送来了关怀，也送来了灾区急需的赈济家庭箱；一些企业界人士，亲自送来了食品、饮料、水果、矿泉水。驻河南省的一支部队，也风尘仆仆地开赴鄂州抗洪最前线，他们用自己的钢铁之躯，抵挡着湍急的洪水，在鄂州这块热土上，谱写了一曲响彻云霄的抗洪凯歌……

面对滔滔洪水，我既不能去巡险筑堤，也不能去抗洪战场为军民们摇旗呐喊，心中便生出了一种愧疚，也有了一种想去现场看看的念头。

二

就在牛山湖大堤爆炸分洪的第三天，市委宣传部组织我们一行十数人，去了抗洪抢险的现场。

我们的第一站，是刚刚被堵住了溃口的车湾港。

车湾港与长港相连，由于承接了扇子湖、梧桐湖的大量来水，加之数日的大雨不停，大堤不堪20米高水位的重压，突然决口20余米！300亩良田和200亩鱼塘，瞬间淹没！

险情就是命令！200余名军民，立即决战溃口！

刚刚执行了牛山湖大堤爆破任务的武警官兵们，接到命令后，立即赶往溃口处抢险；很快便在鲊州村外筑起了第二道防汛大堤，成功地堵住了溃口！

当我们赶到车湾港时，只见一队队浑身泥泞的武警战士们，肩上扛着沙包，从我们身边匆匆而过，去加固新筑起的大堤。

我从地上捡起了一袋沙包，在手上掂了掂，感到太重，只好放下了。而这样的沙包，每位战士都扛过数百包！

一位战士为了给我让路，站在大堤的拐弯处，他大约只有十八九岁，脸庞上尚有些天真的稚气，但眼神中却有一种明亮的光泽。他的脸颊上流淌着干透了的泥浆，被发际间流出的汗水，冲出了几道浅浅的线条！他就像我邻家的大男孩，又像刚刚下了课的学子，英俊而阳刚！我想同他攀谈一会儿，问他叫什么名字？家乡在哪里？但又怕耽搁了他执行任务的时间，只好与他擦肩而过。我望着他扛着沙包越走越远的背影，蓦然想起了屏幕上的画面：

——在齐腰深的大水中，一名战士撑着一把雨伞，一名战士头上顶着一个红色的塑料盆，盆中坐着一个胖乎乎的婴儿！两名战士用身躯抵挡着汹涌的洪水，洪水已经淹没到了他们的胸口，但他们不畏不惧，如中流砥柱！

——从波涛中伸出了一双求救的小手，岸上的一名战士，义无反顾地向水中纵身一跳！

——经过了数天的通宵之战，一位正在吃饭的战士，手里还端着没有吃完的盒饭，眼皮却眯上了，已经进入了甜甜的梦乡。他梦见了什么呀？

……

无须问他们是谁？他们都是人民的子弟兵！也用不着问他们的家乡在哪里？他们都是祖国的忠诚战士！

三

沿着 6 公里长的广家洲大堤，我们来到了梁子湖畔的一处工地，站在岸上，遥望已经连为一体的梁子湖，仿佛依稀能看到残留在湖面上的一段隔堤。

牛山湖原本是梁子湖上的一个湖汊，面积达 57.2 平方公里；1979 年筑起的一道大堤，辟为了牛山湖养殖场。入夏以来，梁子湖流域的降水量已达常年的 3 倍，水位高达 21.48 米！不但超过了保证水位，也超过了历史最高水位！若不立即泄洪，将威胁着鄂州城区、武汉东湖高新区和鄂州及武汉的城镇村庄的安全！

省委、省政府根据国家防洪法和防汛条例，决定对梁子湖中的牛山湖实施破浣分洪，永久的退浣还湖！

分洪的关键，是爆破牛山湖大堤，大堤总长度 3700 米，坝顶高 22.5 米，坝宽 3.5 米。武警水电部队接到命令之后，400 余名官兵连夜做好了挖槽、打孔、填埋炸药等各项准备工作，上午 7 时，随着司令员的一声令下，只听见持续了 3.9 秒的一阵巨响，一排黄色的巨浪，从湖中冲天而起，高达百米！巨浪回落之后，横在梁子湖和牛山湖中间的那道大堤，已被拦腰斩断！梁子湖中的滔滔湖水，涌入了牛山湖，两湖相连，融为了一体！

这惊天动地的巨响，是历史性的见证。

望着两湖合一的浩瀚湖面，让我想到了 50 多年以前，初到梁子湖的所见所闻：湖中万顷碧波，千帆竞发；岸边荷花十里，船上银鳞满舱，美若仙境。我曾问过一位驾船的艄公："梁子湖到底有多大？"

他指着望不到边际的湖水说道："梁子湖方圆 800 公里！"

后来，由于众所周知的原因，开始了声势浩大的围湖工程，有的围湖造田，有的围湖建房，有的围湖养鱼。这些人造的土围子，将一座好端端的天然湖泊，分割、肢解成了众多的小湖小浣，破坏了原有的水系生态，导致了洪涝灾害的频繁发生。

我曾在 60 年代末期，参加过咸宁向阳湖的围湖大会战。文化部门的 6000 多位著名作家、翻译家、出版家、艺术家、文博专家及他们的家属，要在那里的五七干校"学习"。他们之中，就有作家沈从文及夫人张兆和、冰心、郭小川、李季、张光年、冯雪峰，以及画家邵宇、范增，书法家刘炳森等。

鄂城县民兵师，就住在湖边的山坡上，任务重，工程急，上面要求两个月修起 6500 米的一道大堤，围垦出 800 方田地！华容区的民兵团，用双肩挑泥，筑起了一段大堤，还在堤上用推土机碾压过。我曾经写过他们革命加拼命的精神。谁知道：还没等到工程验收，新修的大堤渐渐沉下去了！原来，大堤建在深不探底的淤泥上了！

事物总是一分为二的。爆破了牛山湖上的大堤，虽然局部利益受到了暂时的影响，但却缓解了梁子湖高水位的险情，也促进了梁子湖流域的生态修复！

退湖于民，还湖于历史，是顺应自然规律的体现！

牛山湖上的冲天爆破，为我们上了看得见、摸得着的生动一课！

江南第一人

1

在诸多花卉中，我最爱木本的桂花树。

我居住的江南古城鄂州，每当进入农历八月，在大街两旁，在居民小区，在人家的院落里，都会闻到一种浓郁的带有一丝甜味的香气！香气的来源，就是桂花树上那些一簇簇细小的桂花。

我真正认识并走近桂花树，是在西山的古灵泉寺里。那一年的初秋，我刚刚走进古刹的大门，便闻到了一种不可抗拒的香气在弥漫着，浮动着。当走到藏经阁旁边时，看到了一棵高大的桂花树，树枝上缀满了一簇簇的黄色花团。僧人告诉我说，那是一棵金桂树，年岁已经很久了，不知是谁人所植。

树下站着一个后生，他朝我浅浅一笑，便走到了一旁，示意我去树下看花、闻香。

他很热情，还领我去了前殿，指着嵌入内壁上的一方石碑说，这方碑上的文字，不知是何人所撰。我借着窗口的光线看清了上面的五个楷体大字："闻木樨香否。"

他说，木樨，就是指桂花树。

他还告诉我，当年的陶侃读书堂，就在古刹的后面，明代督学高世泰题写的"陶士行读书堂"就刻在山石之上；还说武昌（今鄂州）人王家璧，是清道光年间进士，先后佐理曾国藩、左宗棠营务，历任大理寺卿、光禄少卿等职，他与同邑人重修了陶侃读书堂及桂花厅。

县志载，西山"读书堂有桂花厅，厅中有丹桂一株，为数百年前物，大数十围，花时清香浓郁，飘拂数里"。

惋惜的是，这株古老的丹桂，早已毁没，今人已难见她的芳容了！

回到古寺后，他向僧人要了两碟东坡饼和一壶绿茶，我们边饮山泉水冲泡的山茶，边品尝着苏东坡当年品尝过的酥饼。他又吟哦起了与西山桂花树有关的诗词，其中就有清末洋务运动派领袖、湖广总督、务机大臣张之洞的《寒溪寺观陶桓公手植桂》三首，其中的第二首是：

> 弹指去来今，滔滔天运往。
> 神护千岁桂，飘香高可仰。
> 前贤植嘉树，后贤题祠旁。

我默默地走到树下，抬头望了望树上的繁花，花似有意，随着一阵山风拂来，桂花纷纷从枝上坠落下来，落在了我的头发和肩膀上，我轻轻以手拂去，山风再拂，桂花又落，我再拂去。低头看地上，地上已铺了一片黄金，此情此景，终生不忘。

2

他说起桂花树，如数家珍；吟哦起有关桂花的诗词，他又如此的多情。这引起我浓厚兴趣。我问他，你是哪里人？

他又浅浅一笑：家在汉阳，住在古琴台旁。

我又问：你叫什么名字？

他说他叫雨田。

你怎么对桂花树如此熟悉？

他又浅浅一笑：我就是一棵桂花树嘛。

虽然我与他是萍水相逢，却又分明感到他是久违的故人，一位值得信赖的朋友。

他从僧人那里借来纸笔，抄写了一首清代诗人韩春高的《许坤符太守游寒溪寺于金粟轩夜宿西山禅林题壁》送给了我：

> 万林萧瑟似新秋，好风吹送月当头。
> 美景良辰莫辜负，花开月桂约重游。

分手时，他沿着江堤向东走了。我恍惚若梦，梦醒了，那棵桂花树也消失了。

也许是受了他的影响，自此之后，我便对桂花树有了一种特别的感情。

桂花树因"纹理如犀"，所以又称木樨。明代的王象晋撰写了一部《群芳谱》，但他将桂花树列为药谱。其实，可入药的是肉桂；到了清初康熙年间编写《广群芳谱》时，才称桂树是花树，金桂、银桂、丹桂、铁桂、月桂、四季桂，都称桂花树。

桂花树是长青之树。据说陕西省汉中圣水寺的寺院里，有一棵古老的桂花树，是西汉初年相国萧何所植，算来树龄已超过2200年了，至今仍年年开花，可见生命力的顽强了！

我曾在湖北省的咸宁待过一些日子，那里曾有一个"桂花公社"（今桂花镇），以盛产桂花闻名于世，有桂花树150余万棵，百年以上的古桂有3000多棵！人们采摘树上的桂花，制成桂花糕、桂花茶、桂花酱，还酿成芳香四溢的桂花酒，是名副其实的"桂花之乡"！我居住的那个小山村里，每当桂花开花时，人们将苇席、床单铺在桂花树下，用青竹竿轻轻击打树冠，然后收集起落下来的桂花，掺上自家产的蜂蜜，酿成桂花蜜，或自家食用，或赠送亲友。可惜我在夏季就匆匆离开了那里，没能品尝桂花蜜的滋味。

在40多年前，不少地方组织了"大打矿山之仗"的群众运动。我曾在矿山会战指挥部做过宣传工作。有一天，工程部的人告诉我，小铜山铁矿旁边有棵提桶粗的老桂花树，施工需要砍伐。等我去看时，老桂花树已经不见了，唯树坑旁边有一堆砍下来的树枝，听说主干已被锯成了制作家具的原材料。一棵生长了数百年的桂花古树，就这样毁于一旦！令人痛惜不已。

有一天，我在北方的一个集市上，看到一位卖花的中年男子，他手中托着一只碗口大的陶土花钵，钵中有一棵微型桂花树，树干是一段截下来的桂树枝，粗过拇指，高约半尺，令人称奇的是，这棵微型桂花树竟长出了一枝枝条，上面有几片碧绿的叶子，叶子下有几粒盛开的金黄色的桂花！我以为这是一件雕刻的艺术品，待仔细看过之后才知道，它竟然是一棵鲜活的桂花树！

卖花的男子告诉我，他是枯桃村的花农，栽培花卉盆景是家传的手艺。

我想买下来，带回江南，放在窗台上，该是一种怎样的风景？但路太远，乘火车要经过三天两夜，中途还要换乘两次，我既不能将它放在行李箱里，也不能日夜用双手护着它，最后还是放弃了。也许是缘分不到，才与这棵桂花树擦肩而过了？

3

我有个发现，牡丹、芍药等花卉，因其花硕大，其态风绰，其色艳丽，深受画家的青睐，他们所绘的丹青作品，或挂在客厅的壁上，或在展厅中展示，或被人收藏，或在拍卖会上亮相，既扬名，也获利。但桂花树就显得寒碜多了。不光画桂花树的画家太少，就是画出了桂花的神韵和形态，也难登大雅之堂！

有位擅长画牡丹的老画家，在郊外参加笔会时，将一幅刚画完的作品放在长廊里晾着。忽然飞来几只蜜蜂，落在了画面牡丹花的花蕊上！人们将它们驱赶走了，但过了一会儿又飞回来了，而其他画家的作品也晾在长廊中，蜜蜂们却不肯去问津！一位摄像师连忙扛起相机，抢拍下了这一珍贵的镜头。此事传开后，人们纷纷称道画家画出的牡丹可以乱真，竟引来蜜蜂在画面上采蜜！经过媒体的传播后，画家的名气和作品的价码，也都上了一个新的台阶，被称为画坛"牡丹第一人"！

我家客厅中就有一幅六尺牡丹图，画面上共有数朵盛开的牡丹，而画家正是那位老画家的嫡系门生，谁见了都会赞叹作品的构图和着色的独到，是青出于蓝而胜于蓝。我觉得他的作品并不亚于他老师的某些作品。虽然春季时常有蜜蜂从窗子飞进，但从未见到过有蜜蜂落到画面的牡丹上，是功不到？还是别的缘故？

4

不过，在古代的一些文人们的心目中，桂花树却成了他们知音和挚友。春秋时的楚国大夫屈原，在他的《九歌》中（《九歌》并非九篇，是十一篇），提到过"桂"的，就有六篇……

"蕙肴蒸兮兰藉，奠桂酒兮椒浆。"《东皇太一》

"美要眇兮宜修，沛吾乘兮桂舟。"《湘君》

"桂栋兮兰橑，辛夷楣兮药房。"《湘夫人》

"结桂枝兮延伫，羌愈思兮愁人"《大司命》

"操余弧兮反沦降，援北斗兮酌桂浆"《东君》

"乘赤豹兮从文狸，辛夷车兮结桂旗。"《山鬼》

在《山海经》中，也有两处提到过桂花树。《南山经》上说："南山之首曰鹊山，其首曰招摇之山，临于西海之上，多桂，多金玉。"《西山经》上说："西南三百八十里，曰皋涂之山……其阴多黄金，其上多桂木。"

脍炙人口的是与桂花树有关的神话。唐代的《西厢杂俎》中说："旧言月中有桂，有蟾蜍，故异书言月桂高五百丈，下有一人长斫之，树创随合。人姓吴，名刚，学仙有过，谪令伐树。"由此引出了嫦娥奔月，吴刚伐桂的神话故事。

初唐诗人宋之问称桂花之香是一种"天香"，他为杭州灵隐寺里的桂花树写过一诗，其中就有"桂子月中落，天香云外飘"。

桂花树是结籽的，人称桂子。《唐书·五行志》载："垂拱四年三月，雨桂子于台州，旬余乃止。""雨桂子"，是指从天上掉下来的桂子，像下雨一样。北宋的《南部新书》中说："此月中种也，至今仲秋望夜，往往子坠。"

至于"蟾宫折桂"的典故，更是士人阶层梦寐以求之事。《晋书·郤诜传》中有以下文字："诜迁雍州刺史，武帝于东堂会送，问诜曰：卿自以为何如？"

诜对曰："臣举贤良对策，为天下第一，犹桂林之一枝，昆山之片玉。"

后来，便称科举及第是"蟾宫折桂"。

我又想起了50多年前，在西山遇到的那位叫桂花树的后生，因为他让我与桂花树有了一种难以割舍的情愫。

假若将人比拟为花卉，我当推举桂花树为江南第一人。

龙城探龙

建筑，是一种艺术，这种艺术的本质就是文化。

两年之前，有人告诉我说，在鄂州新区的银海龙城里，有一条龙状的山峰！

这怎么可能呢？那里的地势平坦，怎么会冒出一条山峰呢？而且还是龙状的！我听了，也就一笑了之了。

后来又有人信誓旦旦地对我说，那里真的有座山峰，是一座自然的山峰！

我听了，心中有些半信半疑。

有一天，银海龙城的住户亲口告诉我，他们的小区真的有一座石峰，他还亲自爬上过石峰，那可是一座原汁原味的山峰！

是指鹿为马？还是徒有虚名的炒作？这引起了我的好奇心，也让我想起了 20 多年前的一件往事 ……

1

有人在武汉的长江之滨建了几栋新颖的楼宇，并请一位女作家撰写了一则广告词：送你一条长江！

虽然广告词只有寥寥六个字，却点名了楼盘独特的地理位置：奔腾不息的万里长江，就在您的窗下，朝朝夕夕地陪伴着您！充满了浪漫和诗情画意，也扩大了人们的想象空间。它的潜台词是：这是绝无仅有的风水宝地，独一无二的稀有资源！一时成了江城街头巷尾的话题。

后来，这些建筑虽因保护长江堤岸而拆除了，但那句广告词却让我记忆犹新。

60 年代初，我刚来鄂州时，城区基本上都是砖瓦结构的平房，就连接待中央和省里领导人住的招待所，也是普通的平房！四层以上的楼房绝无仅有。

随着改革开放的深入发展，鄂州的居住条件发生了巨大而又深刻的变化，一栋栋的多层建筑如雨后春笋，争先恐后的拔地而起。它们以不同的风格和品质，展示着各自的诱人魅力。这是历史发展的必然。

为了推销自己的产品，开发商们可谓都有自己的妙招，有的在开盘之际举办歌舞表演，以收纳人气；有的实行优惠打折，以吸引客户；有的提供看房专车，不但往返接送客户，还提供餐饮和礼品。更多的则是派人在大街上散发印刷精良的销售广告，广告上不但标明楼盘的位置、交通、容积率以及附近的学校、医院和商场，还不惜以溢美之词为自己的楼盘冠名，如皇家风范、极品豪宅、生态家园、智能小区以及凤苑、御园、帅府等。名字虽然贯耳，但却有"王婆卖瓜"之嫌。

我曾在青岛海滨一个叫湖光山色的小区中住过一些日子，那里的地形错落有致，小区中央有一个20余亩的湖泊，沿湖而建的是高层、小高层和多层连体住宅。湖中有沙鸥、野鸭、鸳鸯等水禽。一对黑天鹅游弋在碧波之间，旁边还有一只小船。四周的木栈道上设有投食点，居民可在那里向水禽投放食物，这就是湖光。小区中并没有山，数千米之外有一座高耸的山峰，山峰的侧影映在湖水之中，这就有了山色。这在建筑学上叫作"借景"。

其实，湖泊是一个炸山采石留下的巨大石坑，经过修整改造，可接纳附近的雨水，雨水成了一泓碧波，又借着远山的侧影，成就了这一别致的名字。

银海龙城是否也在借景作文章呢？半个世纪之前，我听邻家的一位老者说过，鄂城是片荷叶地。其意是水多地少，是水乡泽国。如今的凤凰山庄，当时还是一座荒岛，岛上林子屋里栖息着众多鸟类，有位县长曾建议将荒岛改名为鸟岛，以保护鸟。小岛之外，就是烟水茫茫的洋澜湖了。今天的洋澜湖附近，已辟为了湿地公园，湖上建起了一座凤凰大桥，桥上车水马龙。东部开发区的楼宇争先恐后的张扬着各自的个性和风格。尤为引人注目的就是银海龙城了。

据媒体披露，该城是澳大利亚、新加坡、日本及国内30多家设计公司参与了设计，经数十轮竞争，最后由新加坡一家顶级设计公司中标。他们以龙为设计主题，共分为五大板块，即九龙在天、龙腾虎跃、龙纹广场、腾龙戏珠、迎龙广场。原来他们的设计灵感，就来自那里的一座龙状的天然石峰！从石峰上还泻下了一条瀑布！

我曾在故宫的一个别院里看到过一处山水景观：从太湖石叠成的一座石山中，流出一股细细的涓流，涓流沿着石板上的浅槽，流进了旁边的水塘。

其实，山是假山，水是连着自来水管！虽有山有水，精巧玲珑，但却是人工造出来的！

银海龙城真的有座龙状的石峰吗？石峰上真的有瀑布泻下来吗？耳听为虚，眼见为实。这让我萌发了前去一探究竟的好奇心。

2

我是由南大门进入银海龙城的，同行的友人告诉我说，第一期工程有多层住宅1919套，总面积达26万平方米，开盘时前来参观咨询的客户超过了万人！当天即签约900余套，由此可以判断，银海龙城的品质已得到了各界人士的高度认可。

醉翁之意不在酒，我的目光不在那些造型新颖的楼盘上，不在芳草萋萋的小径里，也不在争奇斗艳的花卉和双人合抱的银杏古树上，我想找的，是那座龙状的石峰！

忽然，在一处长着菖蒲的低洼处，我听到了潺潺的流水声，走近一看，果真有清澈的流水沿着鹅卵石铺底的小溪流淌着，还不时发出"叮咚"之声。也许听到了人们的脚步声，几条戏水的鱼儿连忙躲进了水草之中。

这水又是从何处流来的呢？

当我走近龙城的东大门附近时，蓦然抬头，竟然看到了一座突起的石峰，一座天然的石峰！

我沿着一条石径拾级而上，来到石峰的东端，旁有一座古色古香的亭子，可供人休憩、品茶，还可与三五挚友谈古论今、吟诗作赋。亭子旁边悬挂着一口超过千斤的铜钟，我上前撞了一下，虽撞响了，但音量不足；当几个人合力撞击时，洪亮的钟声在楼宇和石峰之间久久的回荡着。

沿着石峰的峰脊继续前行，越走山势越高，两旁的树木也越来越多，除松竹之外，还有桂花树和柑橘等树。在一棵桃树上，还结着一些毛桃！树丛中有不知名的山雀在任性的鸣叫着，两只彩色的蝴蝶在我们身边追逐着，翻飞着，一位摄影家连忙抢拍下它们的倩影。

当我们走到了石峰的西端时，山势明显险峻了，一株株合抱粗的山松巍峨挺拔，它们的根须已植入石峰的缝隙之中，它们的树冠高擎着白云和蓝天。有风拂来，有阵阵浪涛之声，这就是人们常说的"松涛"？

站在山峰的最高处，再回头望去，石峰由东向西逶迤而来，呈一游动的龙形，它白天守护着人们的家园，夜间陪伴着万盏灯火和满天的星斗！

3

其实，银海龙城里的这道石峰，严格来说，只能算是一抔石丘，但它在寸土寸金的江南古城中，却是苍天赐予的风水宝地！

天然的造型，是一种美学的立体展示。

这让我想起了西山上的那块望夫石。华夏大地有多处望夫石、望夫山、望夫台等自然景观，每一景观都沉淀着浓郁的文化色彩，西山上的那块望夫石，就是唐代诗人王建歌咏过的景观。相传，古代有位女子，因夫君离家远行，多年未归。她便天天站在山上眺望。许多年过去了，夫君仍未归来，她已化成了一块人状的石头，石头的形象如一位女子，正在翘首远望，被后人称为望夫石！

谁知这块自然形成的望夫石，后来却被人炸倒了，成了一项工程的石料！

望夫石，江悠悠。化为石，不回头！
山头日日风复雨，行人归来石应语！

西山上的望夫石虽然消失了，但王建的这首诗却流传下来了。

当我走下石峰时，终于找到了流水的源头！原来，银海龙城除收纳天然雨水之外，还通过地下管道引来洋澜湖的湖水，经石峰的龙口涌出，形成景观瀑布，再汇入小溪，在城中环绕而流，成为长年不断的活水，既是可圈可点的风景，又提升了居住环境的品位。

我默默地在心中计算着，这座原汁原味的石峰，它长约4米，宽有60余米，若将它炸拆、剖平，再建成楼盘，将会是一笔怎样的财富？但开发商不但选择了放弃，而且还在精心的护佑着它，可见开发者的眼光和胸怀了！

银海龙城的二期工程正在设计之中，这道天然的龙状石峰，依然是整个工程的灵魂所在，它已成了无可替代的文化符号。

当我离开银海龙城时，回眸望去，那条黛色的石峰，如一块巨大的翡翠，在夏日的阳光下，熠熠生辉，宛若一条首尾相顾的银龙！

武昌鱼传奇

1

50多年以前，我初到江南时，就听说了武昌鱼的种种传说，还站在长江岸边，看过捕鱼的人以罾捕捞武昌鱼的情景，也品尝过不同烹饪技法的武昌鱼。那时就想写篇有关武昌鱼的文章，但终因志大才疏，且对鄂城的沿革变迁、风物人情知之甚少，故而一直未能成篇，心中便留下了一种隐隐的遗憾。

2014年，武汉华中师范大学举行《团头鲂命名60周年纪念大会暨团头鲂学术研究会》期间，还举办了艾三明先生的《武昌鱼之谜》一书的首发式。作者集文史学者、书法家于一身，穷其十二春秋笔耕不辍，撰写出了这部荟萃地域、历史、物产、文化于一集的专著，受到了社会的广泛关注。

无独有偶，一位鄂州当地的女作家告诉我，她曾听说了武昌鱼的许多传说，还在湖区采过风。某日，她看到有人买来武昌鱼，在长江上游放生，但也有人在下游捕捞，或自家食用，或再次被人买去放生！她感慨颇多，便有了创作的灵感，写出了一部中篇小说《团头鲂》，在《山花》杂志发表，获得了《双年奖》奖项，获得了业界的好评。

入夏以来，阴雨连绵。窗外一帘雨珠，案头一杯春茶，再次仔细品读《武昌鱼之谜》，便有了如下感受：

武昌鱼，是一条平平常常的鱼，也是一条充满传奇色彩的鱼。

她穿越苍茫的远古，经历了楚国八百年的漫长岁月，游遍了五千里楚地，又转身而去，游到了鄂州！鄂州的十代郡王都曾接待过她……

再后来，她便游进艾三明的这部新出版的专著了。

在当今世界上，在不同国家、不同地区、不同民族的水域之中，生长着不同的鱼类。因为它们与人类的生活息息相关，便有了不少关于鱼的传说。但是，我敢说，世界上还没有哪一条鱼，能有武昌鱼这么神奇！

能与武昌鱼相媲美的，只能是闻名遐迩的小美人鱼了。在丹麦首都哥本哈根的长堤公园里，有一座人身鱼尾的美人鱼铜像，坐在一块巨大的花岗岩上。在 2009 年的上海世界博览会上，她又游到了丹麦馆的一个水池中，让国人近距离地目睹她的芳容。

美人鱼虽美，但却是安徒生在童话中虚构出来的人物！而武昌鱼，却真实地生活在我们的身边，与我们朝夕相处，不离不弃！

其他国家和地区，关于美人鱼存在的记载，只有两次：

第一次是 1962 年，某国的一艘货船在古巴外海沉没，因船上装有核装置，所以军方便派潜水员去海底打捞。这时，一个奇怪的生物撞进了军方的扫描仪：它像一条鱼，又像一个在海底潜泳的小孩。它头部有腮，身上有鳞片，一双乌黑的眼睛望着摄像机，显得十分好奇。潜水员试图设法诱捕这个神秘生物。观察发现：这是一只 0.6 米长的动物，它全身有鳞片，头部有一道骨冠。他们认为这就是传说中的美人鱼。因为是军事行动，便没有公开这一消息。后来，科学家维雷德透露了这一消息，最后也就不了了之了。

第二次是在 1990 年。一队建筑工人在索契城外黑海岸边的一座放置宝物的坟墓中，发现了一个黑皮肤的美丽生物，她的上身是人，下身是一截鱼的尾巴，约有 173 厘米高，从头到尾都有鳞片。专家经过骨龄测算，她已有 100 多岁了！

即便这些工人发现的真是美人鱼，但她早已失去了生命，只剩下一副骨骸！而武昌鱼却在江河湖海中活蹦乱跳地游弋着、存活着！

我们应当为武昌鱼而骄傲！因为她属华夏民族所独有。

还应当说，武昌鱼也因我们才名噪中外。

中华文化，是中华民族以自己的智慧和勤劳创造出来的优秀文化，也是世界上唯一没有中断过的伟大文化。中外学者普遍认为，巴比伦文化虽然古老，但早已夭折了；印度的婆罗门文化虽然辉煌，但创造这一文化的却是雅利安人而非本土民族；埃及文化虽然悠久，但经过希腊化、罗马化，直到后来的伊斯兰化，已面目全非；玛雅文化也曾盛极一时，如今已成了一个难解之谜。而中国的传统文化却在 5000 年的岁月中从未中断过而罕见于世。武昌鱼在中国历史的进程中，从未离开过人们的生活，一直游到了今天。

武昌鱼，是一条不同凡响的鱼！

在我 25 岁之前，既未品尝过武昌鱼，更未看到过武昌鱼。且不说活的武昌鱼，甚至不曾见过武昌鱼的照片！

我出生在东海之滨，在渤海湾旁边读完了中学，毕业于汇泉湾旁边的中国第五海校，毕业后分配到了一艘苏制扫雷舰上。当过水兵、文书、潜水员等，在苍茫的黄海里护渔、护航、巡逻，后又调进舰队宣传部、文化部机关工作。窗外就是辽阔的海洋。

住在海边，尝尽海鲜。大海里的水产种类琳琅满目，数不胜数，尤其是鱼类，不但品种繁多，而且各有不同的特点像鲅鱼、带鱼、黄花鱼、银鲳鱼、石斑鱼、比目鱼、白鳞鱼等，都是肉嫩味鲜，回味无穷。

来江南之初，我不但不吃淡水鱼类，甚至还有某种抵触，认为淡水鱼有一种泥巴味！有人说，武昌鱼是鱼中珍品，新鲜无比。但因我有偏见，即便是特意为我而做的武昌鱼，我也不肯举箸。现在想来，有些可笑，也显得无知。

我第一次品尝武昌鱼，是在原本要接待领导做好的，武昌鱼因领导有急事返回，而不被食用。

我去机关食堂打饭时，炊事员老朱指着几盘清蒸的武昌鱼，笑着说道，本来是为领导准备的，他走了，你们就有口福了！说着，便卖给我一盘，收饭票三毛！

我临走时，他还嘱咐说："趁热吃，最鲜！"

这是我第一次吃武昌鱼，印象特别深刻：盘中的武昌鱼约有一斤半重，鱼的嘴里插了几根香葱，鱼身上撒着几片姜片，鱼腹中置也有少许姜片，别无其他佐料。

我将这盘清蒸的武昌鱼端回了宿舍，与夫人共同品尝起来。

此鱼的肉质洁白若雪，细腻若玉，软糯嫩滑，似乎入嘴便会融化！它既没有所谓的泥巴味，更没有海鱼的那种特殊的海腥味。至于它如何鲜美、可口，并非几句话就能够说得清楚的，大有"只可意会，不可言传"之妙。

就是这盘清蒸武昌鱼，让我改变了对淡水鱼的看法，也对武昌鱼产生了浓厚的兴趣。于是，我便循着它留在岁月中的游动轨迹，仔细寻觅着它的身影。

其实，武昌鱼的历史，也如同我们人类漫长的历史。不过，那时它不叫"武昌鱼"，而是称为"鲂鱼"。

最早出现在我们文字中的武昌鱼，是在2500多年前的《诗经·国风·陈风》中：

> 岂其娶妻，必齐之姜；
> 岂其食鱼，必河之鲂。

春秋时的齐国，第一代国君就是姜尚。姜姓是齐国的宗室贵族，宗室的待嫁女子，就是齐国的公主。她们不但出身高贵，而且面貌姣美。所以，要娶妻子，就要娶齐姜之女！

娶齐姜的女子，吃河中的鲂鱼，是当时社会上的一种时尚。不过，把齐国公主与鲂鱼并题而论，可见古人的想象力有多么奇特了。

《诗经》中所指的鲂鱼，也称鳊鱼。《本草纲目》上说："鲂，方也；鳊，扁也。其状方，其身扁也。"因其头部呈圆状，所以又叫"团头鲂"；又因它的颈部较短，又叫"缩项鳊"；它还有一个别致的雅名："缩项仙人！"后来，它又多了一个新的名字：武昌鱼。

武昌鱼这个名字，与一位帝王有关，也与一座城邑有关。

三国时期的孙权，字仲谋，吴郡富春（今富阳）人，是吴国的开国皇帝。他在称帝前，曾随其兄孙策征战江东一带。孙策文有张昭、张温、秦松等人为谋士，武有周瑜、朱治、程普等人为将军，割据了江东广大地区。执掌汉室重权的曹操，曾表奏孙策为讨逆将军，封吴侯。建安五年（公元200年），孙策在山中狩猎时，被仇家、原吴郡太守许贡的家客以箭射中面额，从马上摔下。不久创裂而亡。

孙策临终之前，曾对孙权说过：举江东之众，与天下抗衡。在战阵之间决机取胜，你不如我；举贤任能，使他们尽力竭力，以保江东，我不如你！你要好好干出一番事业！

他又对身边的张昭等人说，当前，中原大乱，我东吴一带的人力、物力，依靠长江天堑为屏障，可以坐视成败，相机保住和扩大东吴势力；并要求他们辅佐其弟孙权。

孙权继承其兄基业时，只有18岁！

曹操曾经这样说过："生子当于孙仲谋，刘景升（刘表）儿子若豚（猪）犬耳！"

孙权于208年联合刘备，在赤壁（今湖北蒲圻西北）大败曹操的数万人马；219年，又斩杀了刘备的大将关羽，从刘备手中夺回了荆州。两年后，被曹丕封为了吴王，次年改元黄武。又在彝陵之战中大败刘备。229年，在鄂县筑起了都城，取"以武而昌"之义，都城命名为"武昌"，并在武昌西山筑即位坛，告天称帝，国号武昌，改元黄龙元年。

孙权称帝后，吴国统治地区扩大了数倍，西南方扩大到两广及越南的部分地区；他还派人北航辽东、高丽；南通南海，设置农官，实行屯田；在吴越地区设立郡县，巩固东吴的统治地位。

同时，他还派遣将军卫温率领水军万人，渡海去了夷洲（今台湾），俘获数千人以扩充军队。可见在三国时期，台湾已经置于孙吴的管辖之下。

孙权认为，为了与蜀、魏争霸，继而夺取天下，就必须要提升都城的军事和经济实力。武昌境中湖泊众多，且紧靠长江，有利于水军作战，境内湖泊可操练水军，长港九十里可连通江湖；平原盛产鱼米，粮草无忧；山野蓄藏矿石，可发展冶炼。但武昌人口稀少，经济落后，发展采矿、冶炼、造船、建筑、纺织、制陶等行业，急需大量人才。于是下诏：从建康迁民千户至武昌！

建业（今南京）曾是东吴的大本营，公元221年，孙权由京口（今镇江）迁治秣陵；次年，改秣陵为建业。

当时，所谓的"迁民千户"，并非一千户普通百姓，而是士族大家，每户几十或数百人。其中，还包括采矿、炼铜、锻剑、铸镜以及建造舰船的能工巧匠。武昌一下子增加了十数万人，其工业、手工业和农业都有了前所未有的发展！所造战船，最大的可载士兵3000人！自此，中国历史便进入了三国时期。

在孙权的都城中，修建了富丽堂皇的武昌宫、安乐宫等宫殿，不但规模宏大，且所用材料亦十分讲究。

据《舆地记胜》载："武昌宫中古瓦皆澄泥为之，可以为砚，一瓦值万钱。"从一片宫瓦上，便可知其宫的用料之贵之精了。

谁知，就在孙权称帝不久，他又下诏：将东吴的都城由武昌迁至建业！同时，还将装修武昌宫剩下的名贵材料运往建业，装修建业的宫殿，并在原金陵邑的基础上修建了石头城。故而南京又有"石头城"之称。孙权的都城建在石头城之东，周长20里，并仿东汉洛阳宫修筑了宫城。他的禁卫队驻扎在秦淮河畔的巷子中，因禁军身着乌衣，此巷被人称为"乌衣巷"，至今仍在。

孙权命太子孙登留守武昌，武昌成了东吴的西都、陪都。

孙权卒后，甘露元年，东吴末帝孙皓，命人重新装修了武昌宫，并率文武百官再次将都城迁回了武昌。

之所以耗费了这么多的文字进行铺垫，是因为它们与武昌鱼有关。

4

东吴再次迁都武昌，应是冒犯了东吴宗室乃至重臣权吏的大不韪！建业在长江下游，孙权的吴国，是在南北士族的支持下建立起来的。孙权打天下时，不仅依靠和重用出身北方的豪强张昭、周瑜、鲁肃等人，还得到了江南大族顾、陆、朱、张四姓的辅佐，终于使他与蜀、魏三足鼎立！

但孙氏皇族和上层权贵皆系江浙一带人士，他们认为："扬土百姓，溯流供给，以为患苦；又政事多缪，黎元穷匮。"他们都坚决反对迁都武昌。虽然如此，但孙皓仍不改初衷，皇亲贵戚和文武大臣们也不敢公然挑战孙皓的最高权威。这时，建业的街头巷尾便悄悄传唱起了一首童谣：

> 宁饮建业水，不食武昌鱼。
> 宁还建业死，不止武昌居。

跟随孙皓到了武昌的左丞相陆凯，不知是受了建业方面的托付，还是他自己的主张，在他的奏章中，他除了阐述不可迁都的理由外，还引用了这首童谣，以表明连妇孺都坚决反对迁都武昌。

在这首童谣中，第一次提到了"武昌鱼"这个名字。

童言无忌。借着一首民间的童谣，抗拒帝王的旨意，这是一种巧妙的炒作。我想，街头上的那些顽皮孩童，他们才不关心迁都与否呢！此事一定有人在幕后策划，不但创作了这首童谣，还让孩儿们在建业城的大街小巷到处传唱！

我不知道东吴的帝王是否是因为听了这首童谣，又将都城迁回了建业，但我知道，正因为这场迁都之事，鄂州出产的团头鲂，便来了一个华丽的转身，也有了一个名噪天下的芳名：武昌鱼！

在读《武昌鱼之谜》以前，我对产自鄂州境内的长春鲂、三角鲂、团头鲂都分不清楚，统称为"鳊鱼"；也知道产于樊口大闸附近的鳊鱼，叫樊口鳊鱼，肉最嫩，味最鲜；别处的鳊鱼两侧有13根肋骨，而樊口鳊鱼却有14根肋骨！

樊口鳊鱼，才是真正的武昌鱼！我对武昌鱼的知识，仅此而已。

20世纪60年代，鄂城县在磨刀矶农场办了一个所谓清理阶级队伍的学习班，其实就是以阶级斗争为武器的整人班！参加学习班的，除了县委机关的全体干部之外，还有一些教师和文艺工作者，约有数百人之多。学习班也要参加田间的收割、放牛、摘棉花、锄草等农活。有一次，已是冬季，我与一位当过高中校长的人分配到湖里参加捕捞。午饭时，渔家将数条刚刚打捞上来的活鱼，放进鼎罐里，又从湖里舀了一瓢湖水，撒了一些盐，便在鼎底生起火来。不一会儿，鼎罐中便冒出了白色的热气，一股从未闻到过的香味，随着阵阵湖风，在寒冷的湖面上弥漫着。

鱼煮熟了，船家给我盛了满满一大碗，我坐在船头上，一面看着旁边的渔船起网，一而吃着热气腾腾的鲜鱼，味道鲜美无比，胜过了人世间所有的鱼中美味！

不一会儿，碗就见底了。我问船家，我吃的是什么鱼？船家说是鳊鱼。我又问，这里的鳊鱼，为什么比城里的好吃多了？船家说，在船上吃的，是用湖水煮的鳊鱼！

我顿时领悟了，同样的一条鳊鱼，在不同的环境里，以不同的心境去品尝，就会有不同的感受。

这是一次人生的经历，也是一种生活的体验，让我至今难以忘怀。

鳊鱼是团头鲂、长春鲂、三角鲂的统称，在长江流域的湖北、湖南、江西、安徽、江苏等省份，以及广东、广西、山东、山西等省份，皆能看到它的身影。但被认定为"武昌鱼"的团头鲂，其繁衍、生长的水域，是在江南的鄂州！鄂州境内，除长江之外，尚有梁子湖、三山湖、花马湖等123个自然湖泊，生长着21科106种鱼类（《鄂州市志·水产篇》），武昌鱼就是其中的一种。

许多鄂州朋友告诉我，最正宗的武昌鱼，产自江水与湖水交汇处的樊口。

水面广阔、水质优良、水草繁茂的梁子湖，是湖北省的第二大湖泊，也是武昌鱼的母亲湖。每年的春季，是武昌鱼的繁殖季节。湖水上涨后，武昌鱼的幼鱼便会沿着90里的长港，进入滔滔的长江。当它们长大成熟后，便会汇集在长港入江处的樊口。湖水与江水在这里汇合，水中富有养分。武昌鱼在樊口汇集后，便会溯港洄游，它们经过90里长港的逆流，又回到了它们的出生地梁子湖。它故而脂肪肥厚，体质上乘，而那些体质较弱的武昌鱼，因难以到达目的地，便被自然淘汰了。

《湖北日报》的一位资深记者，对武昌鱼的习性颇有兴趣。有一天，我们由樊口乘船，逆长港而上时，又谈起了武昌鱼。他打了一个比方：运动场上的长距离田径比赛，只有体格健壮的优秀运动员，才能抵达终点；而体力弱的，便会淘汰出局。他的意思是：鄂州襟江带湖，长江中的武昌鱼，要想回到梁子湖，就要逆流而上，奋力游过90里长港，它们脂肪丰厚，肉质丰满，这才是最合格的武昌鱼！

他的这个比方，形象、生动，不知权威人士是否认可？

5

樊口，曾经是鄂州的一座古镇，通过长港，将阳新、大冶、武汉等七个县市的河流、湖泊与长江贯通，把沿江的口岸城市连为一体，交通便捷，码头繁忙，店铺众多；昔时，有"小上海"之称。

70年代初，樊口已有两座调节水量的大闸：民生闸、樊口闸。70年代末，又在樊口闸的旁边，新建了一座亚洲最大的排灌两用的大闸。

武昌鱼，就生活在大闸附近的水域之中。

樊口镇有个渔业大队，以捕捞和养殖武昌鱼为业。因为在那里建了三个调节水量的水闸，加之外江捕捞十分困难，他们便改行办起了雷山铁矿，以开采铁矿石为业。

70年代中期，为了发展钢铁事业，许多地方掀起了"大打矿山之仗"。我被抽到了矿山会战指挥部工作。当时全县已开办了十数家铁矿，西、雷二山，分属城关镇的西山铁矿和樊口镇的雷山铁矿。

有一天，我在雷山铁矿座谈时，天上忽然飞起了雪花。气温骤降。大家围坐在炉前闲谈时，又说起了武昌鱼。我问，真正的武昌鱼，到底出在哪里？

他们听了，禁不住大笑起来：你算是问对人了！

原来，他们不但熟悉武昌鱼，他们的祖祖辈辈也都是打鱼之人。他们告诉我，真正的武昌鱼，就产在雷山和西山的脚下！

此话不虚。《舆地记胜》中对此已有记载。更可靠的是宋代武昌县的县令薛季宣，在他的《鄂城篇》一诗中，有"鄂王城阙烟苍苍，鄂王宫殿波茫茫……生死建业信徒语，石盆古渡犹多鱼"。石盆古渡。在樊山的石门山下。明代的《永乐大典》已有记载："武昌石盆古渡，有石臼遗存。"

这些打鱼出身的矿工，豪爽、质朴、热情好客，他们向我讲了与武昌鱼有关的一些传说，我也谈了我吃武昌鱼的经历。此时，天色已晚，窗外仍在飘着雪花。我告辞时，矿长连忙拉住了我，他说道："来得早不如来得好，今晚，我就让你去尝尝地道的武昌鱼！"说完，他便打发一位年轻矿工出去了。

当那位年轻矿工披着一身雪花回来时，手里提着一只竹篾鱼篓。矿长伸手从鱼篓里抓出两条半尺多长的鳊鱼，说道："这才是大泂中的武昌鱼！"接着，他解释说，由于地形变化，江水改道，大小泂已经消失了。过去在石臼中过冬的武昌鱼，只有在大闸的附近还能捕到几条。他们将捕到的武昌鱼养在鱼篓中，放在闸口的深水里，以招待尊贵的客人。

两条武昌鱼是铁矿的食堂烹饪的，一条是红烧武昌鱼，一条是清蒸武昌鱼。大家围炉而坐，喝着樊口产的稻糠酒，品尝着不同色泽和不同味道的两盘武昌鱼，别有一种情趣。不知是酒力太猛，还是心情大好，我已经半醉了。在回家的路上，竟觉得落在脸上的雪花，柔柔的，软软的，没有一丝寒意。

6

汉唐时的武昌城，城北紧靠长江，江水绕城墙东流，江岸上有石如翼，横在江滨，其上平坦宽阔，可容百余人。那里曾经是吴王孙权垂钓和宴饮的地方，人称"钓鱼台"。三国时期"张昭谏酒"的典故，就发生在这里。

登上台去，可与赤壁隔江相望。它的斜对面，就是屹立在长江之中的观音阁，也是鄂州八景之一的"龙蟠晓渡"。小泂就在钓鱼台下。唐代诗人元吉在他的《漫歌八曲·小泂中》有：

> 层石横大江，人言是钓台。
> 水石相冲激，此中有小洄。
> ……

孙权离开武昌以后，江边的这座钓鱼台也渐渐被人冷落，加上战乱不断、采石固堤等原因，钓鱼台上荒草丛生，无人问津。

近年来，鄂州市将沿江一带开辟为三国吴都风光带，并在原址旁边修建了一座汉代风格的钓台，拾级而上，两旁尽是翠竹青松，环境幽静，建筑古朴，似有楚风汉韵扑面而来。

7

《武昌鱼之谜》一书，有种先声夺人之感。未读之前，总想知道它到底叙述了什么样的谜团？又是怎样解开这些谜团的？读过之后才明白，作者之意不在鱼，而在武昌鱼身上的文化！

在这部洋洋近35万言的专著中，写《武昌鱼史考》，仅有7000余字，而《武昌鱼烹饪》和《武昌鱼养殖》，加起来还不足八万字。他将大量的篇幅，用在了自汉代以来的北周、唐、宋、元、明、清、民国直至当代吟哦武昌鱼的诗词和传说故事，这是作者的过人之处，也是这部专著的精髓所在。

中华民族是诗歌的民族，唐代诗歌登峰造极，宋代又把词推到了极致。中国的诗词如汪洋大海，中国的诗人像天际的星辰。但若说曾经有120多位诗人，倾注了那么多的情感去歌咏一条鱼，却是十分鲜见的。

在这些诗人当中，不乏诗坛上的名家泰斗，如北朝的庾信，唐朝的杜甫、元结、岑参、杜牧、孟浩然等，宋朝的王安石、欧阳修、苏轼、苏辙、黄庭坚、张耒、范成大、陆游、扬万里等人，元朝的丁鹤年、马祖常、陈友谅等人，明朝的何景明、杨基、汪道昆、周德清等人，清代的曾国藩、张之洞、王士祯、梁叔子等人，近代的只选了一位，即毛泽东。

诗圣杜甫，在他的《解闷》一诗中写道：

> 复忆襄阳孟浩然，清诗句句尽堪传。

即今耆旧无新语，漫钓槎头缩项鳊。

诗人所说的"缩项鳊"，就是团头鲂，也就是武昌鱼。

北宋的政治家、诗人王安石，晚年退居金陵时，写了一首《别方邵秘校》：

> 迢迢建业水，中有武昌鱼。
> 别后应相忆，能忘数寄书？

王安石的政敌加朋友苏轼，在"乌台诗案"之后，贬谪黄州四年。他既是诗人，又是美食家，曾多次乘舟渡江，来鄂州访友、游览。他在品尝过武昌鱼之后，乘兴写下了一首《鳊鱼》：

> 晓日照江水，游鱼似玉瓶。
> 谁言解缩项，贪饵每遭烹。
> 杜老当年意，临流忆孟生。
> 吾今又悲子，辍筋涕纵横。

诗中的"缩项"，指的就是武昌鱼。

> 谁将玉笛弄中秋？黄鹤飞来识旧游。
> 汉树有情横北渚，蜀江无语抱南楼。
> 烛天灯火三更市，摇月旌旗万里舟。
> 却笑鲈乡垂钓手，武昌鱼好便淹留。
> ——范成大《鄂州南楼》

> 吴门台北竹楼隅，三日追陪漫叟居。
> 晓梦惊辞赤壁鹤，夜栖看打武昌鱼。
> 横洲遥溆分灯影，落月斜河运斗车。
> 回伏三江问汉口，陆离兰叶响环琚。
> ——周端朝《三江口》

> 昔日江湖上，飘然无定居。

频倾京口酒，亦食武昌鱼。

北首心空壮，东归愤不摅。

岂知牙齿落，送老一茆庐。

      ——陆游《初夏杂吟》

剑磨驴膊倦征途，三岁南轩客寓居。

建业水甘供日饮，波间亦有武昌鱼。

      ——曾极《南轩》

三军不食武昌鱼，万骑时迁建业居。

曾得紫髯开国意，太初名是作宫初。

      ——杨备《太极宫》

渔人生计占沙洲，一网鳊鱼二百头。

鱼未到家人买尽，明朝一网更盈舟。

      ——王十朋《晚过沙滩》

一瓶一锡一团蒲，到得今年一物无。

桑下勿兴三宿念，古人不食武昌鱼。

      ——岳珂《至鄂期年》

饱食武昌鱼，不如归故庐。

盟鸥还海道，问雁觅家书。

又把乡人刺，来投使者车。

东园桃与李，莫使着花疏。

      ——戴复古《见赵知道运使》

  在《武昌鱼之谜》中，还解读了元、明、清三代的五十余首诗词，摘录几首如下：

一片青天白鹭前，桃花水泛住家船。

呼儿去换城中酒，新得槎头缩项鳊。

      ——杨维桢《题春江涣文图》

春风吹雨湿衣裙，绿水红妆画不如。

却是汉阳川上女，过江来买武昌鱼。

——杨基《望武昌》

钓得鳊鱼不卖钱，瓷瓯引满看青天。

芳树下，夕阳边，睡觉芦花雪满船。

——刘基《渔歌子》

吾庐天地不曾租，绝好闲官事又无。

浇酒洲边告鹦鹉，年来食饱武昌鱼。

——范藉《春日武昌杂咏》

主贤忘却客中居，一月勾留意有余。

入口肥鲜堪记忆，几时曾食武昌鱼。

——陈叔通《庐山纪游》

　　武昌鱼，在诗歌的长河中，经过了 1700 个春秋，终于游成了一条诗化了的鱼，也是人世间绝无仅有的一条鱼！

8

　　鄂州境内的梁子湖，是武昌鱼的母亲湖，湖面碧波万顷，湖中水草茂盛，适合武昌鱼的繁衍生殖。2004 年 7 月，经国家批准，辟为了"湖北团头鲂（武昌鱼）原种场"，全市放养武昌鱼的水面面积达到了 62.8 万亩，每年产武昌鱼数万吨，其中加工外销 10 余万吨。

　　梁子湖中有座梁子岛，岛上居民以在湖中捕鱼为业。关于梁子岛的来历，有一个颇为传奇的传说：

　　古代的梁子湖，是高唐县的一片土地肥沃的陆地，在高唐县城的上街，住着梁姓的母子二人，母亲陈氏，儿子名叫梁金哥，母子相依为命，以打鱼为生。

　　某日，一位乞讨的老人来到陈家门前，心地善良的陈氏便将家中仅有的一碗米饭递给了这位老人。老人临走时对她说：若发现县衙门前狮子的口中有血，就会地陷，要赶快逃离！老人走后，陈氏让梁金哥每天都去县衙门前看石狮子。一屠户知道后，故意将猪血涂在了石狮子的口中。梁金哥看到后，立即告诉了母亲。陈氏便和梁金哥一道四处告知邻人外出逃命。不久，天降暴雨，雷声震耳，地动山摇。不久，高唐县便沉入了湖底，邻人们随着母子二人逃到了一座小岛上。人们为了感激梁家母子，遂称此湖为"梁子湖"，湖中的小岛为"梁子岛"。

梁子湖，就是武昌鱼的母亲湖。

9

武昌鱼身上的谜团，是被易伯鲁院士揭开的。

中国水生科学院的易伯鲁院士，曾于1955年率领水生生物研究所的30多位科研人员，来到了梁子湖，做了为期三年的科学考证。他认为，梁子湖中的鳊鱼有"三姊妹"，即三角鲂、长春鲂和团头鲂，它们形态相似，但真伪难辨。长春鲂和三角鲂在全国其他水域也有分布，唯团头鲂是梁子湖的独有品种。1967年7月13日，他在《关于武昌鱼》一文中指出："如果要证名分，那么武昌鱼就应该归团头鲂所有。"由于他反复认真的考证，认为梁子湖就是武昌鱼的母亲湖；产于梁子湖的团头鲂，就是正宗的武昌鱼！他的考证得到了中外学者的广泛认可，他也被人誉为"武昌鱼之父"！

2015年10月，全国第18次社会科学普及工作经验交流会在长沙举行，《武昌鱼之谜》荣获优秀社会科学普及奖。

……

今天的武昌鱼已成为一种产业。据不完全统计，武昌鱼的养殖、加工，其投资已超过了1000亿元；以武昌鱼为食材的饮食业，其产值已达2000亿元！

可否在樊口附近兴建一座武昌鱼展览馆？

可否在钓鱼台附近，建一座歌咏武昌鱼的碑林？

今天，武昌鱼依然生活在华夏的江河湖泊之中，它已经成为一种文化。而文化的生命力是永恒的！

第二辑

挑灯温史

严子陵是一种文化

1

多年之前，严家大湾的友人告诉我，他们是东汉严子陵的后裔。我听了，大为惊疑。这位在富春江畔垂钓的隐士、被尊为"万世师"的严子陵，真的与鄂州的严姓有关吗？后来陆续读了《认识严子陵》《严子陵钓台文集》等史料始知，姓氏是一种独特的文化遗产，它根植于深厚的中华文化之中，血脉传承，源远流长。

严子陵（前39–41），名光，又名遵，子陵是他的字，他既未任过重臣要职，也未立过汗马战功，更无辉煌著作留世，但他的名气和影响，却不输于历代的帝王将相和众多的文人墨客。在《后汉书·逸民列传》中，记载他的只有这区区392个字。其中提到了他口授给侯霸信中的两句话："怀仁辅义天下悦，阿谀顺旨要领绝。"他一生爱好钓鱼，放浪山野，后世敬仰他的清亮高傲，颂扬他是高风亮节的"汉高士"。

据史料载，严氏原姓芈，是周成王封诸侯国荆楚熊绎的始祖，楚庄王之后，改姓为庄。战国时期的庄周（庄子），独尊老子学说，主张清静无为，著有传世之作《庄子》。严子陵在世时叫庄光，也叫庄子陵，因汉明帝叫刘庄，为避尊者讳，遂改庄姓为严姓，民间至今有"庄严一家"之说。

严子陵的童年和少年是在河南新县度过的，后随祖父迁至浙江余姚的姆湖（今姆湖严家村）。15岁游学时结识汉高祖刘邦的九世孙刘秀，二人同赴长安在太学求学，遂成莫逆之交。

王莽篡权后，刘秀举义起兵，严子陵参与了起兵事宜，在征战时先后五次赴刘秀营中出谋划策，运筹帷幄，还向刘秀推荐了邓禹、马援两位大将。刘秀即位后为汉光武帝，是东汉的首位皇帝，因严子陵不愿授官，便隐姓埋名，居于山水之间。

东汉建立之初，刘秀求贤若渴，想重用严子陵，于是亲自口述了严子陵的容貌，命画师作像，派员四处寻访。有齐人奏报说，有一身披羊装的男子垂钓于江河，举止不似常人。刘秀知道他就是严子陵，即遣使邀请。

前两次邀请均被严子陵婉拒，第三次礼请时，使者带去了刘秀的亲笔信，严子陵只好从山东到了长安，下榻在皇家的北军宾舍，刘秀亲自赴宾舍相见。严子陵躺在床上，翻身向里，假装睡熟，不予理睬。次日刘秀又将他接进宫中，二人彻夜叙谈，夜深时同榻而卧。谁知严子陵睡熟后竟将一只臭脚压在刘秀的腹部！刘秀为不打扰他的睡眠，就让那只臭脚一直压在自己的肚皮上！

次日，司徒侯霸命太史官上奏：昨日有客星侵犯帝座星！刘秀笑着说，是朕与老友共眠时，他把脚压在朕的身上了！

此事，便成了中国史书上"客星犯帝座星"的佳话。

光武帝刘秀具有"中兴之主"的胸襟、风度和风范，他尊重严子陵的志向，允许他回到富春江畔，清静无为地过着他的隐居生活。两年后刘秀再次颁召，并考察他的耕钓生活。东汉建武十年，刘秀再次下诏征召严子陵入京。当诏书送达时，严子陵已经病逝，终年80岁。

刘秀得知后十分悲痛，并下诏郡县为他赐钱百万，谷千斛，以安排他的后事。

2

我曾读过郁达夫（1896—1945）的一篇游记《钓台春昼》，他以游客的视角对严子陵钓台的所见做了介绍。我对严子陵钓台的认识，是从南宋爱国诗人陆游的那首《鹊桥仙·钓台》开始的：

一竿风月，一蓑烟雨，家在钓台西住。卖鱼生怕近城门，况肯到红尘深处？

潮生理棹，潮平系缆，潮落浩歌归去。时人错把比严光，我自是无名渔父。

因诗人主张收复中原，而被排挤出京城，在贬途中他路过严子陵钓台，写下了这首词，表达了对严子陵的敬仰之情。

女诗人李清照在战乱中路经严子陵钓台时，写了一首《夜过严滩》：

巨舰只缘因利往，扁舟亦是为名来。

往来有愧先生德，特地通宵过钓台。

这位词坛婉约派的杰出女词人，在这首词中，却以凌厉的笔锋，抨击了严子陵所鄙视的社会现象。

其实，在严子陵钓台旁边，还刻有诗 674 首、词 80 首、曲 21 首、赋 20 首、文近百篇，最早的作者是南朝的谢灵运，最迟的是王国维。其中还有孟浩然、李白、孟郊、白居易、杜牧、王安石、苏东坡、黄庭坚、杨万里、辛弃疾、范成大、柳永、王十朋等历代文坛名士的作品，就是浏览整天也未必读完！

被称为"谪仙人"的李白，面对严子陵钓台触景生情，先后写了六首诗，其中一首是《酬崔侍御》：

> 严陵不从万乘游，归卧空山钓碧流。
> 自是客星辞帝座，元非太白醉扬州。

他在诗中表达了对严子陵高风亮节的敬仰，也抒发了自己生不逢时的愁绪。

登上严子陵钓台，既可领略"奇山异水，天下独绝"的富春江风光，丰富自己的生活阅历，还可洗涤灵魂，陶冶情操。因为严子陵已成为一种精神遗产，它已渗透到中国传统文化的深层结构中了。

3

虽然严子陵钓台之名古已有之，但使其知名度大幅提升并成为古代知识分子的典范，北宋名臣范仲淹功不可没。

范仲淹被贬出京师出任睦州知州时，严子陵祠堂已破败不堪，断垣残壁上绿苔斑斑，荒草丛生。为了纪念这传世崇拜的偶像，他在桐庐的严陵滩旁边，修建了钓台和严子陵祠堂，祠成后又撰写了千古名篇《严先生祠堂记》，一时传遍朝野，洛阳纸贵：

> 先生，汉光武之故人也。相尚以道。及帝握《赤符》，乘六龙，得圣人之时，臣妾亿兆，天下孰加焉？惟先生以节高之。既而动星象，归江湖，得圣人之清。泥涂轩冕，天下孰加焉？惟光武以礼下之。
>
> 在《蛊》之上九，众方有为，而独"不事王侯，高尚其事"，先生以之。

在《屯》之初九，阳德方亨，而能"以贵下贱，大得民也"。光武以之。

盖先生之心，出乎日月之上；光武之量，包乎天地之外。微先生，不能成光武之大，微光武，岂能遂先生之高哉？而使贪夫廉，懦夫立，是大有功于名教也。

仲淹来守是邦，始构堂而奠焉，乃复为其后者四家，以奉祠事。又从而歌曰："云山苍苍，江水泱泱，先生之风，山高水长！"

范仲淹是北宋"庆历新政"的主要主持者，他既是一代名臣，也是一位文学家、军事家。他撰写的《岳阳楼记》，融纪事、写景、抒情、议论于一体，展示了他的气魄、情操、学识和人品，可谓字字珠玑，句句金玉。这两篇美文可谓珠联璧合，前后映辉。《岳阳楼记》中的"先天下之忧而忧，后天下之乐而乐"和《严先生祠堂记》中的"云山苍苍，江水泱泱，先生之风，山高水长"，已成为知识分子人格的标杆。

钓台巍巍，青山不老，斯人常在，江水滔滔。

读《梦溪笔谈》

腊月岁末，天寒地冻，不宜外出，却适宜宅在家里读书。在读《中国通史》时，北宋时期的沈括和他的《梦溪笔谈》，引起了我的兴趣。

其实，我对沈括曾经有过偏见，原因很简单：我查阅苏东坡的史料时，看到了诗人与沈括的一段文字：

熙宁六年（1073年），正值朝廷推行王安石的变法。苏轼并不反对变法，但他对变法中的某些过激作法，有自己的不同看法，便上书请求外调，任杭州府通判之职。支持变法的沈括，时任三司使，负责掌管朝廷的财政大权，被宋神宗诏为两浙路察访使，也就是钦差大臣，奉命前往江南巡察时，路过杭州。为人热情的苏轼为尽东道主之谊，特意设宴为他接风。席间，二人把酒论盏，咏吟诗词，无话不谈。苏轼也谈了自己对变法的一些看法。临别时，沈括恳请苏轼写首诗以留作纪念。苏轼爽快地答应了，一口气抄录了自己的三首诗送给了他。沈括连声道谢。

谁知沈括回到京城后，不但将苏轼批评变法的话禀报了宋神宗，还呈上了苏轼的三首诗以作佐证。用现在的话说，沈括向皇上打了小报告！谁知宋神宗听了，竟然置之不理！有人将此事告诉了苏轼，苏轼听了，笑着说道："我的拙作，今后不愁没有人呈给圣上御览了！"

王安石二度罢相后，沈括又投靠了新宰相吴充，还撰写了一份疏章批评王安石的平役法，秘密呈给了吴充。吴充放在衣袖里，密呈给宋神宗。宋神宗认为沈括反复无常，便将他贬出京城，任宜州的地方官。

我在《苏东坡别传》中，曾经提到过此事，还怀疑过沈括的人品。现在看来，也许有失公允。

出生钱塘（今杭州）的沈括，从小跟随在外做官的父亲生活，24岁时科考入仕为官，先后在不少地方任职，还在朝廷的昭文馆中编辑过图书，这为他接触和阅读大量藏书提供了条件。他任军器监（掌管和制造兵器的机构）时，曾研究过兵器、城防、布阵等方法。他奉命出使辽国时，曾详细考察了沿途的山川道路和风土人情。他对天文、历学也有浓厚的兴趣，任司天监时，还认真研究天象、制造历法。为了观察天象，他亲手改制了天文仪器，并创造了一种新历法——十二气历。他主张以节气定日历，大月31天，小月30天，不需闰月。这样一来，使年、月、日和四季的节气配合准确，不但适应农业生产需要，而且十分科学。英国现在统计农时节气的"萧纳伯历"与沈括的"十二气历"的原理，基本相同。可惜的是，由于受到守旧大臣的阻挠，"十二气历"未能推广施行。

指南针是宋代的一项重大发明。沈括对指南针的使用进行过多种实验。他发现指南针所指的方向并非正南，而是略显偏东。这种现象在物理学上称作"磁偏角"，这也是世界上最早发现"磁偏角"的记录，比欧洲哥伦布的发现，整整早了400年！

"石油"一词，最早出现在他的《梦溪笔谈》中。他发现陕北一带的地下蕴藏着一种十分丰富的矿产——石油，他认为，中国"石油至多，生于地下无穷"，并预言"此物后必大行于世！"他在900多年前的预言，今天已完全得到了印证。

在《梦溪笔谈》中，他还详细记述了活字印刷技术。在毕昇发明活字印刷术之前，印刷书籍采用的是雕版，即把印书的文字，用刀在一块块木板上，雕刻成凸出来的反写文字，尔后将墨涂在纸上进行印刷。雕版印刷虽是古代的重大发明，但也有不足之处：一部书印完了，雕版也就没有用处了，若印新书，则要重新雕版，既费时又费力。湖北英山人毕昇采用胶泥刻字，并在火上烤硬，排版印书时，先在铁板上涂上一层松脂、蜡和纸灰，再将胶泥文字一个个排放进一个铁框中，满了一铁框就是一版，用火烤过之后，等松脂、蜡熔化、冷却了，就成了一页书版，涂上墨就可以印刷了。印完之后，将铁框在火中烘一烘，松脂和蜡熔化了，胶泥文字便脱落下来，可留作下一次印书使用。

毕昇是古代杰出的科学家。活字印刷是印刷史上的一次重大革命。我们应当感谢沈括，是他把毕昇的发明记述下来，并收录在《梦溪笔谈》中，后人才记住了毕昇这个名字和他的活字印刷术。

58岁时，沈括辞去官职，隐居在润州（今镇江市）的梦溪园，他在那里潜心科学研究，勤奋笔耕不辍，终于完成了前无古人的科学著作《梦溪笔谈》。

《梦溪笔谈》共30卷，包括历史、数学、物理、化学、生物、地理、医学、地质、考古、文学、音乐、绘画等内容，在许多学科中，他不但做过深刻研究，而且有他自己的独到见解。

今天，《梦溪笔谈》已成了中华文化宝库中的珍贵遗产，也是世界科学史上的一部杰作，西方科学界称赞此书是"中国科学史上的坐标"。

中华文化不仅博大精深，而且源远流长。

读韩愈《上宰相书》

科举制度始于隋代，到了唐朝，其制度已逐渐完善。唐太宗贞观年间，每年参加进士考试的人数达千人之多！但仅有百分之一二的人能跳过龙门！到了武则天执政时，她将天下应试举子召到洛阳，由她亲自出题面试。

这就是殿试的开始。

到了玄宗时期，他将诗赋作为科考的主要内容。于是，中国诗歌便进入了一个全盛时期。

我曾认为，大凡考中进士者，都有任职的机会，但在撰写李白和李商隐的长篇小说时，发现并非如此。才华横溢的诗人李白，却因身份有异，不准参加科考！饱读诗书的李商隐，第一次科考就名落孙山！

即便是金榜题名、进士及第的幸运儿，也只是有了任命官职的资格，还要通过吏部的"铨选"，即吏部试，方可脱下身上的粗衣麻衫，换上官服。所以，吏部试也叫释褐试、关试。

吏部试大都在放榜之后举行，时间在春季，故也称"春关"。

吏部试可不是走过场的，不知有多少学子卡在了这一关上！唐代古文运动的倡导者、被后人称为"唐宋八大家"之首、将他与柳宗元、欧阳修、苏轼合称为"千古文章四大家"的韩愈，他在《上宰相书》中说，自己"四举于礼部乃一得，三选于吏部卒无成"。意思是说，他在礼部试中考了四次，才进士及第，在吏部试中考了三次，但未获准任职。他还说："遑遑乎四海无所归，恤恤乎饥不得食，寒不得衣，濒于死而困。"可见，他虽然中了进士，但生活仍然没有着落。

至于那些未能进士及第的举子，其命运就更令人同情了。

诗人杜甫去长安参加科举考试时，他的遭遇则是——

> 朝扣富儿门，暮随肥马尘。
> 残杯与冷炙，到处潜悲辛。

诗人李商隐的命运比李白、杜甫好一些，他考中进士后，吏部的释谒试也已合格，但拟任官职的名单送到中书省后，他的名字却被抹去了，因为他成了"牛李党争"的牺牲品！

科举制虽然改善了大唐的用人制度，促进了士人读书的风气，也推动了大唐诗歌的蓬勃发展，但却因种种原因，埋没和排斥了一些人才。不过，李白、杜甫等人虽然缺席了君王的状元宴，也没在大雁塔上题名，但却成了中国诗歌天空中最耀眼的两颗明星！

也许人们不记得彼时的君王是谁，但却记住了诗仙和诗圣的名字！他们留下的诗歌，至今家喻户晓，妇孺皆知。

从《渔家傲》到《苏幕遮》

我曾多次登上洞庭湖畔的岳阳楼，拜读过范仲淹的《岳阳楼记》，每每读到"不以物喜，不以己悲；居庙堂之高则忧其民，处江湖之远则忧其君"时，便感到是对灵魂的一种拷问，因为这是先贤对人的品格的诠释。他倡导的"先天下之忧而忧，后天下之乐而乐"的名句，已成了人生践行的座右铭。

今年春季，我途经青州时，又去了李清照故居旁边的范公祠，祠前有株合抱粗的"宋槐"。据说此槐是范仲淹亲手种植，距今已有千余年，仍枝虬如铁，树盖如伞，许多年轻人在树下拍照留念，他们是范公的粉丝。

在祠中，我驻足在他的一首《渔家傲·秋思》前面，默默地品味着词中的意境：

寒下秋来风景异，衡阳雁去无留意。四面边声连角起，千嶂里，长烟落日孤城闭。

浊酒一杯家万里，燕然未勒归无计。羌管悠悠霜满地，人不寐，将军白发征夫泪。

我似乎感受到了边塞的苦寒、城池的衰败和戍边将士在霜地里思念家乡难以入睡的心境，似乎听到了远处传来的如泣如诉的羌笛声……

当年的北宋政权，其边境西夏经常受到以李元昊为首的党项人的侵犯。北宋宝元元年（1038 年），李元昊自立为帝，国号大夏。他还创造了西夏文字，击败了宋、辽两个政权的进攻。他又是一个极为残暴的皇帝，不但毒杀了自己的母亲，杀了他的舅舅及两个失宠的妃子，还杀死了自己的几个亲生儿子，一个鲜见的冷血动物！

就在李元昊大举进攻大宋时，52 岁的范仲淹临危受命，与宰相韩琦到达边塞。他改革宋军旧制，分部训练，轮流作战，提高了宋军的战斗力；又修筑了青涧城和鄜城，并将边境地区的十二座要塞改造成城池，加强了对西夏的防御；又让逃亡外地的百姓和羌族牧民回归宋朝，逼着西夏请求议和，并向宋朝称臣！

......

就在这颗宋槐的北面，有冯玉祥将军的隶书碑联：

> 兵甲富胸中，纵教他虏骑横飞，也怕那范小老子；
> 忧乐关天下，愿今人砥砺振奋，都学这秀才先生。

范仲淹不仅是位杰出的军事家，也是一位优秀的政治家，他从战场回到汴京之后，便主导了中国历史上的"庆历新政"，新政的重要内容是整顿吏治，裁减贪赃庸碌官吏，为的是解决朝中机构臃肿、人浮于事的弊端；对于地方官员，他亲自考察，凡才疏无为者，他大笔一挥，勾出名字！由于胆大果断，力度又大，便触动了一些人的利益，他们给他戴上了"朋党之罪"的帽子，将他排挤出了北宋的政权核心。"庆历新政"也因他的离开而不了了之。

自此之后，范仲淹先后在邓州、抚州、阜阳为官，政绩斐然。他还创建了苏州书院，除让莘莘学子学习"四书""五经"之外，他还亲自言传身教，为他们传道授业。千余年来，从那里走出了80多名状元和400多位进士。

从小就立志"不做良相，便作良医"的范仲淹，在被谪之后的岁月里，曾填写了一首《苏幕遮》：

> 碧云天，黄叶地，秋色连波，波上寒烟翠。山映斜阳天接水，芳草无情，更在斜阳外。
> 黯乡魂，追旅思。夜夜除非，好梦留人睡。明月楼高休独倚，酒入愁肠，化作相思泪。

在这首词里，他追忆了在西夏戍边的军旅生涯，描绘了边塞地区的所见所闻，勾起了对中原故乡的眷恋。酒入愁肠，全都化作了相思的泪水，词中流露的是诗人一种难得的家国情怀。

读罢《范仲淹传》，我感受到了诗人的人格魅力，这正是儒家推崇的"修身、齐家、治国、平天下"的理念，也是中华民族传统文化的一种彰显。

孔雀胆与《吐噜歌》

1

孔雀，被称为百鸟之王。

不论它身上的华丽羽毛、优雅身姿，还是相关的故事和诗词歌赋，都能引起人们的无穷联想，如：百鸟朝凤、凤栖梧桐、孔雀开屏等美好吉祥的字眼。但是，就是这种百鸟之王，身上却有一个可怕的器官——孔雀胆，那可是一种剧毒之物！

许多年以前，我看了郭沫若创作的话剧《孔雀胆》之后，才知道孔雀胆有毒，而且还是一种可怕的剧毒！不过，我总是难以将美丽的孔雀与死亡联系在一起，甚至对孔雀胆是否真的有毒，亦半信半疑。

年轻时，我在云南逗留过一段时光，曾在大理、西双版纳和滇池一带，看到过许多孔雀，还听说过与孔雀有关的故事和传说，但没听说过孔雀胆有毒。

有一次，我从昭通回昆明，长途汽车在群山间整整走了三天！一路上，经过了许多野店和荒寨，见识了不少当地的风物人情。有一天，汽车停在一个挺热闹的坝子上，乘客下车吃饭、投宿。我刚一下车，一群小贩便围拢过来，兜售着地方的土特产。一个十多岁的男孩，用树枝串着一串熟鸡蛋在大声叫卖：一毛钱一串！

路边一个摊位上的货物，引起了我的好奇：一条茶杯粗的蟒蛇，已被剁成了六段，小贩大声吆喝着："两毛钱一段！谁要？"

摊主是个中年汉子，他指着身边的竹笼喊道："谁要孔雀？煨汤比鸡鲜，烧肉比鹅肥！"

听说是孔雀，引起了我的极大兴趣，走近一看，竹笼里果真有一只色泽鲜艳的孔雀，只不过被拔去了长长的羽翼，无精打采地扒在笼子里，与旁边雄赳赳的大公鸡比起来，显得既可怜、又丑陋。

这位中年汉子指着竹笼问我："有九斤重呢，要吗？五块钱拎去。"

我摇了摇头，指着木板墙上插着的一把孔雀羽毛，问道："卖吗？"

汉子将羽毛递给我："卖！给八毛钱吧！"

我给了他一块钱；他边给我找零钱，边说："这是从四只公孔雀身上拔下来的，都是我在山里逮到的。"

我问："听说孔雀胆有毒，是真的吗？"

"哪里来的毒哟，"他说，"莫听他们瞎说哟！"

30年以后，我原本要去西双版纳旅游的，谁知，因故滞留在军队的医院里，闲来无事，便去了南郊的阿姑庙，结识了当地的一位退休的历史老师。我向他请教：孔雀胆是否真的有毒？他点了点头，指着旁边的阿姑庙说道："庙里供奉着的阿姑，就是被孔雀胆毒死的阿盖公主！"

我们坐在茶亭里，他边品茶，边讲述了一段凄美的往事——

2

云南，是一个美丽而神奇的省份，也是孔雀的王国，少数民族众多。在西汉时，云南称为滇国；盛唐时，称南诏；五代十国时，段思平灭了南诏，改名大理国。元朝时，忽必烈率兵亲征，灭了大理国，建立了云南行省，并分封蒙古皇室亲王为梁王，梁王府设在昆明，镇守云南全省；同时，又对原大理国的段氏，封为世袭的大理总督，形成了昆明的梁王和大理的段氏家族并存的局面。

谁知，到了元朝末年，各地发生了多起农民起义。红巾军首领明玉珍，占领了四川以后，在重庆称帝，建立了大夏国；又发兵南征云南，占领了梁王的昆明！梁王在出逃途中，向大理总管段功求救！段功答应后，便亲自率兵抵抗大夏军队，迫使大夏军退回四川，挽救了梁王和他的政权。

梁王为了报答段功在危急时刻发兵相救，立下了大功，便做出了两个决定：一是上奏忽必烈，将段功升为云南平章；二是将女儿阿盖公主许配段功。

生长在蒙古王府里的阿盖公主，自幼接受过汉族的传统文化，也十分喜爱汉文诗词。她非常爱慕英勇善战的段功，二人在昆明成婚后，度过了一段甜蜜恩爱的岁月。

作为大理总管的段功，在这之前已与高夫人结婚，并育有一双儿女。有一日，段功收到了高夫人的一封家书，还附有她的一首《玉枝娇》，表达了她对丈夫的深切怀恋。于是，段功决定动身返回大理。深明大义的阿盖公主，只好与他依依惜别。

回到大理后，段功虽然忙于总督的政务，身边又有儿女绕膝，但他心中总是忘不了温柔多情的阿盖公主，于是，他决定再去昆明，看望阿盖公主。

他的这一决定，不但高夫人不肯答应，他的部属们也竭力反对。他们认为，梁王对段功的晋升和以女儿相许，是一时的权宜之计，他身边的蒙古权臣们必会因妒忌生变，劝说段功不要再回昆明。

段功虽是一位英勇善战、敢作敢为的英雄，但却摆脱不了"英雄气短、儿女情长"的魔咒，他不顾高夫人的劝说和部属们的反对，决定再去昆明。

当他离开了大理，向昆明迈出了第一步，他便踏向了一条不归之路！

3

高夫人的劝说和部属们的疑虑，终于变成了残酷的事实。

梁王身边的一些蒙古权臣，本来就妒忌救了梁王的段功，又见梁王招他为婿，害怕动摇了他们的权势、地位，便由妒生恨，纷纷在梁王跟前谗言，说段功野心勃勃，他的大理一旦强大起来，就会威胁梁王在云南的地位！建议立即废掉段功，以绝后患。梁王本来就生性多疑，加之身边之人屡屡进言，于是，便决定除掉段功！

那些阴险狡诈的权臣们，还向他推荐了一种最毒辣的杀人武器：孔雀胆！

正当阿盖公主日夜盼望丈夫归来时，父亲却将一瓶美酒放在了她的梳妆台上，并告诉女儿：段功有谋反野心！他一旦叛乱，不但自己的地位不保，全家都有灭顶之灾！所以要除掉段功！至于她的婚姻，梁王说，凭借她的公主身份，何愁招不到称心如意的驸马？

临走时，梁王又反复嘱咐阿盖，要她遵从父命，切切不可心软！

一边是位高权重的父王，一边是心心相印的丈夫，她不知该怎样选择，但又必须做出选择！绞心的疼痛和流不尽的泪水，日日夜夜地伴随着她。

经过了数十日的奔波，段功抵达了昆明，终于见到了日思夜想的新婚妻子。谁知，阿盖却扑进他的怀里，流着泪水恳求他说，自己不在乎身份、地位，让段功立即带着自己离开梁王府，愿与他在大理国同生共死！

段功并未同意，他说自己千里迢迢来到昆明，怎能还未见到岳丈，就要离开呢？

阿盖见丈夫不肯离开昆明，只好将父亲怀疑他阴谋叛乱、并要除掉他的打算，如实告诉了他；见段功仍不相信，她只好拿出了父王送来的孔雀胆，恳求他尽快离开梁王府。

段功听了，以为是梁王对自己产生了误会，想亲自向他表白自己的清白和忠义。

次日，段功拜见梁王时，当面向他表达了自己对他的敬重。梁王听了，知道阿盖已将自己的计划告诉了段功，于是，一边安抚他，一边悄悄地设下了一个陷阱。

有一天，梁王以拜佛为名，让段功随他前往寺庙许愿。当一行人走到道济桥时，事先埋伏在桥头的番兵们一拥而上，将毫无戒备的段功杀害于桥下！

当听到丈夫遇害的消息之后，悲痛欲绝的阿盖公主手执剪刀，要为丈夫殉节，幸被人拦住。梁王命人对她日夜监护，以防意外。

她终于冷静下来了，还亲自用锦被包好段功的遗体。梁王命人以王礼装殓，派专人护送大理。

处理完丈夫的后事之后，阿盖公主分别用汉、白、蒙文字，写了一首《吐噜歌》：

> 吾家住在雁门深，一片闲云到滇海。
> 心悬明月照青天，青天不语今三载。
> 萍花历乱苍山秋，误我一生踏里彩。
> 吐噜吐噜段阿奴，施宗施秀同奴歹。
> 云片波粼不见人，押不芦花颜色改。
> 肉屏独坐细思量，西山铁立风潇洒。

诗中的"踏里彩"，是蒙语的锦被；"吐噜吐噜"，是蒙语的可惜之意；"押不芦花"，指北方的一种能起死回生之草；"肉屏"，指骆驼；"铁立"指松林。

多情而刚烈的阿盖公主，写完《吐噜歌》之后，拿起梳妆台上的孔雀胆酒，倒在杯中，一饮而尽，便追随段功去了……

历史是无情的。段功死后，其女羌奴成人后远嫁西昌，临行时，她嘱咐其弟段宝：勿忘父仇！

段宝成为新一代的大理总管之后，已到了明朝，当明朝大军进攻云南时，梁王大败，他又派人向段宝求救，被段宝断然拒绝！穷途末路的梁王，在滇池投水而亡！

当地人为了纪念段功与阿盖公主，才建立了这座庙宇，取名"阿姑庙"。

郭沫若的《孔雀胆》，就是取材于此，只是虚构了几个阴险的弄臣，围绕在梁王身边，以刻画人物、增强作品的艺术感染力。

我由孔雀胆想起了南唐后主李煜，在他42岁生日那天，宋太宗赐他一瓶美酒，他喝下之后，极其痛苦而死。不知道美酒是不是孔雀胆炮制的？

我又想：美丽的孔雀也太无辜了，因为要杀死一个人，须先杀死一只无辜的孔雀！

读书二则

一 樊山致雨

《樊山致雨》一文，收录在《搜神记》第十三卷中，此文既无人物，亦无故事，但却引起了我的兴趣。全文仅 22 字：

樊口之东有樊山，若天旱，以火烧山，即至大雨，今往有验。

用今天的话说，樊口的东面有一座樊山，如果天气干旱，放火烧山，就会立即下雨，至今往往很灵验。

我不但对樊口十分熟悉，而且喜爱樊山，已经记不清攀登樊山有多少次了。所以，《搜神记》中的樊口和樊山，便引起了我的兴趣。

樊口，即鄂州市西侧的樊口镇，它旁边的九十里长港，亦称樊川；樊口，是梁子湖经樊川汇入长江的入江口，故有樊口之称。这已经没有疑问了，有疑问的是樊山。

当地人认为，樊口之东的那座山是西山，此文中却说"樊口之东有樊山"，我想，也许古代的樊山就是今天的西山？

不过，因我读书不多，阅历也少，虽然认为今天的西山就是古代的樊山，但又说不出所以然来，需向文史学者请教。

二 焦尾琴与竹笛

在《搜神记》的十三卷中，有两篇文章与汉代著名文学家蔡邕（蔡文姬之父）有关，其一是焦尾琴。其内容是：

东汉灵帝时，陈留郡蔡邕因多次上书表达自己的政见，违背了灵帝的旨意，又遭到了一些政敌的嫉恨和排斥，他担心遭遇不测，便只身离开京城，在江河湖海之间流亡，最后到了吴郡和会稽郡。有一天，吴郡的一户人家为他煮饭时，灶中燃的是桐木，他听到桐木在灶火中爆裂的声音十分悦耳，认为是极好的制琴材料，便央求主人将尚未烧光的桐木送给他。

后来，他将这段桐木削成了一把琴，因琴的尾部已在灶火中烧焦，他便为此琴命名"焦尾琴"。

由于焦尾琴的音质纯净，能弹奏出动听的曲调，受到了人们的喜爱，于是，"焦尾琴"之名便不胫而走了。

其二是竹笛，蔡邕又到了一个叫"柯亭"的地方，看到当地人的房椽用竹子搭建，他抬头打量了一会儿，说道："这是做乐器的好材料呀！"于是，他选了一段竹子，做成了一支竹笛，吹奏起来，笛声嘹亮，音色独特。他对当地人说，他路过会稽的高迁亭时，看见那里有一栋房子，东面的第十六根竹椽，可以用来做笛。

当地人听到他的话后，取下了那根竹子，做成了一支竹笛，吹奏起来，曲调十分优美。

由焦尾琴和竹笛，让我联想起了"伯乐相马"和"慧眼识珠"的典故。

人品与文德

宋仁宗执政的北宋王朝，可谓人才济济，先有欧阳修、韩琦、宫弼、文彦博、梅尧臣、包丞等良臣忠将，后有范仲淹、司马光、王安石、苏轼等杰出人才。

欧阳修不但是宋代文坛的领军人物，也是倡导文学要反映现实、文风要平易自然、清新流畅的积极推行者。嘉祐二年（1057年），身为翰林学士的欧阳修，主持了当年的贡举考试，阅卷官为梅尧臣。当时所谓的"太学派"大行其道，他们不但使用怪癖的词句，且喜爱在行文中故弄玄虚，并在京城的权贵子弟中形成了一种文风。国子监的太学生刘几，就是"太学体"的代表人物。欧阳修决定借助贡试的机会，杀一杀这种浮靡的风气。

贡试考完后，他阅卷时，发现一位考生的考卷上有"天地扎，万物苗，圣人发"的句子，他当即拿起朱笔，将文章从头抹到了尾！并写上了三个大字：大纰缪！

后来，卷子启封后才知道，这就是刘几的试卷。

苏轼也是这一期的应试者，欧阳修并不认识他。

阅卷者梅尧臣看了试卷上的《刑赏忠厚之至论》，十分赞赏，认为考生在文章中论及奖赏宁可过宽、处罚则应慎重的道理，为了证明自己的观点，他还杜撰了皋陶要杀人、尧劝他应宽恕此人的典故。他将试卷推荐给了欧阳修。欧阳修阅过之后，本打算将他录为第一名的，但又担心此文是自己的门生曾巩所作，为避嫌疑，将他录为了第二名。但打开弥封之后才知道，这位考生是来自四川的苏轼！

放榜时，苏轼、苏辙、曾巩、程颢、张载等，皆金榜题名。

那些陶醉在"太学体"中的考生，名落孙山后，心中不服，他们纠集在一起，攻击主考官欧阳修徇私不公！最多时有千人街头起哄闹事。好在宋仁宗器重欧阳修，为了平息事态，他下了一道诏书：参加应试的388名考生，全部录取！

此事并未动摇欧阳修革除浮靡文风的意志。

两年后，他被任命为殿试主考官，这次殿试的题目是《尧舜性之赋》，其中一位考生的文章十分出色，内容质朴，文风清新，若行云流水。欧阳修毫不犹豫地将此生录为了当年的第一名！

当拆开弥封之后，看到了考生的名字：刘辉。

事后才知道。这位刘辉，就是当年被自己批为"大纰缪"的刘几！

原来，刘几不但改了名字，还彻底抛弃了当初的"太学体"。

欧阳修，这位德高望重的文坛泰斗，不但对虚心好学的后起之秀不计前嫌，还亲自为刘辉修改文章，使之受益匪浅。这正如他读了苏轼的文章之后，说要"吾当避此人出一头地"一样，彰显了他崇高的人品和文德。

于是，便有了"出人头地"这一成语。

诗苑往事

夏季在青岛小住，见外地游人或去大海游泳，或到大海拾贝壳，或坐在滤阳伞下"哈"啤酒尝海鲜，或去人造的海底世界与海洋生物近距离接触，沿海一带已人满为患。而我却闹中取静，偏爱到 20 世纪初的古旧建筑中去寻找前人留下的身影。

在海洋大学（今青岛大学）的校园里，有一座黄墙红瓦的一多楼，这是当年闻一多在青岛大学任文学院院长兼国文系主任时的故居。在一多楼前的花坛中，立有一碑，上面是闻一多的塑像，碑文是他的学生、著名的诗人臧克家所撰：杰出的诗人、学者、人民英烈闻一多先生，1930 年受聘于国立青岛大学。望旧居，回忆先生当年居于斯工作于斯，怀念之情偈可遏止？立庭院以石，以为永念。俾来瞻仰之中外人士，缅怀先生高风亮节而有所取法焉。

塑像旁边站着一位中年男子，正在向一群年轻的学子们讲述一段当年的师生情谊：1930 年夏秋之交，国立青岛大学成立之初，已出版过诗集《红烛》和《死水》的诗人闻一多，应校长杨振声之聘，来青岛任大学文学院院长兼国文系主任，沈从文、方令孺、陈梦家、游国恩等在国文系任讲师和助教。

闻一多负责讲授名著选读、文学史、唐诗和欧洲诗歌等课程。在诗歌创作上，他提倡格律诗，主张"诗歌者要节的匀称和句的均齐"，要有"音乐的美、绘画的美、建筑的美"，要体现在"音节、辞藻、章句"上来。他的《死水》中的作品，字句精美、意境幽远，自成风格。他还在课堂上向学生们讲雪莱、拜伦、华兹华斯、勃朗宁等人不同的诗歌特点。由于他考证翔实，又有独特的见解，学生们都爱听他的课。

他也善于发现和培养后起之秀。学生臧克家报考大学时，数学考零分，按惯例根本不能迈进大学的门槛，但担任主考的闻一多从他的国文试卷中看到了他的三句杂感："人生永远追逐着幻光，但谁把幻光看着幻光，谁便沉入了无底的苦海"，闻一多慧眼识珠，给他打了最高分 98 分！并将他破格录取，这成了中国诗歌史上的一段佳话。

成了国文系学生的臧克家，入学后还得到了闻一多的悉心爱护和培养。闻一多将自己的诗集《死水》，签上名并盖上私章之后送给了臧克家。臧克家如获至宝，诗集中的每一首诗他都反复读过数十遍。他说："那些极具感染力的诗篇是我学习的榜样。"他还以《死水》为范本，学着如何想象，如何造句，如何安放每一个字。他说："没有闻一多的《死水》，就没有我的《烙印》，因为他们在内容上、艺术上有一脉相承之处。"

闻一多既是臧克家的良师，又是他的益友。臧克家经常拿着自己的新作去闻一多家里请教，闻一多总是热情地招待他，还一字一句地为他推敲诗稿。他写的《洋车夫》《失眠》《难民》等作品，就是在这种氛围中定稿的，并将诗稿推荐到《新月》杂志上发表。

1933 年，臧克家想出版自己的诗集《烙印》，但出版社不肯为一个没有名气的青年学生出版作品。闻一多知道后便说服了王统照和卞之琳等人予以支持，自己还出资 20 块银洋，并为诗集写了序言。他评论说："克家的诗，没有一首不具有极顶真的生活意义。"

大学三年级的学生臧克家，能出版堪称中国新诗的经典诗集，并得到了广泛的好评，这是十分难得的。第二年，他的第二本诗集《罪恶的黑手》也由上海的新生活出版社出版，茅盾、老舍等人给予了高度评价，自此以后，青年诗人便一步一步登上了中国诗坛。

成了著名诗人的臧克家，终生都感激自己的恩师闻一多。当他到了望百之龄时，仍念念不忘闻一多对他的关爱和扶持，臧克家曾说过："没有闻先生，就没有我的今天。"

闻一多之子、山东大学教授闻立雕在一篇文章中说，臧克家"几十年来以闻一多为题的诗文，就有 31 篇，这还不包括他写的回忆录、自传、访谈、题词等涉及闻一多的文字，真是'青岛海水深千尺，不及臧老尊师情'"。

尊师爱生，良师益友，闻一多与臧克家不但是中国诗坛，也是中国教育史上的一个典范。

游人离开一多楼之后，我仍然站在那里，默默地读着臧克家为他闻一多撰写的碑文。暑期的校园十分安静，蓦然间我仿佛觉得在芳草萋萋的院子里，他们师生二人正在侃侃而谈，也许是在谈关于诗的话题。我怕打扰了他们，便轻步离开了校园，走远了，又回头看了一眼，他们还在无声地谈论……

手札四则

我曾经参观过不同主题的展览，如艺术作品展、新产品展、科技成果展等，皆受益匪浅。但当我参观了鄂州市的《铜镜清明廉政文化展》时，却感到了一种震撼，更有一种不吐不快之感。

1

铜镜文化，紧扣了展览主题。

廉正，是从严治党的需要，也是开创清正、清廉、清明社会风气的时代要求。

鄂州（古武昌）是古铜镜之乡，已先后出土古铜镜 600 余枚，还有众多古铜镜散见大江南北的博物馆中，更多的古铜镜收藏于民间，日本、中国台湾等地都曾发现过产自鄂州的古铜镜。美国前总统尼克松夫妇在访华期间，还在北京博物馆参观过鄂州的古铜镜专柜，可见鄂州古铜镜影响之大了。

在此次展览中，举办方匠心独具，将古铜镜的铸造工艺放在了第一部分，不但令参观者有耳目一新之感，更凸现了鄂州丰厚的文化遗产，将古铜镜与廉政建设有机结合起来，既有特色、接地气，也增强了展览的说服力和感染力。

2

清廉，不仅仅是为官之道，更是中华民族的优秀品质。历史上那些忠于职守、造福百姓的廉政官员，无不受到百姓们的爱戴和崇拜。

我曾数次参观过海瑞在海口市的陵墓，从讲解员那里听到了他的生平和感人的故事：

被誉为"海青天"的海瑞，曾上书《直言天下第一疏》，以期"正君道，明臣职，万世治安"。他批评了权臣结党营私、君道不正、吏贪民穷、朝野不满。因"言人不敢言"，令天下震惊。他被诬为"悖道不臣"，获罪入狱，并打入了死牢！后因嘉靖帝服食不老丹药而驾崩，穆宗帝即位后他才官复原职。

他被诏任都察院右御史时，发现一些朝廷命官勾结地方豪绅，贪赃枉法，盘剥百姓，还以手中之权大量兼并土地，社会矛盾尖锐。他便颁布了反贪肃政的《都抚条约》36条，下决心"革黜贪官污吏，搏击强豪，矫革浮淫，厘正宿弊"。失地的百姓拥戴他，受到惩处的官员则对他恨之入骨。不久，他的政敌以"志大才疏"为由，将他免职！他回到老家琼山，等候调任整整16年！

不少有识之士纷纷上书举荐海瑞，但内阁首辅张居正虽认为海瑞"惮公刚直"，但仍"不予起用"！

74岁的海瑞卒于任上。清点他的遗物时，发现只有俸银十多两和几件旧袍及一挂旧蚊帐！

一位朝廷的二品官员，生前竟如此清苦！前往吊丧的同僚们都禁不住大哭起来。

万历帝下诏：南北二京举行公祭。当装载他灵柩的船只驶离南京时，长江两岸站满了身着白色孝服的人群，百里不绝，哭声撼天动地。

海瑞，就是一面一尘不染的古铜镜！

3

当我在展览中看到了"先天下之忧而忧，后天下之乐而乐"的这句名言时，仿佛看到了一面流传千秋的古铜镜。

在山东邹平县县长山的醴泉寺中，我看到了少年范仲淹是如何"断齑划粥"、励志读书的；我曾多次去过青州的范公祠，看了他在宦海中虽经"三黜三光"，却依然砥砺名节、严以律己、品格高尚的人生旅程；在洞庭湖畔的岳阳楼，我瞻仰了千古名篇《岳阳楼记》，他"布衣为名士，在州县为能吏，在边境为名将，其材其量其忠……求之千百年间，竟不一二见"。这正如北宋名臣韩琦对他的评语："高文奇谋，大忠伟节；充塞宇宙，照耀日月。前不愧于古人，后可师于来者。"

可是，令我疑惑不解的是：有人竟对这位受后世敬仰的名臣进行毁誉：一本出版不久的书中提到，"最近网上传言，范仲淹风流成性，与妓女甄金莲有染，后甄嫁给范仲淹，成为如夫人；并有人为此深挖撰文，大有一种置范仲淹于死地的架势……"

其实，这是一种别有用心的炒作。甄金莲出身书香门第，自幼天资聪颖。因父母双亡，被人卖于青楼，成了卖艺不卖身的歌妓。她守身如玉，以指作画，颇有名气。因范仲淹已有正室，她出嫁时有人问应如何称呼她？范仲淹说，就称"如夫人"吧！其意就是如夫人一样看待。"如夫人"之说，就这样流传下来。忧国忧民的范仲淹处理家事适当得体，对他恣意攻击，是一种扭曲心态在作祟！

无独有偶，有位颇有名气的作家在一篇文章中提到，张居正之所以不肯重用海瑞，是因为海瑞惩治贪官过于严苛，有的官员弃官远逃，有的豪绅携财迁走，影响了当地的社会经济发展。

这是一个伪命题！

其实，张居正不肯重用海瑞的真正原因，是出自个人恩怨：他的长子张敬修参加全国会考时，海瑞曾给主考官写过一信：会考应以国家为重，应大公无私地为朝廷选拔人才，以不负众望！

科考放榜时，张敬修名落孙山！

张居正认为其子落榜是海瑞写信所致，故而迁怒于海瑞。

节操清廉的古人，是后人的楷模，亦是光华耀目的铜镜。那些想抹黑他们的论调，不值一驳，这让我想起了一句格言：乌鸦的翅膀，永远遮不住太阳！

剑胆诗魂

刚走近济南大明湖畔，就看到了一座古朴的传统建筑——稼轩纪念祠。祠名乃陈毅所题，祠前抱柱上有一副楹联，是郭沫若撰写：

铁板铜琶继东坡高唱大江东去
美芹悲黍冀南宋莫随鸿雁南飞

这副楹联形象而生动地评价了民族英雄、一代词宗辛弃疾的生平。一座纪念祠，由一位元帅题写祠名，一位诗人撰写楹联，一文一武，恰到好处地褒扬了辛弃疾的剑胆诗魂。

在纪念祠中，除了历代名家留下的诗词字画之外，也陈列着辛弃疾撰写的《美芹十论》《九论》《南渡录》《稼轩长短句》等作品，墙上还悬挂着他的那首名篇《菩萨蛮》：

郁孤台下清江水，中间多少行人泪？西北望长安，可怜无数山。
青山遮不住，毕竟东流去，江晚正愁余，山深闻鹧鸪。

诗人在这首词中，写了一位从北方到了江南的抗金战士，因不能回到中原故乡的心境。他遥望古都长安，却被层层叠叠的青山遮住了视线，郁孤台下的清江水，能冲破那些山峰向东奔流，而胸怀收复中原壮志的诗人，听到的却是鹧鸪的啼叫声："行不得也哥哥！"他感到报国无门，他痛恨那些阻挠北伐抗金的投降派，却又无可奈何！诗人心中的悲愤，谁人能解？

辛弃疾不但是位诗坛上的豪放派大家，更是一位血气方刚、胆识过人的沙场英雄！最令人敬佩的是，他单骑追杀起义军中的败类，夺回了起义军的帅印——

辛弃疾是济南历城人，他出生时，北宋已灭亡了23年，他的家乡历城被金兵占领后，乡亲们受尽了金国奴隶主的蹂躏。怀有抗金复宋雄心壮志的辛弃疾，21 岁时便在家乡拉起了一支 2000 余人的抗金义军，后又率部投奔了义军领袖耿京的大营，被耿军拜为"掌书记"，负责保管义军的帅印和处理重要文书。

有个叫"义端"的和尚，聚集了 1000 多人投奔了耿京，还和辛弃疾成了朋友。有一天，义端拜访了辛弃疾，他走后，辛弃疾突然发现，起义军的帅印不翼而飞！

他当机立断，要求耿京给他三天时间，他要去夺回帅印！

耿京答应后，他选了一匹快马，单人独骑飞驰出营，终于追上了正落荒而逃的义端和尚。他不但夺回了起义军的帅印，还斩下了这个败类的首级！三天不到，便赶回军营，将帅印和义端的首级交给了耿京！

他还有一次惊心动魄的经历：

南宋绍兴三十二年（1162 年），23 岁的辛弃疾，奉耿京之命，率领一支精锐义军前往建康（今南京市），去觐见宋高宗，要求将山东的义军归入南宋。宋高宗十分高兴，不但对义军首领们分封了官职，还命辛弃疾等人将耿京的义军，全部带往江南！

当他们返程到达海州（今连云港）时，忽然传来了一个令人难以置信的噩耗：就在辛弃疾等人前往建康之际，义军领袖耿京，已被他的副手张安国杀害！张安国已投靠了金兵！

辛弃疾听了，极度悲愤，他组成了一支 50 人的轻骑队，日夜兼程，当赶到济州（今山东巨野）时已是夜间，得知张安国正在营帐中与金兵将军饮酒作乐！

兵贵神速！他立即率领 50 轻骑人马，旋风般冲进驻有 5 万人马的金兵大营！还没等金兵们回过神来，辛弃疾已闯进了大帐，踢翻了酒桌，一把揪住惊呆了的叛徒！然后杀开了一条血路，突围而去！当金兵回过神来，轻骑队早已消失在茫茫夜色之中了。

他们日夜兼程，终于将活捉的叛徒押到了建康。宋高宗下令：将卖身求荣的民族败类斩首示众！

辛弃疾千里奔袭、闯进金营、活捉叛徒的消息传开以后，不但鼓舞了朝野，他的威名也令金兵们闻风丧胆。

人们以为，文武双全的辛弃疾必将得到重用，朝廷会派他率兵北伐，去收复中原大地，在战场上建功立业。谁知他却一而再，再而三地受到诽谤、打击、排挤，甚至被罢官！他的抗金复宋的《美芹十论》等奏章，也被偏安一隅的南宋政权束之了高阁……

我站在他的塑像前，默然望着眼前的这位民族英雄。他报国无门，只好将一腔热血和满腹才华，浇灌在他的那些诗词中了：

醉里挑灯看剑，梦回吹角连营。八百里分麾下炙，五十弦翻塞外声，沙场秋点兵。

马作的卢飞快，弓如霹雳弦惊，了却君王天下事，赢得生前身后名。可怜白发生！

这是诗人闲居江西带湖时寄给好友陈亮的一首词《破阵子·为陈同甫赋壮词以寄之》。诗人在题目上题写"状词"，名副其实，状就状在它形象地描绘了抗金将士的雄壮军威，抒发了诗人的英雄气概。

诗人在湖南、江西、福建等地任职时，关注民间疾苦，打击贪官匪患；被削职闲居时，创作了大量爱憎分明的作品，为我们留下了600余首流传千古的诗词。

苏海泛舟（五则）

在中国文坛上，唐代韩愈的文章气势不凡，宛若涌潮；宋代的苏轼，著作众多，浩如烟海，故有"韩潮苏海"之说。在"苏海"中泛舟，总会采撷到晶莹如玉的浪花。"苏海"不但在黄河沿岸潮起潮落，亦在江南大地上波光荡漾；他的名字家喻户晓，他的作品妇孺吟咏；他的粉丝上至君王将相，下到芸芸众生。在悬于海外的海南岛，也有一片"苏海"，我曾数次去过那里，采撷到了浪花。

遗弃的补天石

在距今已有 924 年的北宋绍圣四年（1097 年），贬谪到惠州的苏轼，伴随他终生的红颜知己王朝云，终于病逝而去了！安葬了朝云之后，苏轼打算在惠州终老此生，他为王朝云墓前的六如亭撰写了一副楹联：

> 不合时宜，惟有朝云能识我。
> 独弹古调，每逢暮雨倍思卿。

有一天，因修筑湖堤身心疲劳的苏轼，睡了一个好觉，被远处传来的钟声吵醒，便提笔写了一首《纵笔》：

> 白头萧散满霜风，小阁藤床寄病容。
> 报道先生春睡美，道人轻打五更钟。

此诗又引来了一段文字狱！

执政的宰相章惇（曾经是苏轼的好友，其子曾拜师苏轼并考取了状元）岂能容忍苏轼"春睡美"？于是，以朝廷的名义发出诏书：责授苏轼琼州别驾，昌化军安置！

时年已 62 岁的苏轼，行前已做了死别的准备。他在《与王敏仲书》

中写道："某垂老投荒，无生还之望。与长子迈诀已处置后事矣，死则葬海外。"

苏轼被贬琼州时，苏辙也被贬雷州。二人在藤州相遇后，同行至雷州分手，苏轼的子孙家人将他一直送到了徐闻。分别之时，苏轼十分悲痛，他在《至昌化军谢表》中写道："臣孤老无托，瘴疠交攻，子孙痛哭于江边，已为死别；魑魅逢迎于海外，宁许生还？"父子二人在途中历时一个半月，终于渡海抵达琼州。

当他从琼州前往儋州，路过儋耳山（也称松林山）时，看到此山拔起而起，孤高如刺！山上怪石嶙峋，松林茂密；路边还有许多黑黝黝的石头。听路人说，儋耳山是女娲补天时，被遗弃在这里的一块石头！苏轼听了，触景生情，忽有所感，于是，便写了一首《儋耳山》，以寄心中郁结：

> 突兀隘空虚，他山总不如。
> 君看道旁石，尽是补天余。

其实，苏轼就是一块愿为大宋王朝补天的五彩之石！可悲的是，他不但难以实现心中抱负，还被遗弃在悬于海外的荒岛之上了。

桄榔庵与载酒堂

苏轼到了儋州之后，受到了儋州军使张中无微不至的照顾。张中是位性情耿直的武官，十分敬仰这位誉满朝野的诗人。为了安排好苏轼父子的生活，他命士兵将一间驿站的官舍修葺一新，还送去了粮米等物。苏轼安顿下来之后，经常在这里接待前来求教的莘莘学子。

苏轼虽然万里投荒，已到了蛮荒的海岛，但他的政敌、宰相章惇仍不放过他，并派遣湖南路提举常平官董必前往视察广南西路（当时的昌化军，雷州都属广南西路管辖）。董必派去的官员得知苏氏父子住在官舍之中，便立即到了儋州，连夜将苏氏父子赶出了官舍！这位敢作敢为的军使张中，也被"坐黜罢官"！

被赶出官舍的苏轼父子，只好冒雨躲进一片桄榔林里，在一破损的茅草棚中栖身。

附近的黎族同胞得知后，不但前往看望、安慰，还纷纷伸出援救之手。曾经拜苏轼为师的黎胞黎子云说，桄榔林是他家族的祖产，愿意为苏轼父子在桄榔林中搭建住房。他的提议得到了众人的响应，有人送来了木料、毛竹、砖石，有人送来了门窗、家具、竹席等物，屋架搭建起来以后，有人砍下椰子树的树叶盖在屋顶上，以遮蔽风雨，还在旁边搭起了一个土灶……不到三天，桄榔林里便盖起了三间茅屋，苏氏父子不但有了栖身之所，还可在多余的房间里面教习学生！

苏轼望着三间崭新的茅屋，心里十分激动，提笔在门楣上写下了"桄榔庵"三个楷字，还撰写了《桄榔庵铭并序》。他写的一首《新居》，也很快在黎族城中传唱开了。

黎子云又联合众人，在自家院子里建了一座学馆，苏轼在里边不但可以宣讲中原文化，以敦化儋州，还可向学生们教授四书、五经。学馆建成以后，苏轼取《汉书·扬雄传》中"载酒问学"的典故，为学馆取名"载酒堂"。儋州的学子们纷纷前来求学，载酒堂里每天都有琅琅的读书之声。

当年，儋县东坡书院里的碑刻，今天已集中陈列在载酒堂中。碑刻分为两类，一类是言史记实的碑记，一类是即景抒怀的题咏。我曾抄录了两首诗，第一首是宋代诗人杨万里的《题尊贤堂》：

> 东坡无地顿危身，天赐黎山活逐臣。
> 万里鲸波隔希夷，千年桂酒吊灵均。
> 精忠塞得乾坤破，日月伴渠文字新。
> 祇个短檐高屋帽，青莲未是谪仙人。

另一首是优秀史学家、著名学者邓拓的《怀苏东坡》：

> 曾谒眉山苏氏祠，也曾阳羡诵题诗。
> 常州京口寻馀迹，儋耳郊原抚庙碑。
> 海角天涯身世感，朝云春梦死生知。
> 千秋何幸留遗墨，画卷潇湘竹石奇。

一卷吉贝布

苏轼贬谪儋州三载，不但渐渐适应了当地的生活环境，也与黎胞们结下了浓厚感情。

宋绍圣四年（1097年），苏轼在集市上遇见了一位挑着担子卖柴的中年黎胞，这位黎胞见他头戴方巾，身着长衫，便放下了柴草，连忙拦住了苏轼，一边说话，一边用双手比画着，说完之后，便将一卷鲜艳的吉贝布塞到苏轼手里。苏轼坚决不肯接受，二人谁也不肯让谁，就这么僵持着。

黎族在战国时代就能织出富有彩纹的"织贝"，也就是这种吉贝布，作为进贡的特产，深受最高统治者的喜爱。以吉贝布制成的服装，是黎族同胞穿戴的显著特点。《宋史》中记载："琼人以吉贝布织为衣裳"；《方舆志》中也有记载："生黎各有峒主，贝布为衣，两幅先后为裙，掩不至膝。"

这时，不少路人围拢过来，一位懂汉语的老者告诉苏轼：这位卖柴的汉子早就听说了苏轼的大名，十分敬仰苏轼的人品，他让妻子织了这卷吉贝布，说是要送给苏轼，以抵御冬季的寒风。

苏轼听了，十分感动，一面表示感谢，一面双手接过了汉子的吉贝布。

回到桄榔庵后，他便将黎胞赠送吉贝布一事告诉了儿子苏过，还写了一首《和拟古》：

> 黎山有幽子，形槁神独完。
> 负薪入城市，笑我儒衣冠。
> 生不闻诗书，岂知有孔颜。
> 翛然独往来，荣辱未易关。
> 日暮鸟兽散，家在孤云端。
> 问答了不通，叹息指屡弹。
> 似言君贵人，草莽栖龙鸾。
> 遗我古贝布，海风今岁寒。

苏轼谪居儋州三年，结识了许多当地的友人，还有一些以渔猎为生的黎族同胞，这位只见了一面、又未留下姓名的樵夫，就是其中之一。

椰子冠

入乡随俗是人生的一种境界，既可将自己融入当地的文化之中，又可获得新的阅历，丰富生活的内涵。

苏轼在儋州生活了一段日子以后，不但熟悉了儋州的风土人情，还看到了当地的蛙黾、可食用的蝙蝠、在地上堆起的"蚁封"、朱唇绿身的蛇医（晰蜴）、花猪，还有元裳、白鹭、缟衣、丹顶、蓑衣、鹏鹇、鹘等飞禽。在他的著作中，还出现过五彩雀、獐、神龟、蚝等生物和椰子、刺桐、稴秔（黏性稻谷）、薯、芋、桄榔、沉香等植物。

儋州盛产椰子，他在儋州的桄榔庵生活时，曾让木匠为他制成了一顶椰子冠，他外出时便戴在头上。

有一天，他戴着这顶椰子冠外出访友时，路上的行人看到后，十分好奇，纷纷围住他，询问他的这顶帽子叫什么名？

他一时难以回答，便笑着吟了一首诗：

> 天教日饮欲全丝，美酒生林不待仪。
> 自漉疏巾邀醉客，更将空壳付冠师。
> 规摹简古人争看，簪导轻安发不知。
> 更著短檐高屋帽，东坡何事不违时。

众人听了，都似懂非懂。一位读过书的黎族老者向大家介绍了诗的内容后，大家听了，都会心地笑了起来。

事后，其子苏过模仿父亲的椰子冠，也制作了一顶，寄给了贬居雷州的叔叔苏辙。苏辙收到后，立即写了一首《过侄寄椰冠》，诗中有"垂空旋取海棕子（椰子），束发装成老法师"之句

后来，儋州的一些士大夫们也都仿效制作这种"桶高檐短"的冠，并称此冠为"东坡帽"。

这也是今人所谓的"名人效应"。

苏子遗风

苏轼贬往儋州时，因路途遥远，又要转换舟车，一路上耗时费力，所以携带的行李不多，随身只带了《陶渊明集》和《柳子厚诗文》等数册书籍。安顿下来之后才发现，这些书籍，仅是教习当地的学子们都不够，况且他自己也因"流转海外，如逃空谷，既无晤语者，又书籍举无有"。为此，他感到十分苦恼。

此时，苏轼想起了在惠州结识的郑嘉会。郑嘉会是他的挚友，家中藏书颇丰，于是，苏轼便给他写了一信，表达了想借阅书籍的心愿，并请他

托人送往儋州。

郑嘉会是一位博览群书的文职官员，他不但敬仰苏轼的人品和学问，也十分同情他在仕途上的坎坷遭遇。收到苏轼的信之后，他立即筹集了一千多册书籍，整整装了一车！又通过广东的一位道士，用商船运往了儋州。

苏轼收到书籍后非常激动，他的学生们听到了这一消息，都兴高采烈前来帮忙，将《周易》《诗经》《尚书》《汉书》《唐书》等珍贵的经典书籍，搬进了桄榔庵；又在苏轼的指导下，分门别类地摆放起来。

这些书籍不但解了苏轼的缺书之困，也像一场及时雨，滋润了干旱之禾！满足了苏轼学生们的求知欲望。为此，苏轼连夜写了一首《获陶赠羊长史并序》：

> 我非皇甫谧，门人如挚虞。
> 不持两鸱酒，肯借一车书。
> 欲令海外士，观经似鸿都。
> 结发事文史，俯仰六十喻。
> ……

苏轼在"儋州学府"里传播中原文化，培养出了王霄、姜唐佐、黎子云、符确等后起之秀。

宋代实行科举制取仕，在苏轼去海南之前，海南无人登第。苏轼在儋州执教数年，北归三年后，姜唐佐便举乡贡，举明经科的即有王霄、陈功、李迪等人，举文学科的有杜介之、陈中孚等人。又数年，符确成为海南历史上的第一位进士！《琼台记事录》中载："宋苏文公之谪居儋耳，讲学明道，教化日兴，琼州人文之盛，实则公启之。"

雁过留声，人过留名，作为一代文宗，苏轼在儋州虽然只有短短三个春秋，却在那里留下了丰厚的文化遗产。他当年讲学及所到之处，留下的东坡村、东坡田、东坡塘、东坡井、东坡路、东坡桥、东坡坐石以及载酒堂、立坡亭、砌坡井、东坡书院等，在这些地方仍能感受到亲切而浓郁的"东坡遗风"。

北宋文坛三人行

北宋文坛可谓人才辈出，各领风骚，但有三位大家，虽然性格截然不同，但命运却颇为相似，他们为当时和后世留下了可圈可点的话题。

1

第一位，是文坛的盟主欧阳修（字永叔，号醉翁、六一居士）。记得正值青春年少时，我因读了他的《生查子·元夕》，便记住了他的名字。

去年元夜时，花市灯如昼。
月上柳梢头，人约黄昏后。

今年元夜时，月与灯依旧。
不见去年人，泪湿春衫袖。

862 年后的上元节傍晚，我坐在寓所的窗前，放眼望去，见一朵朵艳丽的礼花腾空而起，在天际间绽开，耀眼夺目。市区的万家灯火宛若上苍向人间倾倒了万斛珍珠，五彩缤纷，美不胜收。今夜再读那首小令，还是那些文字，还是那种意境，只是我已霜雪满头了。

欧阳修不但是位颇有胆识的政治家，更是一位杰出的文学家。其诗词、散文造诣不俗，他还主修了《新唐书》《新五代史》；他的《秋声赋》《醉翁亭记》《朋党论》以及《六一诗话》等著作，至今读来，仍余味未尽。

更令人敬仰的是他的人品。他是一位胸襟坦荡的伯乐，曾先后向朝廷推荐了包拯、富弼、韩琦、文彦博、王安石、司马光、曾巩及三苏父子。有一次，宋仁宗问他，谁可成为他的继任者？他竟毫不犹豫地推荐了三个人：王安石、吕公著、司马光！

其实，这三人不但不是他的亲信，反而对他抱有成见。王安石虽是他的学生，但却说自己的老师是韩愈！还以孟子再生自居，傲气十足。

范仲淹是欧阳修的挚友，因吕公著与范仲淹有隙，故而，他也迁怒欧阳修。

司马光则在私底下曾指责过欧阳修。

但欧阳修却以社稷大局为重，他抛开个人恩怨，才使他们得以进身权力核心。

正因为他性格耿直，敢说敢为，才受到了政敌的排斥、陷害和打击，在宦海中三起三落，先后被贬夷陵（今宜昌市）、滁州（今滁州市）、颍州（今阜阳市）。他65岁生日时，苏轼、苏辙、曾巩等前往颍州为他祝寿，王安石和司马光还派人送去了贺词贺信。

次年，他病逝颍州，朝廷讣告天下，并下诏休朝一日为他哀悼。

他晚年赋闲颍州时，因身边有琴一张、棋一局、酒一壶、书一万卷，金石佚文一千卷，自身又是一老翁，故自号"六一居士"，可见其情趣高雅，品格高远。

2

第二位是苏轼。他是天下第一才子，不但是伟大的文学家，还有几个名副其实的头衔：美食家、养生家、医药家、旅行家、水利家、教育家、慈善家等等。

弱冠之年的苏轼，与其父苏洵、其弟苏辙由蜀入京赶考，他杜撰的一篇《刑赏忠厚之至论》，主考官欧阳修拟将他定为第一名，但又怀疑此文是自己的门生曾巩所作。为避让嫌疑，便将他改为了第二名。但在殿试时，他又获第一名！宋仁宗说：朕得到了一位宰相之材！

但是，苏轼的仕途并不顺利，先是因母病故回乡丁忧三年。不久，妻子王弗和父亲苏洵相继离世，他已离开京城。当他再次回到京城时，适逢王安石变法。他认为变法虽好，但下面的歪嘴和尚把变法的经念歪了！他向王安石提出了自己的看法，结果得罪了王安石及既得利益者，他只好要求去了杭州，先是当了一名签判，后又在徐州、密州任过太守，政绩和口碑皆佳。

这时，一个叫李定的御史，因当年隐瞒其母病故而未回乡丁忧，被苏轼斥为"不孝之人"，并上书朝廷弹劾。

为了报复苏轼，李定认为苏轼在七绝《王复秀才所居双桧二首》其二之中，有"根到九泉无曲处，世间唯有蛰龙知"的诗句，是对人主的大不敬，大逆不道！他还到处收集苏轼反对变法的言行，向朝廷打小报告。于是，朝廷将苏轼关进了乌台大牢，欲将他定成死罪！

幸亏皇太后为他说情，许多正直之士也纷纷为他鸣不平，甚至已经罢相的王安石也援手相救："安有盛世杀才乎？"苏轼才保住了性命，被贬到了黄州，当了一名有职无权的团练副使。

王安石下野后，司马光主持朝政，苏轼先后拜官礼部尚书和兵部尚书。很多人以为苏轼可以大展宏图了，谁知他又批评司马光不该全盘否定王安石的变法，认为青苗法、均田法、水利法等有利于农民和农业生产，因而又得罪了司马光！

宋哲宗主政后，章惇拜相。章惇是苏轼的同僚好友，其子章援因拜师苏轼才考中了状元。但章惇嫉妒苏轼的才华，害怕苏轼回朝对他的相位造成威胁，便对他施行迫害。章惇先将他贬到定州（今定州市），再将他贬到惠州（今惠州市）。在惠州，苏轼的知己伴侣王朝云因病而撒手西去，当地百姓说她羽化而去，成了天上的散花仙女。章惇又丧心病狂地将他贬到了悬于海外的儋州（今儋州市），还派出心腹对苏轼父子进行监视、折磨，并将他们赶出官舍，他们只好栖身于槟榔林中……

苏轼有一颗仁慈之心，他初到杭州市时，正值瘟疫病传染。他亲自抄写药方，免费给百姓供应汤药，还惩处了为害一方的黑恶势力，人心大快！他在西湖筑起了一道苏堤，制伏了水患；在徐州，他亲自参加抗洪治水，保住了全城百姓；在密州，他率人搜山，削平了土匪的巢穴；在惠州，为了不使百姓淌水过湖，他带人在湖中修起了一道供行人行走的湖堤；在儋州，他亲自向黎族同胞传授中原文化，为海南培养出第一位进士！他奉诏回到常州市，托人买了一处房舍以作栖身之处，当他听到有老妪因其子卖了祖产而啼哭时，他不但将房舍还给了老妪，连付出的房银都未要回！

恶有恶报！当苏轼奉诏回到南昌时，已被贬出京城的章惇，派其子送来一信。信上说，若苏大人回京，乞求他高抬贵手，不再追究其罪！苏轼连忙给他写了一信，不仅安慰了他，还为他抄录了专治痒毒的偏方，以备他在谪所之用！

仁慈之心，是人世间最为珍贵的财富。

苏轼贬居黄州时，当地有溺婴习俗，即家大口阔的贫困人家，往往在生下女婴之后，害怕养不活，便狠着心将女婴在盆中溺死！苏轼听说后，便倡导设了育婴堂，将遗弃的女婴收养起来，并带头捐钱购买米粮和棉絮等物；还专门撰写了一篇《遗爱亭记》。

今天，这篇文章已经演绎成了黄州城外一处占地六点五平方公里的东坡文化主题公园！在这个4A级旅游景区中，湖中碧水映虹桥，岸边翠竹连红梅，老者漫步碑林读史，稚童笑声洒满广场……

公园的名字，就叫"遗爱湖"。

也许，这就是苏轼当年的愿望？

3

第三位是王安石。在唐宋八大家中，他是集功过于一身、获誉毁参半的文学家。

出生在江西临川的王安石，自幼聪慧过人，读书不忘，书籍中的冷僻古字，他了如指掌。史书上说，他长相奇特，牛耳虎背，目睛如龙，其貌甚怪，性情独特。据说，他一生很少洗澡，常着脏服破屐，身上有虱子，但其夫人吴氏却有"洁癖"！在参加友人的宴请时，他只吃摆放在他面前的那道菜，满桌美食他均视而不见！有一次，宋仁宗邀请大臣们垂钓，别人都钓到了鱼，他却未钓到一尾！原来，他正在吃钓鱼的鱼饵！宋仁宗见了，皱起眉头，"视之良久"，他却照吃不误！

不过，王安石不近女色，却成了一时的美谈。北宋时期，歌姬入籍已成制度，除官姬、营妓之外，达官贵人还蓄养家姬，官员们纳妾之风盛行，但王安石却是个另类。吴氏看到他终日忙碌，便在他过生日时为他买来了一个年轻貌美的小妾。谁知他板着面孔，将吴氏训斥了一顿，硬是将小妾打发走了！

他在州府任职期间，十分关注民生，修堤、筑坝、设馆讲学，帮助农家借贷等，政绩斐然，也积累了阅历，被人视为"奇才"。朝廷数次诏他入京任职，他都谢绝了。16年以后，年轻的神宗主政，诏他为参政知事，不久，正式拜为宰相。自此以后，历史上便开始了轰轰烈烈的"王安石变法"。

变法伊始，他以"天命不足惧，人言不足畏，祖宗之法不足守"的气概，大力推行均输法、青苗法、农田水利法等新法。新法虽然有利于农业生产，但也触动了官吏和豪门的根本利益，实行起来便走了样，成了一些人掠夺财富的工具。新法还规定盐、铁、茶、酒，由朝廷专卖。结果，大牢里关满了私贩，产盐地区的百姓"三日不知盐滋味"！

他的变法虽然遭到了朝野的反对，但因为得到了宋神宗的有力支持，他遂独断专行，谁反对变法，他就罢免谁！不到两年时间，苏轼等朝中的名臣或遭免职，或排斥出京！身边只留下吕惠卿、章惇、李定、沈括等品行不端、钻营巴结的政客，致使变法难以为继。

最后压垮这位"拗相公"的，竟是一幅薄薄的《流民图》：

京师有位名叫郑侠的城门小吏，他每天都看到逃荒的流民们携儿带女逃往他乡的凄凉景象，便画了一幅《流民图》。皇太后和神宗看了，如梦初醒，立即下诏：罢去了王安石的宰相之职！

其实，王安石变法的本意是好的，但他用人失察，致使变法失败。后人一针见血地指出："法非不良，而吏非其人。"也就是说，王安石变法并非不好，而是执行变法的官员不合格！

王安石失势后，吕惠卿、章惇、李定等人见风使舵，纷纷落井下石！

4

王安石罢相后，闲居金陵半山。因年老多病，加之爱子去世，晚景凄凉。苏轼离开黄州后，乘船路经金陵，还特别前往探望。两位当年政坛的对手一见如故，他们把盏唱和，互诉胸怀。王安石还邀请苏轼迁居金陵，以便朝夕相随，安度余年。

王安石病故后，宋哲宗追封他为太傅。苏轼奉旨为他拟撰敕文，其中有"瑰玮之文，足以藻饰万物，卓绝万物，足以风动四方"。

这位文坛巨匠，除《临川先生文集》之外，还有诗词600余首，但我尤爱他的那首《浪淘沙令》：

伊吕两衰翁，历遍穷通，一为钓叟一耕佣。若使当时身不遇，老了英雄。汤武偶相逢，风虎云龙，兴王只在笑谈中。直至如今千载后，谁与争功？

词中的伊尹和吕尚是古代的两位名臣，曾经是钓翁和农夫，因遇到汤王和武王，才得以创建千秋大业，青史留名。假若他们未遇到明君，又会是一种怎样的运？

第三辑

文苑轶事

男儿到死心如铁

一位在科技大学攻读硕士的研究生，由于酷爱宋词，便纵身跃入了词的河流之中。他结识词人，咏哦词句，品味词韵，不但出版了专辑，还成了一名诗词节目主持人。他格外崇拜宋代隐士兼诗人林和靖。林和靖虽然一生未娶，却有梅妻鹤子，他的那首《长相思·吴山青》，彻底征服了800年后的这位工科学子：

吴山青，越山青。两岸青山相对迎，争忍有离情。
君泪盈，妾泪盈。罗带同心结未成，江边潮已平。

南宋灭亡后，有盗墓贼挖开林和靖的墓穴时，只找到了一方端砚和一枚玉钗！端砚是词人生前使用过的遗物。王钗又是谁的？是他的知音吗？二人有过怎样的经历？

这位研究生读过众多诗词之后，认为词有三美，即音律美、意境美、情感美。

南宋诗人辛弃疾，与苏轼被合誉为"苏辛"，在他的作品中既有金戈铁马的豪放之情，也有挚友之间的真诚感情。

少年时，诗人的祖父希望他能像汉代的霍去病那样去扫平匈奴，夺回河西，踏破贺兰山阙，在战场上建功立业，故而为他取名"弃疾"。

青年时，诗人为了驱逐入侵的鞑虏，收复大好中原，曾在家乡济南历城揭竿而起，率领一支义军与金兵厮杀，后又成了中原起义领袖耿京的掌书记。他奉耿京之命南下，去向南宋高宗皇帝表达了归附南宋的请求。高宗欣然应允，并对起义将领一一授予官职。完成使命后在返程途中，他突然得知元帅耿京已被叛徒杀害！他震怒之后，当即挑选出五十骑将士，日夜兼程冲进了五万人的金营，在宴会上活捉了叛徒，并将他押回南京斩首示众！这样一位有勇有谋的将帅之才，却被偏安一隅的南宋政权冷落下来，还几度遭到排斥。他在湖南、湖北、江西流传多年，在熙宗八年（1181年）被当局罢去隆兴（今南昌）知府兼江西安抚使之职。于是，他在江西上饶的带湖之滨建了一座新居，并垦荒种植水稻，自号"稼轩居士"，隐居于此。

七年后，他的挚友陈亮（字同甫），自驾一辆牛车从浙江金华专程赶来探访。二人彻夜长谈。他们会对酒当歌，倾诉彼此的思念之情，或踏雪赏梅，感叹壮志未酬，故土南归。分别时，二人依依不舍，唯有远处传来的凄凉笛声。于是他填了一首《贺新郎》，词前有一段文字：

陈同父自东阳来过余，留十日。与之同游鹅湖，且会朱晦庵于紫溪，不至，飘然东归。既别之明日，余意中殊恋恋，复欲追路。至鹭鸶林，则雪深泥滑，不得前矣。独饮方村，怅然久之，颇恨挽留之不遂也。夜半投宿吴氏泉湖四望楼，闻邻笛悲甚，为赋《乳燕飞》（即《贺新郎·把酒长亭说》）以见意。又五日，同父书来索词，心所同然者如此，可发千里一笑。

把酒长亭说。看渊明、风流酷似，卧龙诸葛。何处飞来林间鹊，蹙踏松梢微雪。要破帽多添华发。剩水残山无态度，被疏梅料理成风月。两三雁，也萧瑟。

佳人重约还轻别。怅清江、天寒不渡，水深冰合。路断车轮生四角，此地行人销骨。问谁使、君来愁绝？铸就而今相思错，料当初、费尽人间铁。长夜笛，莫吹裂。

陈亮读了这阕词之后，便以原韵填了一阕《贺新郎·寄辛幼安和见怀韵》：

老去凭谁说？看几番、神奇臭腐，夏裘冬葛！父老长安今余几？后死无仇可雪。犹未燥、当时生发！二十五弦多少恨，算世间、那有平分月！胡妇弄，汉宫瑟。

树犹如此堪重别！只使君、从来与我，话头多合。行矣置之无足问，谁换妍皮痴骨？但莫使伯牙弦绝！九转丹砂牢拾取，管精金只是寻常铁。龙共虎，应声裂。

词中的"父老长安今余几，后死无仇可雪"以及"但莫使伯牙弦绝"，表达了他与辛弃疾的生死之交。

辛弃疾读过之后，深为感动，立即和了一阕《贺新郎·同甫见和再同韵答之》。

陈亮读过之后，再和了一首《贺新郎·酬辛幼安再用韵见寄》。

这四首《贺新郎》，不仅表达了两位诗人的英雄气节，更难得的是这种"和韵"之作，要求每阕词的每个韵部都要同一个字，故"和韵"是诗词唱和中最为困难的一种形式。

两位诗人将彼此视为知音，才能道出彼此的心曲。这正如当年的伯牙子期的"高山流水"，两位诗人的"和韵"之作，成了诗坛上的一段佳话。

陆游之悲

南宋的陆游，与他同时代的辛弃疾一样，都曾大声呼吁过北伐抗金、收复中原。辛弃疾在战场上勇猛杀敌，立下了赫赫战功；陆游虽未在战场上冲锋陷阵，但他积极参与抗金的军务活动，还亲自参加边塞巡逻，收复江山社稷的初心至死不变。

在他们的作品中，我们能够看到，他们是铁骨铮铮的男儿！但他们又都是侠骨柔肠的诗人，辛弃疾的《青玉案·元夕》，就是最好的佐证。

东风夜放花千树。更吹落、星如雨。宝马雕车香满路。凤箫声动，玉壶光转，一夜鱼龙舞。

蛾儿雪柳黄金缕，笑语盈盈暗香去。众里寻他千百度。蓦然回首，那人却在，灯火阑珊处。

这首词的上片，描绘了元宵佳节时的京城：车水马龙、游人如织，到处都是火树银花，地上的灯火与天上的明月交相辉映，笑语欢歌，气氛热烈。词的下片，是诗人的所见、所闻和所感，他看到了一个头上戴着蛾儿、雪柳、黄金缕的倩影，于是，他在人群中千百次地寻找，谁知，就在不经意间，他看到那位孤高的女子，原来就站在灯火零落的长街旁边！

她是谁？是诗人的知音，是萍水相逢的路人，还是另有所指？这就为读者留下了一个猜不透的谜团，让人欲罢不能。这正如梁启超先生所说："自怜幽独，伤心人别有怀抱。"

无独有偶，才华横溢的陆游，却真真切切地经历了一次刻骨铭心的感情炼狱：

陆游少时就能赋诗作文，后又从师诗人曾几学习。及笄之后便与表妹唐婉成婚。唐婉善良贤淑，同样喜爱诗词，这对才子佳人志趣相投，琴瑟和鸣，十分幸福。但陆游的母亲却不喜欢这个儿媳妇，她看中了同样贤淑端庄的王家女儿。于是，她便采取种种方法逼迫陆游休掉唐婉而另娶王家女儿。陆游不敢违抗母命，但又舍不得唐婉，虽然写了休书，却将唐婉安置在别院里，二人仍暗中幽会。

此事被陆母发现了，其后果可想而知！

陆游与唐婉挥泪离别后，在母亲的催促下与王氏拜了天地。

唐婉后来与赵士程结了婚。

一晃十多年过去了，陆游因主张抗金而得罪了朝中的主和派，受到排挤和打击，他一气之下回到家乡绍兴。

绍兴有座禹迹祠，祠边就是沈园。

有一天，陆游去沈园游览，巧合的是，唐婉与赵士程也在园中。当年的恩爱夫妻，如今已经物是人非。唐婉让人给陆游送去酒肴致意。陆游借酒浇愁，满怀惆怅地走到园子的墙边，在墙上挥笔写下了那首流传千古的名篇《钗头凤》：

红酥手，黄滕酒，满城春色宫墙柳。东风恶，欢情薄，一杯愁绪，几年离索。错、错、错。

春如旧，人空瘦，泪痕红浥鲛绡透。桃花落，闲池阁，山盟虽在，锦书难托。莫、莫、莫。

心有灵犀一点通！

唐婉读了之后倍受感动，她含着泪水和了一首《钗头凤》：

世情薄，人情恶，雨送黄昏花易落。晓风干，泪痕残。欲笺心事，独语斜阑。难、难、难！

人成各，今非昨，病魂常似秋千索。角声寒，夜阑珊。怕人寻问，咽泪装欢。瞒、瞒、瞒！

我想，人们在被这两首《钗头凤》打动的同时，一定会谴责陆母的霸道和绝情，是她一手导演了这场凄美的爱情悲剧。

不过，这也产生了一个疑问：作为母亲，她有什么理由非要拆散这双恩爱夫妻呢？

于是，有人就想解开这个谜底。

南宋的陈鹄在《耆的读闻》中记载，他曾亲自去过沈园，还看到过陆游题写在墙壁上的《钗头凤》，但并未说陆游休唐婉的原因，只说过陆母不喜爱儿媳唐婉。

刘克庄在《后村诗话续集》中认为，陆母是对陆游因儿女情长荒废学业很不满意，出于对儿子建功立业的期待，她才逼着陆游写下休书休了唐婉的。

周密在《齐东野话》中说，唐婉因不受陆母宠爱才被休了的。

还有人说，陆游休唐婉，是因为唐婉婚后不育，而陆母又"弄孙"心切，所以才逼着陆游写了休书的。

也有人认为，悲剧是唐婉自己造成的，她年龄尚小，不懂礼仪。陆游的父亲去世时，唐婉并未悲痛于色，这便直接触怒了陆母。陆母看到王家的女儿温柔贤淑，很合自己的心意，所以才逼着陆游休妻另娶王氏的。

还有另有一种说法：陆母认为陆游与唐婉的生辰八字不合，所以才让陆游休了唐婉的。这种说法有违常识，在陆游的年代，不论皇室或者民间，结婚都要遵循既有的规矩和风俗，陆家和唐家都是大户人家，都有诗书传家的家风，这就是门当户对。但婚前要过的第一关，就是要符合生辰八字，而后还要经过纳采、问名、纳吉、纳征、请期、亲迎等六礼，缺一不可。唐婉是陆游的表妹，他们结婚是亲上加亲，陆母能不知道外甥女儿的生辰八字吗？

还有人认为，是陆母想早日抱上自己的孙儿，才造成了这一悲剧。

陆游在他的《剑南诗稿》的《恶姑》中，有"所冀妾生男，庶几姑弄孙。此志意蹉跎，薄命来谗言"之句，所以又有"弄孙"之说。

但这种说法也经不起推敲，因为在陆游和唐婉成婚之前，陆游的长兄陆淞（也是一位诗人），早已生了儿子陆绛，这已经满足了陆母的"弄孙"心愿，故而"弄孙"之说也不尽情理。

造成陆、唐爱情悲剧的原因，已经探讨了八百余年，但至今仍未见到权威性的结论。

其实，我们也不必去刨根问底，只要读了陆游的这首如歌如诉的《钗头凤》，和唐婉的那首如怨如泣的《钗头凤》，就忘不了这个凄美动人的爱情悲剧，也会更加珍惜岁月的美好。

这已足够了。

谜一样的女校书

女诗人薛涛是个谜。

许多古人都想解开它，但众说纷纭，未能如愿。不少今人也试图解开它，但因彼此的论点各异，故而此谜也就更难解开了。

50多年前我曾去过成都。在浣沙溪畔的杜甫草堂逗留了一天之后，便匆匆去了锦江旁边的望江楼，为的是寻访这位中唐女诗人的遗迹，也想收藏几张天下闻名的薛涛笺。在一片竹林中，我虽找到了薛涛井和薛涛墓，但未见到有关的文字介绍，周围环境亦显得有些破败荒凉，心中不免有些惆怅。

后来，我又数次去过成都，但总忘不了去看看薛涛留下的遗迹，再买几本心仪已久的"薛涛笺"，同时也渐渐萌生了想解开这个千古之谜的想法。于是在友人的安排下，我又有了一次去成都凭吊薛涛的机会。

如今的望江楼，已成了纪念和研究薛涛的中心，所藏的薛涛资料之丰富为国内之最。我在资料室中还看到了台湾、香港，以及国外如日本、美国、新西兰等国出版的有关薛涛的文章和诗集。国内还有不少纪念薛涛的亭台楼阁和馆舍榭池，都是仿古之物，不足为信。我独自沿着锦江的堤岸，信步走进了竹林深处。竹林中十分幽静。因为是暮春时节，有缕缕轻雾从江面冉冉飘来，像无骨的精灵一样在竹林中漫游着。蓦然间，我看到一位身着白色罗衣的女子立在竹林深处，她体态丰满，发冠高耸，手执书卷，正在专注地吟哦——这是一尊薛涛的汉白玉雕像。

离雕像不远处，是薛涛的墓，墓前有碑，碑上刻有"唐女校书薛洪度之墓"。但立碑的时间却是"一九九四年十月"。我正疑惑时，旁边的一位写生的画家告诉我，这是后人堆起的一座假墓。

沿小径前行，能看到一口古井，有"薛涛井"石碑立于井畔。此井原名玉女津。据说明代蜀主命人在此井汲水仿制薛涛笺，后人便将此井称为"薛涛井"。

国画大师张大千在1947年画了一幅《薛涛制笺图》。这是一幅六尺全身立像，明纸明墨，工笔描金彩绘，并在画上题《玉楼春》词一阕。可见这位大师对女诗人的推崇了。

我在竹林中徘徊着，默读着薛涛留存下来的一些诗歌。在唐代，曾出现过不少女诗人，但似乎作品的数量和造诣皆不及薛涛。据史载，薛涛有诗500余首，并有《洪度集》存世，现留传下来的有94首，有人考证只有70多首，其余均为伪作。虽然如此，她仍是唐代留诗最多的一位女诗人，这是不争的事实。

由她引发的争论，千余年来一直未能休止。其中争论最大的是她的身世。有人认为她是官家女儿，后入乐籍为"乐伎"，入乐籍的乐伎，即是列入国家编制的艺人。在庆典、宴会、游乐、诗会等场合，他们或歌、或舞、或奏乐、或陪酒、或赋诗、或表演杂技。有人认为"乐伎"。一说纯属误会，还写了一篇题为《千古奇冤应予昭雪》的文章，还薛涛一个清白。他考证在成都的乐籍中，有位叫薛陶的乐伎能歌善舞，且长于辞令，后人将薛陶误以为是薛涛了。

她的女校书之名，也是争论之一。校书，即校书郎，在唐代是正九品上阶，许多进士及第后初授的官职，如白居易、元稹、柳宗元、李商隐等，都曾授为校书郎。也有人认为薛涛是奏而未授，因她身为乐伎，不可能成为朝廷命官。也有人认为她是名噪一时的女诗人，已被授予了此衔，当时的著名诗人王建有一首诗，题目就是《寄蜀中薛涛校书》：

> 万里桥边女校书，枇杷花里闭门居。
> 扫眉才子于今少，管领春风总不如。

困惑后人最大的悬案，就是薛涛和诗人元稹的恋情，即所谓的"元薛姻缘"。有人认为薛涛经常出入幕府，与当地官员及刘禹锡、杜牧、白居易等诗人唱酬不足为奇，但与元稹有爱情关系，其证据是她写给元稹的《四友赞》《寄旧诗与微之》，和元稹写给她的《寄赠薛涛》等。

反对此说的认为，元稹及第时28岁，薛涛当时已50多岁了，所谓"元薛关系"，与史不符，失于考证，是"小人无稽之谈"。

除此之外，还有一些问题，如薛涛是哪里人？生于何年？结没结过婚？若结了婚丈夫是谁？有无子女？她卒于何年？墓在何处？现存的诗中有哪些是伪作？她暮年是否当了"女冠"……

第三辑 文苑轶事

不知不觉间，我又转到了薛涛的像前。她仍在无声地吟哦着诗稿，周围的竹枝微微摇曳着，也许它们听懂了她的吟哦之声？

谜是有诱惑力的，我是被这个谜诱惑而来的，是甘心情愿被诱惑的。

但我离开时，又有一群人和我擦肩而过。他们也是受了那个谜的诱惑而来的？

既然是解不开的谜，又何须一定要去解开它呢？

李清照的改嫁之谜

　　为了撰写李清照，我去过她的故乡和青州的故居，还去过她曾生活过的莱州和临淄，也读了不少不同版本的传记、年谱和研究文章，不仅喜爱这位女词人留世的作品，也由衷地敬佩她的人品，但我也遇到了一个无法回避的难题，即李清照到底是否改过嫁？

　　有关研究这一难题的文章，实在是太多了，不但我们大陆有，港台和海外也有不少专著讨论这一难题，但都众说纷纭，并无定论。

　　改嫁之说，始于南宋末年。是说李清照49岁时病在杭州，已"牛蚁不分"。一个叫张汝舟的小官吏为了贪图她的一些珍贵金的石和字画，乘危骗婚，不久即离异。杭州府亦判婚约无效，加之张汝舟又涉他罪，被剥夺官职，发配柳州。而根据南宋之律，"告亲"可判刑二年，李清照入狱九天即被释放。

　　而在明代以来，又有不少人认为李清照并未改嫁，改嫁之说是一些人或对她有成见（她曾直言评论过一些著名诗人的作品），或嫉妒她的才华而故意谤伤，以毁其誉。尤其到了清代，一些学者文士还找出了不少史料为依据，证明改嫁之说是流言中伤，不足为信。这一争论已进行了900余年，我相信还会争论900年！

　　其实，李清照改嫁与否，并不影响她作品的艺术魅力，也不影响她在中国文学史上的地位。

　　最令人感叹同情的是李清照的坎坷经历。她在家乡的百脉泉边度过了自己的童年和少女时代，16岁时去了汴京，创作的几首清新的诗词不但显示了超人的才华，也轰动了京师。又因得教于苏门四学士尤其是晁补之的教诲，加之以文学出身的父亲李格非的影响（亦是苏轼的学生），使她受益匪浅，诗词造诣渐深。她还向书画大家米芾学习丹青书法之道。但嫁给赵明诚不久，朝廷的党争之祸惨烈，其父因属苏轼的蜀党一派，与苏轼、黄庭坚、秦观、张耒、晁补之等被罢官；其名刻在了"元祐党人碑"上。李清照受连累而被迫还乡。而她的公公赵挺之又是苏轼一派的政敌，李清照夹在新旧两党之间倍受煎熬。谁知执政的新党内部又生矛盾，赵挺之因受到蔡京的排挤而死！蔡京仍不放过他，又以他"结交富人"为由，将李清照的丈夫和他的两位哥哥都下了大狱，可谓欲斩尽杀绝！

待案子查无实据，赵氏三兄弟无罪释放后，李清照和丈夫便毅然去了青州，在那里专心研究金石和收藏古籍字画。经过数十年的不懈努力，藏品已有两万余件，装满了二十余间房屋，赵明诚也完成了前所未有的辉煌巨著《金石录》。

由于北宋朝廷腐败误国，金兵大举南侵，汴京陷落。李清照选出了一部分精品，共装了十五车（余下的十多间房屋的金石书籍字画皆毁于兵火！）千辛万苦地由海路逃往江宁（今南京），与身任江宁太守的丈夫团聚。不久丈夫改任潮州时途中染病去世。自此，灾难接踵而来，李清照经历了九死一生。

先是高宗皇帝的御医仗势欺负困境中的女诗人，强行索去了一部分十分贵重的金石、字画，紧接着有人造谣说，赵明诚生前曾将一把玉壶送给金国，谓之"玉壶颁金案"，欲定赵氏的通敌之罪。

为了保存好劫余的金石，她听了弟弟的建议，决定将全部藏品献给朝廷。为此，她带上藏品去追一路逃跑的宋高宗赵构。她从江宁赶到杭州，又从杭州赶到越州，再从越州追到海上，经定海、台州、温州……赵构逃到哪里，她便追到哪里，一路上行程数千里，历时七个多月，遭过土匪抢劫、贼人盗窃，官兵劫掠，当在杭州赶上赵构时，她已心力交瘁，奄奄一息了。

就在人们为这位女词人准备了棺木和石灰之际，出现了一个陌生人——张汝舟。她以骗婚手段掠去了一些字画，变卖后挥霍一空。李清照清醒后竭力抗争并报了官府。此事传开后朝野人士纷纷为之不平。杭州府查明张汝舟图财骗婚，且有其他劣行，将他发配广西编管，为李清照讨回了公道！

既然是不法之徒趁李清照病危时图财骗婚，并已判定婚约无效，那么，算不算她改过嫁呢？这是我的第一个疑问。

李清照是北宋宰相王珪的外孙女，丞相赵挺之的儿媳，她丈夫的两位兄长和数位近亲的职位都颇显赫，怎么会让一个冒名的歹人骗婚得逞呢？

李清照的亲表妹夫就是权势遮天的秦桧，她的表侄已过继给了秦桧，亦是副相，他们为什么未出手相助呢？

还有几个疑问，如李清照的祖籍到底在何处？济南建有李清照故居，而她的家乡却一再申明李清照从未住过济南！李清照的年龄到底多大？史书上有 58 岁、63 岁、68 岁、73 岁、81 岁四种记载，哪一种准确？李清照晚年在杭州住了二十多年，住在什么地方？李清照的墓葬一直都未找到，后人曾推测她暮年已出家为道，离开了杭州，已不知其所终了。真的吗？

她的作品也留下了疑问，据史书载，李清照创作了大量词、诗、文章，在她生前已有《李易安集》十二卷，其中诗文七卷、词五卷，还有《漱玉词》三卷。但为何今天只看到 48 首词呢（还有 11 首词疑为伪作）？

我曾请教过许多人，也翻阅了很多史料，但都未能消除我心中的这些疑问。

不过我倒是觉得，李清照改嫁与否的争论不论结果如何，她身上的一些疑问能否得出答案，都并非特别重要，重要的是她是一位真正杰出的女词人，这是古今中外都已认可的事实。

百脉泉的李清照故居门前竖着一方石碑，是书法大家舒童先生手书的四个大字：一代词宗！

这是最公道的评语。

才女多舛

1

刚写下了这个题目，顿觉不妥起来："红颜薄命"似乎已被世人认可，其实不然，不是也有不少红颜，福多命大吗？而才女多舛，仅是我的杜撰，我指的是蔡文姬、上官婉儿、薛涛、马盼盼、严蕊、李清照、柳如是等人，她们都是被世人认可了的才女，但她们却都是命运坎坷、多灾多难，令人同情。不过，我指的是古代，而非如今的才女们。

在中国古代的杰出女性文学家中，人们普遍认为汉代的蔡文姬，是其中的佼佼者之一。我国发行的"中国杰出人物女性组"的贵重金属纪念币中，只收了两位女性文学家，一位是李清照，另一位就是蔡文姬！或许这就是一种佐证。

李清照生前的作品颇丰，《李易安文集》中说她的作品有十二卷本；《唐宋诸贤绝妙词选》中说她有词三集。《宋史·艺术志》中载：《易安词》有六卷。章丘市李清照纪念馆出版的《李清照诗词》，只剩下 48 首作品了，其余作品均在历代的兵火动乱中散佚了，就是这为数不多的作品，也足以奠定她在中国诗坛上的地位了。

蔡文姬留世的作品，除了一首五言《悲愤诗》和一首骚体《悲愤诗》之外，就是那首 1297 字、令人碎心肠断的《胡笳十八拍》了！

早年，我曾经看过大型话剧《蔡文姬》，颇受感动。这部作品曾在当时引起了巨大轰动。编剧郭沫若说过："蔡文姬是我用心血写成的，蔡文姬就是我！"

他还认为，《胡笳十八拍》是《离骚》以来最好的抒情诗，没有亲身经历的人，就是才高如李白、杜甫者，也写不出来！蔡文姬是唯一的例外。

2

蔡文姬的父亲蔡邕，是汉代的大书法家，也是精通天文数理和音律的一位大儒，他书写的《郭有道碑》和《陈太丘碑》，曾受到朝野的称道。他对女儿蔡文姬的教育、培养，可谓是呕心沥血。有一天夜间，他正在书房中抚琴，忽然琴弦断了一根，站在窗外的蔡文姬听了，说道：断的是第二弦！蔡邕以为女儿是瞎蒙的，便又故意弄断了一根；蔡文姬听了，说是第四弦断了！当时的蔡文姬只有6岁！

蔡邕十分惊讶女儿对音律的悟性，于是，他专门为她写了一篇题为《女训》的短文，文中有"心犹面首也，是以甚致饰焉。而一旦不修饰，则尘污秽之。心一朝不思善，则邪恶人之"。也就是说，你用梳子梳理头发时，要想到你的心灵有条有理；你挽髻时，要想到心与髻要一样端正。也就是说，他要求女儿要内外双修，才能成为蕙质兰心的女性。

除了亲自教女儿读书，向她传授知识以外，蔡邕还有意识地让她多方受益。当时的文人名士们常常聚会，一起谈诗论文，"建安七子"中的王粲，也是蔡家的常客。每逢聚会，蔡邕便让蔡文姬旁听，既让她增长了见识，也让她受到了知识和修养的熏陶。

3

才女多舛。

16岁时，已亭亭玉立的蔡文姬，便嫁给了河东的世家子弟卫仲道。谁知婚后不久，丈夫便吐血而死。现在看来，大约患的是肺结核，民间称之为"痨病"。17岁的蔡文姬便成了寡妇，谁知，卫家竟将"克夫"的脏水泼到蔡文姬的身上！"亡夫无子"的蔡文姬，便断然回到了娘家。

蔡文姬回到娘家之前，其父蔡邕因突遭大祸，被关进了大牢。

公元192年，在王允的策划下，有人刺杀了权相董卓，并弃尸于野，以解人们对奸臣的怨恨。就在人们拍手称快时，身为侍中的蔡邕，却匆匆赶到刑场，伏尸大哭起来。

原来，董卓生前十分敬慕蔡邕的人品学识，便召他入朝为官，却被蔡邕以病为由拒绝了。董卓便以诛杀其全家相威胁，蔡邕只好从命入朝。董卓对他十分赏识，曾连续三天，三次晋升他的官职，甚至将朝廷的重要文件都让他起草。他认为董卓有恩于己，当听说董卓被诛后，便匆匆前往刑场，伏尸大哭起来。

王允听说了以后，大为震怒，立即命人将他逮捕并关进了大牢。不久，他便在狱中遭受折磨而死。

4

回到娘家后，孤身一人的蔡文姬，又遭受了一场更大的灾难。

王允突然杀死了董卓，董卓的部将却联合匈奴人，一举攻进了长安，不但杀死了王允，还在城中大肆杀人放火，抢劫掠夺。在混乱中，蔡文姬与许多汉人妇女一样，被匈奴人掠去，押往荒蛮的大漠。

在押匈奴的途中，蔡文姬目睹了野蛮屠杀的悲惨情景：

> ……
>
> 斩截无孑遗，尸骸相撑柜。
> 马边悬男头，马后载妇女。
>
> ……

一路上，被掠去的汉人受尽了匈奴兵卒的打骂和折磨，有的人倒毙路旁，无人掩埋！她在《悲愤诗》中写道：

> 或便加棰杖，毒痛参并下。
> 旦则号泣行，夜则悲吟坐。
> 欲死不能得，欲生无一可。
> 彼苍者何辜，乃遭此厄祸。

押解汉人的胡匈奴头目，见蓬头污面的女俘中，有位眉清目秀的年轻女子，为了邀功，便将她献给了匈奴的二号人物左贤王。

蔡文姬在王府中生活了 12 年，还生下了两个男孩。

就在蔡文姬以为归汉无望，只能老死大漠的时候，却忽然传来一个消息：长安派出了使节，来赎蔡文姬重返中原！

消息是真的。原来，丞相曹操派出使节，携带着玉璧和黄金，已经到了匈奴。他向匈奴的单于提出了要求：赎回蔡文姬！

不知是畏惧汉朝发兵讨伐，还是贪图带来的贵重礼物，匈奴单于竟然答应了大汉使节的要求，但也有个条件：蔡文姬可以归汉，但要留下她的两个儿子！

其实，身陷匈奴的蔡文姬，无时无刻都没有忘记中原和那里的故乡、故人，她还常常教两个儿子说中原的汉话，讲述中原的历史和风物，母子三人相依为命。但今天却要活生生的骨肉分离！蔡文姬的内心痛苦和挣扎，谁人理解？

5

曹操为什么会有重金赎回蔡文姬？史书上说，他是出自对蔡邕的敬重。曹丕也曾说过蔡文姬归汉的原因："家父与蔡伯喈（蔡邕字伯喈）有鲍管之好，乃命使臣持玄玉璧于匈奴，赎其女还。"

不过，也有人认为，曹操赎回蔡文姬，是为了笼络人心；还有的说，曹操赎蔡文姬归汉，是让她写完蔡邕尚未完成的《续汉集》。

不论什么原因，反正是才女蔡文姬终于回到了中原。

回到长安以后，曹操再次为蔡文姬的命运做出了决定：让她嫁给望族出身的屯田都尉董祀。

谁知新婚不久，新的灾乱又降临到了这位才女的头上：丈夫董祀犯下重罪，被判处了死刑！

蔡文姬闻讯时，正值严寒之夜，她没来得及穿上鞋袜，便冒着风雪跌跌撞撞地赶到了曹府。曹操正在客厅里宴请宾客。赤着双脚的蔡文姬双膝跪在席前，泪流满面地向曹操陈情，恳求饶恕她的丈夫！

谁知曹操却告诉她，她来晚了一步，判决文书已经发出去了！

蔡文姬连忙说道：曹府有勇兵无数，良马成群，为何舍不得一名勇士骑一匹快马，去追回判决文书呢？

曹操听了，当着宾客的面，答应了蔡文姬的请求，不但派人追回了判决文书，也赦免了董祀的死罪；还不忘命人为蔡文姬取来了头巾和鞋袜。

6

作为一代大儒，蔡邕生前家藏古籍 4000 余卷，但经过战乱兵火之后，已全部散失了。不过，蔡文姬还能背诵出其中的 400 余卷。曹操听了，十分高兴，准备派出十人去她的家中，将她背诵出来的文章抄录下来。

蔡文姬谢绝了他的好意，只向他讨要了一些纸笔，便把她记忆中的文章，全部默写了出来，交给了曹操。可见她的记忆力之强了。

一生经历了太多的折磨和苦难的才女，已对人世间的荣辱名利看得淡泊若水了，她和董祀一道，离开京城，去了洛水上游，隐居在蓝田的山中了。

蔡文姬的一生，不知是否能证明"才女多舛"这一命题？

张飞是位书画家

一位客居鄂州的中年画家，为创作宽 1.5 米、长 448 米的长卷《大江之殇》，曾多次沿长江采风、写生，不但激发了创作灵感，还积累了大量素材。他认为，鄂州文化沉淀丰富，山川秀丽多姿，是长江流域一颗耀眼的明珠，更是一座崭新的航空都市！这座历史名城已焕发了新的青春。这就是他创作这幅长卷的初衷。

长江流域共有大中城市 23 座，鄂州位于中间。他的长卷将分为四大部分：上海至南京为春季，南京至武汉为夏季，武汉至重庆为秋季，重庆至雪山冰川的三江源为冬季。他已购置了无人飞机和摄影器材，还组织了一个包括摄影家在内的团队，准备再次出发，计划用三年时间，完成这一长卷。

我为他的气魄所折服，更期盼能够早日看到这件超长的长卷。

在谈到长江三峡的历史人物和建筑时，他对画卷上是否应出现张飞庙征询我的意见。

也许是受了文学作品以及戏剧、影视和民间故事的影响，张飞留给人们的形象，是一位鲁莽、粗暴、没有文化但却忠于情义、作战勇敢的赳赳武夫。记得我小时候学的第一句京剧唱词，就是"长坂坡上一声吼，喝断了桥梁水倒流"！其实这是一种偏见。

从一些史书透露的信息来看，应还张飞原本的面貌！历史上的张飞确有其人，他不但文武兼备，而且有才华，是当时颇有名气的一位书画家，明代的《画髓元诠》载："张飞善画美人，擅草书。"

清代的《历代画征录》也印证了此事："张飞，涿州人，喜画美人。"

在涿州鼓楼的墙壁上，有一幅《女娲补天图》，相传就是张飞所绘。

有关张飞善书法的记载，最早见于南北朝时期的《刀剑录》：张飞拜新亭侯时，曾亲书刀剑铭文："新亭侯，蜀大将也。"

明代的《丹铅总录》上也有记载："涪陵有张飞刁斗铭，其文甚工，飞所书也。"

四川省流江县还发现了一处摩崖石刻《八蒙摩崖》，也叫《张飞立马铭》，记载了建安二十三年（218年）蜀魏争夺汉中，曹操命张郃率兵三万进犯巴州，刘备命张飞率兵一万迎敌八蒙山。张飞以少胜多，击败张郃后，乘着酒兴，以丈八蛇矛在崖壁上刺凿了两行隶体大字："汉将军飞，率精卒万人，大破贼首张郃于八蒙，立马勒铭。"笔画丰满、遒劲，气势刚健、凝重，书法造诣不俗。

当代诗人流沙河，曾为阆中的张飞塑像题写了一副楹联：

园谢红桃，大哥玄德二哥羽。
国留青史，三分鼎势八分书。

他赞扬张飞文武双金，八分书说的就是张飞镇守阆中时留下来的书法作品。

在《张翼德祠》中，元代的吴镇写过一首诗：

关侯讽左氏，车骑更工书。
文武趣虽别，古人尝有余。
横矛思腕力，繇像恐难如。

诗中的车骑，就是车骑将军张飞。吴镇说张飞的书法艺术很高，就连钟繇、皇像这样的大家都比不过！

张飞亦有文采，他打败张郃之后，在率部巡游真多山时，还写了一篇《真多山游记》："王方平采药此山，重子歌玉泸山间，雪，住宿方行。"此文虽只有寥寥19个字，却显示了他的文字功底。

另外，张飞的两个女儿，先后嫁给了蜀后主刘禅，一个为妃，一个封后。可见均符合选妃的品质和相貌，这也许与张飞的基因遗传有关？

将张飞定格为又黑又丑又鲁莽的人物形象，其始作俑者，应是《三国演义》的作者罗贯中。

我认为，因修建了长江大坝，水位上升，原来的张飞庙已淹于水中，新建的张飞庙虽然按照原貌重建，但并非是在原址上修建。

不过，我还是建议，应让这座张飞庙出现在《大江之殇》的画面上。

苏东坡与鄂州

因"乌台诗案"而被折磨了一百多天的苏轼，刚刚走出御史台的大狱，便被差人押往了湖北的黄州，"责授"他为检校水部员外郎、黄州团练副使，并限制他"不得签署公事"！只是个虚职罢了。

随他同行的，只有其长子苏迈一人。

1

去黄州之前，他最大的顾虑是"黄州岂云远，但恐朋友缺。"他曾说过，他"上可以陪玉皇大帝，下可以陪悲田院乞儿。"但一个外乡之人，且又是戴罪之身，必会遭到冷落和孤独。谁知，当他到了黄州之后，不但结交了众多朋友，黄州还成就了他的多彩人生！正如他自己所说："问汝功名事业，黄州惠州儋州！"

黄州与武昌(今鄂州市，下同)隔江相望，他也结识了不少武昌的朋友，第一个当属武昌太守朱寿昌。

朱寿昌是苏轼的旧友，也是一位声名远播的孝子。他七岁时，其母因故离开了他。他成人并入仕后，一直思念自己的生母，曾以钢针刺身上之血，一笔一画地抄完了一部《金刚经》；还发出宏愿：今世一定要找到自己的生母！他辞去了官职，不畏万里之远到处寻访。苍天有眼，他整整寻访了五十年，终于找到了他的生母！他将生母接回家中奉养，生母享受了三年天伦之乐后谢世。他的孝悌之德感人至深，苏轼曾写过一首诗《贺朱寿昌得母》，称道他人品高尚。

苏轼在御史台的囚房里度过了100多天，他回顾那里的囚房是：

> 去年御史府，举动触四壁。
> 幽幽百尺井，仰天无一席。

但他被贬到黄州之后，才发现自己并无立锥之地！只好和苏迈暂时在定惠院里栖身，每日随寺僧一起用斋。

时任武昌太守的朱寿昌得知后，便主动与黄州有关人士关说此事，苏轼才搬进了回车院的临皋亭。回车院是三司按临黄州时的官邸，若没有当局应允，被贬谪的罪臣要想住在里边是万万不可能的。

临皋亭在长江岸边，对岸就是武昌的樊山（西山）。苏轼在致友人书中说："临皋亭下，八十多步，便是长江。其半是峨眉雪水，吾饮食沐浴皆取焉，何必归乡哉！"

有了住所之后，苏辙将苏轼的眷属从南都送到了黄州，兄弟二人便乘舟去了武昌的西山寺（今古灵寺），武昌县令备了薄酒招待苏氏兄弟。苏轼写了《武昌西山诗并引》，苏辙撰写了《九曲亭记》。

苏轼的家眷来了之后，朱寿昌知道他的俸禄微薄，又少积蓄，便委托临皋亭监酒胡定之，给他送去了羊、面、酒、果等物，不但解除了苏家无米之炊的忧愁，还解了这位诗人的酒瘾，真可谓"雪中送炭"！

2

住在武昌车湖（今鄂州市燕矶镇车湖村）的王齐愈（文甫）、王齐万（子辩），是苏轼的四川同乡。王氏先世是蜀中大户，田地多，为人慷慨。后世迁来武昌时，将家中藏书也运到了车湖。苏轼渡江到武昌，都以王家为居停，每次去时，王氏兄弟杀鸡置酒相待。"老乡见老乡，两眼泪汪汪"，他们有着说不尽的话题。若天色晚了，苏轼则在王家寄宿。

潘丙（字彦明）本是一位举人，但他一直未考中进士，于是，绝意功名，在武昌的樊口开了一家酒坊，以卖酒为业，他"几乎无日不与苏轼相见"，二人诗词唱和，谈经论道，成为至交。苏轼《西山寺》诗中的首句"忆从樊口载春酒，步上西山寻野梅"中提到的春酒，就是潘丙酿造的潘生酒！

潘丙之兄潘鲠，其弟潘原，都成了苏轼的挚友。

潘鲠之子潘大临，因其诗中有"满城风雨近重阳"之句而诗名远扬。他与苏轼亦有交往，后来，他成了江西诗派的领军人物。

王齐愈之子王禹锡十分喜爱苏轼的书艺，每当苏轼去了车湖，他都在案上备下文房四宝，待苏轼酒酣之时，就恳请他挥笔书写。在三四年的时间里，他获得的苏轼书法作品竟达"两牛腰"之多！

苏轼留世的书法作品，今天已成稀世之宝。若王禹锡保存的苏氏手迹仍在，其价值已无法估量！

有一天，苏轼又去了车湖王齐愈家，在王家的书斋达轩里，酒后的苏轼画了几幅修竹。

有人问苏轼道："竹身何以那么清瘦？"

苏轼听后，作了一首《定风波》，以作回答：

元丰五年六月七日，王文甫家饮酿白酒，大醉，集古句，作墨竹词。

雨洗涓涓嫩叶光，风吹细细绿筠香。秀色乱侵书帙晚，帘卷，清阴微过酒尊凉。

人画竹身肥拥肿，何用？先生落笔胜萧郎。记得小轩岑寂夜，廊下，月和疏影上东墙。

原来，苏轼对着月下竹影写生，故得修竹挺拔的精神。

今日的黄州城外，有一座遗爱湖公园，园中的回廊栈桥、亭阁楼台、楹联匾额，都与苏轼有关。园中松竹堆翠，群芳争艳，游人如织，笑语不绝。坐上观光车一整天，才能走马观花地转上一圈，可见规模之大了。

这座遗爱湖公园，与当年苏轼发起的育儿会有关。

苏轼初贬黄州时，家住武昌的王天麟渡江前往黄州探望，无意间提到武昌、黄州有一种陋习：溺婴。

原来，这两地的贫困百姓生活艰辛，一家养活二男一女已经十分不易，若再生下女婴，不但难以养活，还将拖累全家陷入绝境！唯一的办法就是将刚刚落地的女婴溺死！溺婴时，父母心中虽然不忍，但也只能转过身去，将自己的亲生骨肉按在冰冷的水盆之中，让她离开这个世界！其情其景，令人心碎。

苏轼听了，大为吃惊，他要救赎这些无辜的女婴！

于是，他提笔给武昌太守朱寿昌、黄州太守徐大受各写了一信，请他们出面制止这种残忍的陋习；他还引用了大宋的刑律："故杀子孙徒二年"，"非违犯教令而故杀者，徒二年"，要求他们"明令诸邑令佐，使召诸保正，告以法律，谕以祸福，约以必行……若以律行遣数人，此风便毕"。

他还与武昌的王天麟、黄州的古耕道、郭兴宗等人发起成立了一个"育儿会",向富户人家募捐,每户每年出十千钱,用以购米、布、绢、絮等物。苏轼虽然生计不易,但也捐出三千钱!

育儿会将募捐的钱粮,交安国寺主持继莲管理。

苏轼认为,"若当活得百个小儿,亦闲居一乐事也。吾虽贫,亦当出十千"。

大爱无疆,当年的"育儿会",与今天的遗爱湖一脉相承。

4

元丰五年(1082 年),在讨论编修国史时,宋神宗认为,"国史大事,可命苏轼编修。"但却遭到了王珪等政敌的阻挠,宋神宗只好以"御札"下诏:"特授苏轼检校尚书水部员外郎、汝州团练副使,本州安置。"

苏轼于元丰三年(1080 年)二月抵达黄州,到元丰七年(1084 年)春,已经有四年又三个多月。离开黄州之前,武昌的王齐愈、王齐万兄弟及潘丙等人,前往黄州的临皋亭会集,一行人渡江前往武昌,行至吴王岘时,忽听见隔江传来了鼓角之声。

阵阵鼓角,触动了苏轼对黄州的深切情感,他心潮起伏,遂俯在船板上,写下了一首《过江夜行武昌山闻黄州鼓角》:

> 清风弄水月衔山,幽人夜度吴王岘。
> 黄州鼓角亦多情,送我南来不辞远。
> 江南又闻出塞曲,半杂江声作悲健。
> 谁言万方声一概,鼍愤龙愁为余变。
> 我记江边枯柳树,未死相逢真识面。
> 他年一叶泝江来,还吹此曲相迎饯。

下船后,苏轼一家下榻王齐愈家。

因江面风大浪高,又逗留了两天,苏轼才恋恋不舍地离开了武昌。

自此之后,这位诗人再也未能回到过黄州和武昌。

苏东坡与米芾

  我撰写的《苏东坡别传》（初版），全书共设 25 章，其中写诗人在黄州的生活已有 3 章，惠州、儋州各 1 章。由于受篇幅所限，有些内容只好舍去。读了《鄂州通览》（叶贤恩著）和《苏东坡大传》（台湾李一冰著）后，写此拙文，以拾遗珠。

  苏轼谪居黄州时，为生计所困，幸得同庚友人马梦得的帮助，在黄州东门外的山坡上，开垦了一块荒地，才解了全家人的温饱之忧。自此之后，才有了"东坡居士"之名。这一年的冬季，苏轼又在东坡附近的旧养鹿场上造了五间草房，因草房是在大雪天里落成的，故取名"雪堂"。"雪堂"二字的匾额，是两个篆字，系友人李元直（通叔）所书，苏轼自题"东坡雪堂"四字，榜于门上。

  有一天，苏轼欲外出访友，刚走出雪堂大门，见一青年男子迎面走来，问他是不是苏学士？没待苏轼回答，他便自报了姓名和来意。

  原来，他就是 22 岁的青年画家米芾，字元章，他从湖南到了金陵，拜访了已经退隐的宰相王安石，当得知苏轼贬谪黄州时，便逆江而上，前来求见。

  这位才华超人、悟性很高的青年画家，在拜见金陵的前辈王安石时，作为后辈，他并未执弟子之礼，好在王安石并不见怪。到了黄州之后，他对苏轼这位名噪天下的文学大家，依然不执弟子之礼！是自视清高而傲慢无礼？还是天生的性格使然？苏轼对这位崭露头角又英迈不群的后来之人，并未嫌弃、排斥，连忙将他领进了竣工不久的雪堂。

  苏轼告诉米芾，雪堂南挹四望亭，西控北山暗泉，游目纵览，江山如画，尽收眼底！雪堂之美，"实不下于陶渊明所盛赞之'斜川'"。

  苏轼还将自己的一首《江城子》书写在书房的墙壁上：

  梦中了了醉中醒。只渊明，是前生。走遍人间，依旧却躬耕。昨夜东坡春雨足，乌鹊喜，报新晴。

雪堂西畔暗泉鸣。北山倾，小溪横。南望亭丘，孤秀耸曾城。都是斜川当日境，吾老矣，寄余龄。

苏轼很喜欢这位气宇轩昂、风华正茂的后生，对他一见如故，并让他住在雪堂里。二人在雪堂里谈书论画，直至夜深。谈兴正浓时，苏轼将他自己珍藏的《释迦佛真迹》取出来，让米芾细细鉴赏。

这件《释迦佛真迹》是吴道子留世的一幅精美之作，苏轼最早见于长安陈汉卿家，心中非常喜爱。他在徐州任太守时，得之于鲜于子骏，属世袭珍品。米芾晚年在撰写画史时，还记述了在雪堂见到这件作品的印象："苏轼子瞻家收藏吴道子画佛及侍者长公十余人，破碎甚，而当面一手，精彩动人。点在加盖，口浅深厚，故最如活。"

有一天，苏轼与他饮酒唱和，微醉时，特意取出一张"观音纸"，让米芾贴在墙上，自己则先洗笔磨墨，后面壁而立，悬肘作画。他先画了两枝清竹，后又画了一枯树、一怪石，画完后送给了米芾。

米芾看了苏轼所画之竹，见他从地面起笔，一直画到竹梢，而大多数画家在画竹时，是由顶画至地面，先竿后节的画法，与苏轼的画法不同，米芾便问道："先生为何不逐节而画呢？"

苏轼说，竹生长时，何尝是逐节而生？

米芾听了，十分钦佩他画竹是"运思清拔，是外师造化，由发心源"。

米芾更欣赏苏轼画的枯木、怪石，认为"子瞻作枯木，枝干虬居无端，石皱硬亦怪怪奇奇无端，如其胸中盘郁也"。

自此之后，二人成为至交。

鲁迅和他的《杨贵妃》

曾在报刊上看到过一则旧闻：鲁迅先生要写一部长篇小说《杨贵妃》。一些文史资料也提及过此事，说他在 1921 年春就拟定了这部小说的提纲，内容从安禄山与杨贵妃在长安的长生殿里一见如故开始，到护驾将士在马嵬坡发动兵变、唐玄宗赐死杨贵妃结束，全书共 18 章，20 余万字。

为了撰写《杨贵妃》，鲁迅还专门去了临潼、华清池故址进行实地考察，希望能获得一些感性材料。他在致日本友人山本初枝的信上说："五六年前，我为了写出关于唐朝的小说，去过长安。到那里一看，想不到连天空都不像唐朝的天空，费尽心机用幻想描绘出来的计划完全打破了，至今一个字都没写成。"他说的唐朝的小说，就是他要写的《杨贵妃》。

郁达夫得知鲁迅将写《杨贵妃》后，曾对鲁迅的挚友许寿裳说："周先生大作的故事情节，安排的妙不可言；若再以他的生花之笔写出，肯定能为我国小说界辟一生面。"

鲁迅为什么要写《杨贵妃》？这与他反对封建专制、同情中国妇女的悲惨命运并为她们鸣不平有关。他曾在《女人未必说谎》中说过："誉如吧，关于杨妃、禄山之乱，以后的文人都撒着大谎，玄宗逍遥事外，倒说是许多坏事情都由她，敢说'不闻夏殷衰，中自诛褒妲'的几个？就是妲己、褒姒，也还不是一样的事？女人的替自己和男人伏罪，真是太长远了。"他认为几千年来的史学家们为了替专制王朝辩护，硬说帝王的江山是被几个女人毁掉的，不过是一派胡言。他想以杨贵妃的悲剧来展示中国妇女的命运，揭露玄宗误国致乱，却在生死关头让杨贵妃当了他的替罪羊！

我在撰写《李白传》时，曾查阅过《新唐书》《旧唐书》《开元天宝遗事》及《安禄山传》等书目，也曾涉及杨玉环血溅马嵬坡的一些逸闻传说。

杨贵妃是个有故事的人，她生前有故事，死后也有故事。

有的说，在马嵬坡自缢的不是杨贵妃，而是高力士让一个宫女顶替了她，她在夜色中逃离了马嵬坡，最后不知所终。红学家俞平伯认为，杨贵妃逃离马嵬坡后，出家当了一名道姑，在道观中修行。

台湾学者魏矛贤在《中国人发现美洲大陆》一书中说，杨贵妃逃离马嵬坡后，辗转去了美洲。

杨贵妃死后，在中国有故事，在东瀛更有故事。

有的说，她逃出马嵬坡后到了东海，随着日本遣唐使的船队去了日本，在日本皇宫传授大唐的宫廷乐舞，活到85岁才去世；日本历史学家邦光史郎说，杨贵妃确实去了日本，死后葬在了久津的二尊院中，当地至今仍保留着她的五轮塔；日本的《中国传来的故事》一书中记载：唐军平定"安史之乱"后，唐玄宗回驾长安，因思念杨贵妃，便命方士出海寻找。在日本的久津，方士当面向杨贵妃赠送了唐玄宗的两尊佛像，杨贵妃则以玉簪为答礼，让方士带回长安献给唐玄宗。他们之间虽然通了消息，但杨贵妃并未归国，在日本终其天年。

还有更为离奇之事发生在日本：一位日本少女通过电视，向观众展示了她的家谱，并以肯定的口气宣布，她就是杨贵妃的后裔！当时曾在日本引起轰动。

日本的久津以"杨贵妃之乡"而闻名，那里有杨贵妃的坟墓、塑像。村中的山口家族，自称是杨贵妃的后人。1986年，曾携一册康熙年间的杨氏家谱到中国来寻根认祖。2002年，著名电影明星山口百惠在接受电视台采访时，公开说道："我是杨贵妃的后代！"

……

我想起了白居易的那首《长恨歌》，由于婉转动人、缠绵悱恻，不知征服了多少东瀛人！不过，这些"杨丝"们的表现，却让人觉得幼稚，甚至可笑。

应当承认，造成"安史之乱"的始作俑者，就是唐玄宗。这场灾难，不但使大唐由盛转衰，也让天下百姓经历了兵火涂炭之灾。作为唐玄宗的宠妃，杨贵妃应另当别论，但若将女人"祸水论"的观点强加在她的身上，显然有失公允。

不过，有些人不但为她开脱历史责任，还不惜以溢美之词对她加以美化，这也是不正确的历史观。

鲁迅先生在动笔撰写《杨贵妃》之前，虽然作了前期的准备工作，但在客观上又受到了制约，一是他正应聘在北京大学、北京女子师范大学授课；二是其小说《阿Q正传》正在《晨报·副刊》上连载，须逐段加以修改，占去了不少时间；三是《呐喊》一书亟待付印。这正如他自己所说的"诸多事宜缠身"，只好将《杨贵妃》暂时搁置下来，待时间宽余了再写。

谁知，仅仅过了二年，先生便病逝了！

他的长篇小说《杨贵妃》，便成为中国文学史上的一件憾事。

文坛旧闻（二则）

梁实秋与闻一多

出生在山东蓬莱的杨振声，是毕业于美国哥伦比亚大学的文学博士，归国后创作了《玉君》《渔家》《贞女》等一批小说作品。1929 年受命筹建国立山东大学，蔡元培、何思远、赵太侔、傅斯年等人为筹备委员，第二年 6 月他被任命为校长、大学的校史上说：他以其地位和声望，广聘国内外学者、专家来校任教，加之青岛自然环境优美，气候宜人，素有"东方瑞士"之称，聘者待遇虽比其他大学为低，也甘愿俯就。

他去上海动员梁实秋和闻一多时说，上海不是适宜居住的地方，讲风景，青岛是全国第一。二位不妨前去游览一次，如果中意，就留在那里任教，如不满意，决不勉强。这种"先尝后买"的招聘实在太诱人了。于是，梁实秋和闻一多便到了青岛，经过半月游览，一席饮宴后，二人便接受了山东大学的聘任。

以诗集《死水》《红烛》登上中国文坛的闻一多，举家来到青岛，任山东大学文学院院长兼国文系主任，他又邀请了诗人陈梦家为自己的助教，还罗致了新月派女诗人方令儒和作家游国恩、沈从文在中文系任讲师。他在中文系讲授《名著选读》《文学史》《唐诗》《英国诗歌》等课程，他向学生们讲杜甫、讲孟郊，还写了唐代诗人列传；他也讲雪莱、拜伦、华兹华斯和勃朗宁等西方诗人的作品。

闻一多到青岛之前，已停止了新诗的创作，"钻入故纸堆中"。他认为"我始终没有忘记除了我们的今天外，还有两千年的昨天"。新月派诗人徐志摩正在筹备出版《诗刊》，一再向他约稿，于是，他写了一首《奇迹》：

我要的本不是火齐的红，或半夜里桃花潭水的黑，也不是琵琶的幽怨，蔷薇的香，我不曾爱过文豹的矜严，我要的婉娈也不是任何白鸽所有的。我要的本不是这些，而是这些结晶，比这一切更神奇得万倍的一个奇迹！

这是闻一多写的最后一首新诗。

徐志摩收到他的诗后,认为"闻一多三年不鸣,一鸣惊人,出了奇迹"。

1931年,山东大学的一名学生受到日本人的无理殴打,当局不但不支持自己的同胞,还关押了这名学生!闻一多得知之后挺身而出,大声疾呼:"中国,中国,你难道真的亡了吗?"

在民众的压力和校方的交涉下,当局不得不释放这名学生。

1932年爆发了学生们的罢课斗争,闻一多被迫辞职。1946年,他在昆明因反对当局镇压学生,闻一多拍案而起,参加民主运动,遭反动派枪杀,他应声倒在了昆明街头的血泊中……

梁实秋被山东大学聘任为外文系主任兼图书馆长,他开设了《欧洲文学史》《莎士比亚》等课程,也为其他系的学生讲《英语》,还推荐新月派诗人孙大雨为外文系教授。

胡适受中国教育基金的委托,计划翻译出版《莎士比亚全集》,邀请梁实秋和孙大雨参加翻译,孙大雨因翻译方法与梁实秋产生分歧而退出,梁实秋穷毕生精力完成了翻译,他晚年时出版了四十卷的《莎士比亚全集》。

暮年的梁实秋,一直对青岛念念不忘,他在《西施舌》中写道:"我第一次吃《西施舌》,是在青岛……"在《饺子》中写道:"我吃过顶顶精致的一顿饺子,是在青岛的顺兴楼……禁不住诱惑,我吃得精光。"

他在《忆青岛》中,说青岛人的"特性是外表倔强、豪迈,内心敦厚、温和,青岛民风淳厚,每每细民中见之。有人叹之,青岛乃君子国也。"

他的女儿梁文茜,将青岛海滨的海砂装进瓶中,寄往台湾,梁实秋收到后,将海砂供在案头,以解想念之苦。

1987年10月,台湾当局放宽对大陆的禁戒,梁实秋大喜,计划到北京过新年,并与谢冰心及老舍夫人见面。谁知临行前夕,突然病逝!

在台北的北海墓园中,有一座面向西北方向的坟墓,墓前开阔平坦,这是逝者希望能在九泉之下遥望大陆、故乡和自己曾经生活过的地方。饮誉中外的一代语言大师、文学家、翻译家就长眠在那里!

方令孺与徐志摩

江南望族出身的方令孺,是新月派的两位著名女诗人之一(另一位是林因徽)。

在五四运动的影响下,她冲破家庭障碍,留学美国,归国后居住上海。

她的侄儿方瑋德是位新诗人，外甥宗白华是位文学家、哲学家。通过他们，方令孺结识了新月派诗人徐志摩。

闻一多到了山东大学后，方令孺和沈从文，游园恩都成了大学国文系的讲师，诗人李梦家是助教。方令孺因在家族中排行第九，方瑋德和陈梦家都叫她"九姑"。巴金在《纪念方令孺大姐》的文章中说："一般熟人都称她'九姑'，所以我也称她'九姑'"。梁实秋在《方令孺其人》中说："大家也都跟着叫她'九姑'，这是官称，无关辈数。"

方令孺和李云鹤是同时期由上海到了青岛的，住在同一栋女职工宿舍楼里，方令孺是中文系的老师，李云鹤是图书馆的工作人员，在中文系里旁听。因身份、地位不同，二人少有交往。

平时，方令孺十分孤独，不善与人交往，梁实秋说她："经常一袭黑色的旗袍，不施脂粉，她在斗室里独居，或一个人在外面而行的时候，永远是带着一缕淡淡的哀愁。"从他在青岛写的一首《灵奇》中，也能体察出她的心态：

有一晚我乘着微茫的星光，我一个人走上惯熟的山道。泉水依然细细地在与山交抱，白露沾透了我的草履轻裳。

就在这年的秋天，她同陈梦家商量，想在《新月》之外，再办一个专门发表诗歌的刊物。陈梦家欣然同意，便去了上海，将"九姑"办刊物的想法告诉了徐志摩，徐志摩十分高兴，不但写信四处约稿，还写了一首《爱的灵感》：

我就像一朵云，一朵纯白的，纯白的云，一点不见分量，阳光抱着我。

方令孺建议出版的这本刊物，终于于次年元月推出了创刊号，刊物的名字就叫《诗刊》。在创刊号上，刊登了她的《诗一首》：

爱，只把我当成一块石头，不要再献给我，百合花的温柔香火的热长河一道的泪流。

陈梦家说她的诗"是一个消幽的生命河中的流响，她是有着如此样严肃的神采，这单纯的印象素描，是一首不经见的佳作"。

这位新月派的女诗人，自此登上了中国的文坛。

就在这一年的年底，新月派主帅徐志摩所乘的飞机，在济南白马山失事，诗人不幸身亡，青岛的朋友们立即派沈从文为代表，乘火车赶赴济南，去处理徐志摩的后事。

徐志摩意外去世，方令孺极为悲伤，她忍着泪水写下了《徐志摩是人人的朋友》：

再有什么比这个消息更惨烈？这真像是处在迷离的梦境，不信志摩会这样忽然失去！不管是他在天上融化，或是摔倒在岩石上，那情景只有他自己知道。唉，他带着人类所有的伤痛去了！

"九·一八"事变后的第二年，山东大学的师生们怀着强烈的爱国热情上街抗议日本侵略者的暴行，方令孺为国家和民族的命运感到忧虑、愤慨，竟积郁成病，患上了甲状腺亢进之疾，病情发展凶猛，为了治病，她只好离开了青岛。

新中国成立后，女诗人出任浙江省的文联主席，是当时省一级文联中唯一的女主席。

第四辑

芳草天涯

幽兰若故人

1

　　若干年前，我曾在北京劳动人民文化宫中参观过一个不同凡响的兰花展。之所以说它不同凡响，一是所展的兰花不但都是稀有的名贵品种，其花盆和花架也都十分古朴、少见；二是展出的兰花品种繁多，历史悠久，据说有些是张学良将军培植的品种。可惜当时没有手机，未能留下这些兰花的倩影。

　　我对兰花有一种难以割舍的情愫。20多年前，我去拜访老画家李镜海先生时，去了崂山脚下的李家下庄村，村庄旁边就是崂山水库。他的院子颇为宽敞，除了一个葡萄架外，到处都摆放着一盆盆不同品种的兰花。在他住房下面还有一个隔层，是兰花冬季的暖房。在他的书房里，挂着一幅《兰草图》，在画面的中间，还题写了一段文字。看落款，才知道是国画大师李苦禅所画，题跋也是他的文字！

　　原来，李镜海与李苦禅的交情十分深厚。有一年李苦禅生病了，在李镜海家中养病一个多月，二人谈论文史，切磋画技，十分融洽。有一天，李镜海请李苦禅画一幅兰花，并告诉他如何画兰叶及如何画兰花等技法。李苦禅笑着说，他从来都没画过兰花，这可是赶鸭子上架！他画完了，也将作画的经过题写在画幅上了。

　　在李苦禅的这幅《兰草图》的旁边，还有一帧照片，照片上是个尚有稚气的小青年，他穿着一身当时十分流行的军装，手里还握着一册红宝书。李镜海告知我，照片上的小青年叫李燕，是李苦禅的儿子。李镜海还告知我，在那场席卷全国的政治风暴中，他搬出青岛八大关（被称为世界建筑博览会）的住房，去了农村，参加生产劳动，生活十分拮据。正在中国美术馆打扫厕所的李苦禅知道后，连忙从自己不多的生活费中，给他汇去了30元钱，可见俩人的情谊之笃了。

　　我在李镜海里书房看了他的作品之后，发现他所画最多的是一幅幅的素心兰，原来他心里也藏着一个心酸的故事。他与他的夫人患难与共，恩爱有加，谁知天不遂人意，夫人因病舍他而去，陷入了极度悲伤的画家，因夫人名字有"素心"二字，为了表达自己的思念之情，于是画笔下便出现了一株株的素心兰。我听后心中颇为感动。他也为我画了一幅三尺的素心兰，并让我题款。我便临时拟了四句，他工工整整的抄录在画幅的落款处：

巍巍青山为近邻，盈盈秋水是古鉴。
趟遍荒峦与野涧，为觅一株素心兰。

2

中国的兰花疏影清远，馥香袭人，一兰在室，满屋芳香，故有"香祖、国香、第一香"之称。它不开花时，体态文雅，临风摇曳，婀娜多姿，被人称为"四君子"之一。古人说，"世称三友，挺挺花卉中，竹有节而啬华，梅有花而啬叶，松有叶而啬香，唯兰独并有之"。这是兰花的独特之处，所以得到了人们的青睐。

长江北岸的大别山一带，生长着一种春兰，我去采访革命老区时，在那里住了七天，乡亲们曾帮我挖得数兜春兰。回到江南后，我将它们临时栽在一个旧盆中，顺手放在窗台上。谁知不到半个月，盆中便抽出了七八支兰箭，兰箭上开满了金黄色的花朵，散发着缕缕清香，引得过路人的纷纷驻足观赏，品味它浓浓的芳香！

我虽钟爱兰花，但兰花却并不领情，曾种植过不少兰花，有的只有叶子见不着花；有的虽然抽箭开花，却最终还是枯萎了。我从盆中倒出来一看，原来已经烂根了！听人说是浇水过多造成的。虽然如此，我仍然乐此不疲，还看了不少有关兰花的习性和管理的书籍，仍坚持养护兰花。今天阳台上还有六盆不同品种的兰花。

3

中国的兰花，主要指春兰、蕙兰、建兰、墨兰等品种。江苏、浙江一带的兰花，多为春兰；福建所产的兰花，称为建兰；广东一带的兰花多为墨兰。兰花又分为众多的品种，如蕙兰、寒兰、舌兰、冬凤兰、绿兰、西子、机巧、佛光、香霞、飞肩、宋梅、朱砂、程梅、仰天笑、独占春、黄蕙兰、素心兰、解佩梅、大雪素、上海素、四季兰、虎头兰、端蕙梅、四川雪、四瓣兰，以及朵香素心、红花春兰、黄花春兰、红脉春兰、线叶春兰，四川雪兰、二红春剑、峨眉春蕙、玉领白墨、银边玉衣、春剑奇花、二乔墨兰等等，不下数百种之多。兰花的这些花名，高雅而富寓诗意，能引起人们的奇妙遐想。

有些变异的兰花品种，因稀有而更加名贵。我曾在一个兰花交易会上，看到过一株只有数片叶子，但并无花苞的杂交新品种兰花，用透明的尼龙纸遮着，以防止参观者的呼吸伤害，这株稚嫩弱小的兰花幼苗，一问价格是 8000 元，我听了吓了一大跳，它的身价竟比黄金多了好几倍！我还听人说，杭州的一个兰友培育出了一株变异的兰花，开价就是 30 万！不知是奇货可居，还是故弄玄虚？

有一年的春节前夕，许多人去花卉市场选购盆栽鲜花，我看到一盆陌生的兰花，叶子宽而长，叶面上没有革质的光泽，兰箭上开满了黄白色的花朵，栽在一个大号塑料花盆中，但未闻到兰花固有的香味，花盆的边缘的标签纸上写着花名：韩国小姐，每盆 120 元。摊主说，给 80 元就搬去！我听了扭头就离开了那个花摊，因为花名令我反感！

4

兰花又成了我们民族的一种文化。最早出现在 2000 多年前的《易系辞》上："同心之言，其臭如兰。"在《诗经·郑风》中有"溱与洧，方涣涣兮。士与女，方秉蕳兮"；《家语》上记载：孔子曰，"与善人交，如入芝兰之室，久而不闻其香，即与之化矣"。孔子曰"自卫反鲁，隐谷之中，见香兰独茂，喟然叹曰：兰当为王者香，今乃独茂，与众草为伍"。称兰是王者香，最早的版权应属于这位孔夫子！春秋时间的爱国诗人屈原，在他的《离骚》中，多次提到过兰花，如"纫秋兰以为佩"；"余既滋兰之九畹兮，又树蕙之百苗"前句是说将自采下的秋兰佩戴在身上，可闻其芳香，后句是说要大面积种植兰花。

晋代书法大家王羲之，当年在勾践种兰的渚山旁边，修建了一座兰亭，又邀集 42 位文士在兰亭饮宴赋诗，将诗集题名为《兰亭集》，他还为诗集撰写了《兰亭集序》，名噪天下，也传之今日。

自汉代以后，更多的诗词歌赋都提到了兰花，如刘向在《说苑》中写了"十步之内，必有芳草"；汉武帝的诗中有"兰有馨兮菊有芳"；张衡在《怨篇》中，有"猗猗秋兰，植被中阿，有馥其芳，有黄其葩"之句；韩愈在《猗兰操》中有"兰之猗猗，扬扬其香，不采而佩，于兰何伤……"陶潜曾为兰花作过一诗："幽兰生前庭，含熏待清风。清风脱然至，见别萧艾中"；朱熹也曾吟咏过兰花："今花得古名，旖旎香更好。"他认为古今的兰花，是同名的异物。北宋的诗人黄庭坚不但爱兰，且对兰花颇有研究，他在《书幽芳亭》中写道："兰蕙丛出，莳以砂石则茂，沃以汤茗则芳，是所同也。至其发花，一干一花而香有余者兰，一干五七花而香不足者蕙。蕙虽不若兰，其视椒则远矣。"

因爱兰而画兰者，更不知其数。宋代赵孟頫，是宋室的皇家后裔，宋亡后他隐居山野，以画兰为乐，以示清高。宋末元初的郑思肖也擅长画兰，他画的蕙兰悬在半空中，裸露着兰根，他画的这种无土之兰，表达了对大宋的忠贞，也表达了对元代的不满。

明代的文徵明，清代的石涛，郑板桥等人，也都擅长画兰。他们的作品已成为我们民族文化宝库中的珍贵遗产了！

兰蕙虽是草本花卉，但生命力顽强，寿命很长，听说在绍兴渚兰村，有位养兰花的技术指导，他家中的兰花不但品种众多，且有不少名贵品种。其中有一株兰花的长相十分奇特，叶疏而短阔，苞深而光洁，经专家鉴定，定名为"绿云"，花龄已超过千年！木本植物的树龄可达千年、数千年不足为奇，而一株兰花的寿命竟有千年之久？令不少人产生了怀疑。凑巧的是，兰花的主人换盆清除泥土时，竟发现兰花的根部系有一枚金片，上面铭刻着栽培的年月，经推算，这株兰花果然已有千年的岁月了！

我虽钟情于兰，但兰并不买我的账，我的阳台上还有六盆兰花，它们既未枯竭，但也不见开花。我想，或许是我缺乏种植的知识，养护不当？或许是用心不多，功夫不到，辜负了它们？

美哉，梁子岛

　　梁子岛，是一座十分奇特的岛屿，她位于湖北省的第一大湖——梁子湖的中间，面积 3 平方公里，在 350 平方公里的浩瀚湖面上，宛若一玲珑剔透的翡翠，美轮美奂；她又不同于大型水库的人工岛屿，乃天然形成，岛上共有七座山峰，形成了湖中有岛、岛中有湖、山水相连的奇特地貌。这在我国 960 万平方公里的疆域中独树一帜，弥足珍贵，被誉为是"养在深闺人未识"的人间仙境。

1

　　坐落在长江南岸的梁子岛上，沉淀着厚重的传统文化。中科院野外工作站的科研团队，曾对梁子湖和梁子岛进行过长达 20 多年的跟踪考察、研究，并对湖中的底泥做过物理、化学分析，认为早在 2000 多年以前就有人类活动的踪迹。盛唐和明、清时期尤为繁盛，岛上有酿酒、造船、烧陶、渔具等手工业作坊，还有粮行、酒家、茶肆、饭庄、药品、南北杂货店铺 30 余家。岛上道路以大理石铺设，素有"下雨能穿绣花鞋"之说，表明岛上已经有了完备的排水系统和市政设施。岛上民居亦恢宏讲究，其周家巷是岛上民居的代表作，在 300 米长的巷子中，有豪宅 20 余幢，布局整齐划一，皆是"一进四重"砖木结构的徽派建筑。周氏先祖曾被赐予"大夫第"匾额，高大完整的大理石雕花大门，旁有石凳、石鼓，气势不凡。这种高档民居在郡县所在地不足为奇，而在四面环水的梁子岛上，要建成如此气魄的街道、民宅，实属不易。

　　当年的范家山上有古松二株，铁干虬枝，数人合抱，高擎蓝天，为湖上舟船指引方向。最近在山上发现了三方古碑，虽年代久远，但仍能辨认上面的古朴文字。

　　梁子岛文化氛围浓郁。万年台是岛上的一座历史悠久的戏台，庄重巍峨，飞檐斗拱，层层叠叠，古色古香，挂在飞檐上的数百铜铃随风叮咚，清脆悦耳。武汉、黄石、鄂州的戏班常来登台演戏。岛上的居民亦喜爱戏剧艺术，每逢年节，万年台上唱腔圆润、丝弦不绝。台上台下，歌舞喧天。

关于梁子岛的来历，曾有几个不同版本的民间传说，其中有人是这样说的：

唐代的杨玉环，在"安史之乱"时，她与唐玄宗等人在逃往四川的路上发生了兵变。将士们怨恨她和其兄杨国忠误国，才引起了"安史之乱"，要求唐玄宗将她处死！唐玄宗不敢得罪造反的将士，只好下诏将她赐死。

随驾的高力士给了她一条白丝带，她只好在一座寺院里悬梁上吊自缢。众将士验明之后，才护驾前往四川。

其实，悬梁的并不是杨玉环，是一位宫女当了她的替身。她便趁着夜色逃到长江岸边，又顺江到了梁子湖畔的杨家湾，躲在杨姓族人家中。后来，为了逃避官府的搜查，族人将她送到了梁子湖的一个荒岛上，以便更好地保护她。再后来，她乘船东下，到了张家港，随渡海的僧人去了日本。在日本的宫廷中传授大唐宫廷歌舞。她死时85岁，葬在了日本久津的二尊院，那里至今尚有为她修筑的五轮塔。

因杨玉环是唐玄宗的贵妃娘娘，所以，梁子湖中的那座小岛，就叫娘（梁子岛）。

我问他："你是怎么知道的？"

他说："他也是听人说的！"

若杨贵妃地下有知，会有怎样的感慨？

有游客造访梁子岛时，撰写了一副楹联：

> 登点将台，看水师劈波斩涛夺得东吴天下
> 访张家楼，听将军调兵布阵开辟红色政权

上联是指三国时期，吴王孙权与魏、蜀争霸天下，命大将周瑜操练水军，在梁子湖岛上留下了点将台遗迹；下联是指李先念、张体学等革命前辈，曾在岛上的张家楼设立过作战指挥部，开辟了鄂南等革命根据地。如今，装点一新的点将台上游人如织；保留着当年原貌的张家楼，还在向后人诉说着当年的战火硝烟。

2

梁子岛有独特的生态环境。由于特殊的自然环境和严格的环境保护，梁子湖上的湖水清澈洁净，可直接饮用，湖底的水草清晰可见。

由于关停了上游排放污水的企业，还在岛上建成了生活污水的处理厂，梁子湖 85% 的水体达到了Ⅰ类和Ⅱ类水质标准。岛上既无产生 PM2.5 的因素，也无工业污水排放，更无汽车尾气污染（燃油车辆不准登岛），使梁子岛成了长寿之岛。据 2015 年统计，岛上户籍人口 2780 人，80 岁以上高龄老人比例为 1.4%。梁子岛已经达到和超过了国家规定的标准，成了名副其实的长寿之岛。

由于水质优良，一些在世界各地已经濒危的水生动植物，如桃花水母、蓝睡莲等，都可以在梁子湖中繁衍生长，被誉为淡水野生动植物的"化石型"湖泊。

梁子湖的丰富水产资源，为梁子岛提供了取之不尽的财富。湖中有 70 多种水产，年捕捞量达到了 8000 吨。这里又是武昌鱼的母亲湖。武昌鱼由长江逆流 90 里长港，在湖中产卵，次年春季幼鱼游入长江，周而复始，成为人们餐桌上的一道美味佳肴。自春秋以来，文人墨客歌咏武昌鱼诗词，有数百首之多。当年东吴迁都金陵引发的"宁饮建业水，不食武昌鱼"的民谣，使武昌鱼名噪天下；毛泽东在《水调歌头·游泳》中的"才饮长江水，又食武昌鱼，万里长江横渡"的诗句，更令武昌鱼名闻遐迩。

产于梁子湖的武昌鱼，已演绎成了一种文化。

3

梁子湖碧波伴白帆，烟水缈缈，如梦似幻；梁子岛的山色湖光，景色绝佳，不同凡响。

一方水土养一方人。勤劳质朴的梁子岛人，以渔家特有的情怀迎接着来自天南地北的游人，人们在这里不但可享用全鱼大席，还可在渔家品尝到活水煮活鱼的渔家美食，以及莲藕、菱角、藕梁、莲籽、菱角米、锅巴粥等富有特色的渔家风味。

梁子岛的秀丽景色，是吸引人们前往探访的无形魅力。历史上，梁子湖附近的郡县，曾流行着一种说法：只要不死，奔到梁子！其意是在人的有生之年，一定要登上梁子岛，去亲眼看看岛上的人间仙境！现在每年有数十万的游人纷至沓来。不少影视剧组在岛上拍摄外景，湖北省京剧二团创作的《梁子湖传说》已在北京的梅兰芳大剧院公演。有些艺术家在岛上激发了创作灵感，用手中的镜头和画笔再现岛上的迷人景致。无论是晨曦撒网、渔歌唱晚，还是炊烟袅袅、渔火点点，都美不胜收。

一位多次登临梁子岛的作家认为，梁子岛有"八宜"：宜晚、宜霭、宜雨、宜霁、宜泛舟、宜采莲、宜月下、宜远眺，皆是诗情画意。

被誉为"白玉盘中一青螺"的君山岛，悬于洞庭湖中，以"神仙窟宅"而闻名遐迩，其面积不足一平方公里，远不及梁子岛大。据传，君山岛飘浮在湖面上，底下有金堂华屋数百间，是神仙们的居住之所，四时常闻金石丝竹之音。岛上的斑竹，洒满了舜帝二妃的泪珠。而梁子岛却是人世间的真实境界，岛上传说故事中的主人公，亦是岛上渔家的形象，亲切、可爱。

由于历史的原因，梁子湖上曾筑起了一道牛山大堤，如同在湖面上留下了一道长长的伤疤！2016年发生特大洪水时，省政府下令炸堤！在巨大的爆炸声之后，大堤不见了！不但保证了沿湖人民的生命财产安全，也让美丽的梁子湖恢复了原有的面貌。

中央电视台《记住乡愁》栏目组曾数次登上梁子岛，多角度地进行拍摄，在央视的1台、3台、9台播出后，向世人掀开梁子岛的神秘面纱。

仁者乐山，智者乐水。今天，既得山又得水的梁子岛，已焕发了新的青春，正以她的天生丽质和得天独厚的地理环境，向大千世界展示着迷人的风采。

美哉，梁子湖！

红豆有毒吗

写下这个题目之后，不禁又犹豫起来。因为红豆通体圆润，色泽鲜艳，不但是人见人爱的尤物，还是两情相悦的信物，故也有"相思豆"的别称。说它有毒，会不会有标新立异之嫌？

1

李白写过一首《长相思》，开篇两句就是"长相思，在长安"。诗中有"天长地远魂飞苦，梦魂不到关山难"，写的是可望而不可即的惆怅。所以，在诗的结尾，才有"长相思，摧心肝"的感叹。

苏武出使匈奴时，曾给妻子写过一诗，诗的最后两句是"生当复归来，死当长相思"，表达了他对爱情的坚贞不渝。

李白在他的《秋风词》中，是这样写心中相思的：

> 入我相思门，知我相思苦。
> 长相思兮长相忆，短相思兮无穷极。
> 早知如此绊人心，何如当初莫相识。

难道这仅仅是一种追悔？

我的犹豫，还来自因相思而酿就的悲剧。

被人称为"诗佛"的王维，曾写过一首五言绝句《红豆》：

> 红豆生南国，春来发几枝。
> 劝君多采撷，此物最相思。

这首诗不知被多少人吟诵过，也不知感动过多少人了！因为它扣动了人们的心灵之弦，尤其"此物最相思"五字，道出了人世间的真谛。

其实，这首《红豆》的背景，是一个令人不忍追溯的故事——

2

梁朝的张率，出身显赫家族，祖父张永是南北朝时期的尚书兵中郎、威武将军，任过都督和冀、青两州的刺史；其父张瑰，任过齐国的平都侯、吴兴太守、光禄大夫。张率自幼受到了良好的教育，且才华横溢，经常与南朝梁代的文学家、昭明太子萧统诗词唱和，二人遂成为莫逆之交。

有一天，张率前往文友家聚会时，在门口听到有人在唱《孟冬寒气至》：

> 客从远方来，遗我一书札。
> 上言长相思，下言久别离。

他进去后，看到一位少女边歌边舞，其声悦耳，其姿婀娜。听人说，她叫善讴，是位歌妓，不但才艺兼备，且琴棋书画皆精。

张率遂暗暗钟情于她，二人心照不宣。

当时的社会上层，家中有蓄养歌舞姬以助兴酒宴的风气。谁知，就在他们结识不久，张率的父亲将善讴买回府中，成了他家的歌舞姬。因身份不同，主人与歌舞姬之间有一条不可逾越的鸿沟。张率和善讴只好将各自的感情深深埋在心间，不敢有丝毫的吐露。

后来，张瑰病故。朝中有位叫顾光的大臣看中了善讴，欲将她纳为小妾。善讴知道后，誓不从命，竟削发为尼，自此看破红尘，与青灯暮鼓为伴。

张率将自己的思念写成了一首《长相思》：

> 长相思，久别离。
> 美人之远如雨绝。
> 独延伫，心中结。
> 望云云去远，望鸟鸟飞灭。
> 空望终若斯，珠泪不能雪。

当萧统读了他的这首《长相思》之后，也道出了他自己的伤心之事：

他在无锡顾山整理《昭明文选》时，认识了一位叫"慧娘"的女子。他秉灯撰写，她在一旁红袖添香，二人情投意合，以身相许。当萧统离开顾山返回皇宫时，慧娘将两粒红豆放在他的手心里，嘱咐他说：见红豆如见人。

萧统会意，二人依依相别。

谁知分别后，萧统的归期一再延迟，慧娘日夜思念，竟郁郁成疾离世。

当萧统再回顾山时，等待他的是山坡上的一垅黄土！他含着眼泪，在坟前埋下了慧娘送给他的两粒红豆，还写了一首《长相思》：

> 相思无终极，长夜起叹息。
> 徒见貌婵娟，宁知心有忆。
> 寸心无以因，愿附归飞翼。

他祭过慧娘后，由于过度思念和悲哀而病逝，死时仅有31岁。

当后世的诗人王维路过江阴时，他看到慧娘坟前的两株红豆树并体而生，也就是常说的连理枝。红豆树上结出的红豆，颗粒虽小，却成了爱情的象征，人们或珍藏于匣，或馈赠知己。

这就是王维写《红豆》的灵感。

3

我又想起了另一个与红豆有关的悲剧：20多年前，花城出版社出版了我和胡良清先生合著的长篇小说《风尘奇女柳如是》，我较为熟悉柳如是的坎坷生平。

在江苏常熟城东的芙蓉村，有一红豆山庄，曾经是明末著名文学家钱谦益和江南名媛柳如是的故居。每当红豆树开花、结荚时，二人便会邀约文朋诗友在树下品酒论诗。二人因白发红颜的姻缘成为当时常熟的佳话。

被称为"秦淮八妓"之首的柳如是，虽出身贫贱，却是一位文章、丹青俱佳的才女，留世的作品有《戊寅草》《湖上草》及《柳如是尺牍》等。她是一位忠贞节烈的奇女子，当她的丈夫钱谦益刚刚病故，她极度悲伤之时，钱氏家族的三个不肖之徒，便趁机对她恐吓、勒索，妄图霸占她的家产。她毫不畏惧，并以死相争。她给女儿写下遗言之后，便解下灵堂中的孝幛，搭在梁上，还留下了她人生中的最后一首诗，便追随丈夫而去了。

她的遗诗是：

色也凄凉影也孤，墨痕浅晕一枝枯。

千秋知己何人在？还赚师雄入梦无。

她的死引起了公愤，轰动了江南，人们"聚会立约，揭传上书"，要求官府"剪除三凶"；钱谦益的门生们也纷纷谴责凶手无忠、无义、无孝，"鸣鼓讨贼"……最终，三名凶手被捉拿归案，按律治罪！

国学大师陈因恪长期研究柳如是，穷其毕生之力出版了80余万字的《柳如是别传》，认为她是"女侠名姝，文字国士"，可见，柳如是在大师心目中的地位了。

据说，今天的红豆山庄占地2000余亩，已经成为一处以文化为主题的园林。当年的那颗红豆树也受到了保护，人们前往旅行时，便可近距离地欣赏红豆树的倩影了。

不过，我还是不愿意修改拙文的题目，因为曾听人说过，红豆含有微毒，不宜过度食用。

九曲亭和小山亭

在宋词的天空中，辛弃疾无疑是一颗璀璨夺目的星星，每当读到他的作品，一种仰望和膜拜的情愫便会油然而生。每当我乘坐胶济线上的火车路过济南时，心中便会有一种莫名的激动，因为他的家乡就在济南近郊的历城。大明湖畔还有为他而建的纪念祠，纪念祠旁边就是一代词后李清照的纪念堂。辛弃疾十分敬重他的这位同乡，因李清照又名李易安，他的号是稼轩，字坦夫，后改为幼安，故在填词时常在跋上题"仿李易安体"。

他是诗人，将自己滚烫的热血填进了他的词中；他又是战士，为收复中原，策马挥剑拼杀沙场的战士。

最早知道辛弃疾这个名字，是从我的语文老师那里听到的，这位操着浓重缪东口音的老师，是一位郁郁不得志的诗人，亦是辛弃疾的忠实崇拜者。他说，辛弃疾既是一位抗金的民族英雄，又是一位豪放派的伟大诗人，说到这里时，他情不自禁地朗诵起了辛弃疾的《水龙吟·登健康赏心亭》，朗诵完了，双眼已经红了。

少年时的辛弃疾，曾在爷爷的书房里，看到过夹在一部书中的诗笺，上面写着岳飞的那首气壮山河的《满江红》，自此之后，他便萌生了要步这位身经百战、屡建奇功的抗金名将的后尘。

我之所以能走进辛弃疾，最早就是从他的抗金故事起步的。

当金兵的铁骑践踏中原大地，百姓们身处水神火热之中时，生活在金人统治下的辛弃疾，在未冠之年，曾两度赴金国都城赶考，他并非为考取功名，而是一路上勘察地形、关隘、道路、营寨等，并详细记录下来，以备来日出师北伐收复中原之用。

到了及冠之年，他回到家乡历城之后，揭竿而起，组建了一支2000余人的抗金义军，并毅然率领这支义军投奔了北方规模最大的抗金义军——耿京领导的忠义军。受耿京的委托，辛弃疾持表南下，与南宋当局商议归宋事宜。就在他完成使命返回的途中，得知耿京已被他的副帅张安国杀害！张安国已投靠了金人，并被授予知府之职。

辛弃疾当即挑选出 50 骑精兵，亲自率领，日夜奔袭并独闯 5 万余人的金兵大营，抓住叛徒押送建康由南宋朝廷处置，和他一起去的还有 1 万余名投奔南宋的义军将士！

此事不但轰动了南宋朝野，鼓舞了军民收复中原的信心，也令入侵者闻之丧胆。

也许是征战频繁，居无定所，辛弃疾早期的诗词大都遗失，他填的那首《破阵子·为陈同甫赋壮词以寄》，尚能看到他当年上马杀贼、下马填词的身影：

醉里挑灯看剑，梦回吹角连营。八百里分麾下炙，五十弦翻塞外声。沙场秋点兵。

马作的卢飞快，弓如霹雳弦惊。了却君王天下事，赢得生前身后名。可怜白发生！

到了江南的辛弃疾，力主抗金的初心不改，他分析了宋金的形势和自己的经验，撰写了《美芹十论》《九策》，以期朝廷能兴师北伐，收复中原。但他的抗金方略却被执政者束之高阁，他只好将自己的心事，倾诉在这阕《西江月》中。

翻开历史看看，大凡人品高尚、才华横溢的诗人，大都经历坎坷，命运多舛。被誉为词坛豪放派的辛弃疾，其遭遇与他的前辈、北宋的豪放派大家苏轼一样，他们都关切着国家和百姓的疾苦，但总是遭到嫉妒和排斥，甚至被贬谪、流放。苏轼因贬居黄州、惠州、儋州，留下了千古传诵的诗词；辛弃疾因为大声呼吁抗金北伐而遭到排斥、打击、弹劾、削职，却用一身正气和宽广的胸臆，执铁板铜钹大声唱着收复中原的抗金战歌。
……

如今，虽然新潮流、新观念、新事物、新文化扑面而来，令我们应接不暇，但我总觉得 800 年前的这位词坛豪放派大家，似乎离我们并不遥远，只要想念他了，向他打个招呼，他便会策马而至，与我们在窗前谈词，看他在月下舞剑，舞罢又朗声吟唱。君不见董卿主持的中华诗词比赛，陶醉了多少莘莘学子？辛弃疾也成了他们的诗朋词友，因为他们灵犀相通。他的名字和他的作品，也常常成为他们的答案。

不过我更偏爱他的那首《摸鱼儿》。

南宋淳熙六年（1179年），辛弃疾由湖北转运副使改任湖南转运副使时，与判官王正之在鄂州小山亭饯别时，填过此词，词前有跋：

淳熙己亥，自湖北漕移湖南，同官王正之置酒小山亭，为赋。

更能消、几番风雨，匆匆春又归去。惜春长怕花开早，何况落红无数。春且住。见说道、天涯芳草无归路。怨春不语。算只有殷勤，画檐蛛网，尽日惹飞絮。

长门事，准拟佳期又误。蛾眉曾有人妒。千金纵买相如赋，脉脉此情谁诉？君莫舞。君不见、玉环飞燕皆尘土。闲愁最苦。休去倚危栏，斜阳正在，烟柳断肠处。

辛弃疾说的小山亭，到底在哪里？

我客居鄂州50余载，对这里的山川地貌颇为熟悉。在城郊的西山，有一小亭，因建在九曲岭上，名曰"九曲亭"。有人说，当年苏轼谪居黄州时，常泛舟渡江而来，或在灵泉古寺理佛问禅，或与友人在林泉间品茶论诗。人们因热爱这位命运多舛的诗人，便建此亭以为纪念。也有人说，苏轼看中了山清水秀的鄂州，在陪其弟苏辙游览西山时，曾想在这里置田筑屋，定居鄂州。当年九曲亭上的小亭就是他出资筑建的，故又名苏子遗亭。

不过，我还是认为，此亭应是当地人所建，因为诗人谪居黄州时，不但要为一家人的一日三餐发愁，还要在东坡上开荒种地，以求温饱，哪有多余的银子在此筑亭？

离九曲亭不远处，有一松风阁，是为纪念苏门四学士之一的黄庭坚所建，黄庭坚前来看望苏轼时，夜宿西山松风阁遇雨，他连夜写下了著名的《西山松风阁诗》（此墨迹原件现收藏于台湾故宫博物院），可见西山的魅力了。

辛弃疾崇拜诗坛豪放派领袖苏轼，他自己的作品亦有铁板铜琶之声。古人已去，遗迹还在，他与同僚饯别之处或许是鄂州西山的九曲亭，也就是苏子遗亭？

爱屋及乌。这仅仅是我的一厢情愿，也是一种推测，此事须向历史学家请教。

途中，与柳永相遇

唐代用诗歌筑起了一座诗的高山，巍峨壮丽，风光无限；到了宋代，一座词山又横空出世，风姿多彩，惊艳天下，已成为一份无可替代的文化遗产，柳永，就是这座词山上的一员。

最初时，我并不喜欢这位"奉旨填词"的"白衣卿相"，感到他虽然精通音律，才华横溢，但又总觉得他在烟花柳巷中填的那些作品，过于婉约艳丽。但当读到他在《雨霖铃》中的"今宵酒醒何处，杨柳岸，晓风残月"时，心中好像被什么狠狠地触动了一下。

那是我第一次乘坐江轮的经历：

我和母亲、夫人离开青岛时，文工团的创作组长马德明为我们送行。当我们到达大港二号码头时，还拍了几帧照片以作留念，海轮启航后便直奔上海而去。在上海稍做逗留后，便改乘申汉轮逆江而上，需三天三夜才能抵达汉口。

为了打发漫长的航程，有一天清晨，我顺手从行李中箱取出一册《宋词三百首》，独自来到了后甲板。因正值枯水季节，江轮靠右岸缓缓航行着。我一边漫不经心地读着一些词牌，一边欣赏着河道两边的村落和芦苇。忽然，我看到了一幅似曾相识的画面：一艘带篷的木船，静静泊在岸边，一根缆绳还系在一株柳树上，几只江鸥在灰白色的江滩上觅食。我的心头一震，这不正是我刚刚读过的柳永的《雨霖铃》吗？

寒蝉凄切。对长亭晚，骤雨初歇。都门帐饮无绪，留恋处、兰舟催发。执手相看泪眼，竟无语凝噎。念去去、千里烟波，暮霭沉沉楚天阔。

多情自古伤离别。更那堪、冷落清秋节！今宵酒醒何处？杨柳岸、晓风残月。此去经年，应是良辰好景虚设。便纵有千种风情，更与何人说？

难道柳永当年也来过这里？

紧接着，一些与离别有关的近似句，便从我的遐想中涌了出来：今朝送君归去，灞桥边，折尽垂柳；今日与君相别，树如故，枝断叶败。还有友人赠诗中的："城外老梅曾相告，古人十去九未还……"

自此之后，我便对柳永多了一份同情。

出生在官宦人家的柳三变，其父、叔、兄，有的是进士出身，有的是朝中官员。柳永自小苦读四书五经。儒学根基深厚，为的是通过科举入仕。在北宋祥符二年（1009年）。正值青春年少的柳永，从福建家乡到了汴京。第一次参加科考初试时即名落孙山！他有些不服气，便填写了一首《鹤冲天》：

黄金榜上，偶失龙头望。明代暂遗贤，如何向。未遂风云便，争不恣狂荡。何须论得丧？才子词人，自是白衣卿相。

烟花巷陌，依约丹青屏障。幸有意中人，堪寻访。且恁偎红倚翠，风流事，平生畅。青春都一饷。忍把浮名，换了浅斟低唱。

他在词中宣泄了内心的情绪，也调侃了科举制度，应是一首难得的佳作。谁知就是这首词为他埋下了难以化解的祸患。

不久，这首词不胫而走，很快便传遍了京师，当然也传进了执政者的耳朵里。北宋祥符八年（1015年），诗人再次参加科举时，终于考中，谁知在放榜之前，仁宗皇帝在大殿上看到了柳永的名字，便说了一句：且去浅斟低唱，何要浮名？

有官员答道：正是此人。

于是，仁宗便提起龙案上的御笔，将"柳永"二字一笔勾销了！还说了一句"且去填词"。便将词人打入了十八层地狱。

后来，柳永又参加了两次科考，两次皆榜上无名。自此之后，柳永便愤然离开了汴京。自嘲是"奉旨填词"，开始了他的流浪生涯。他在渭水之滨填了一首《八声甘州》：

对潇潇暮雨洒江天，一番洗清秋。渐霜风凄紧，关河冷落，残照当楼。是处红衰翠减，苒苒物华休。惟有长江水，无语东流。

不忍登高临远，望故乡渺邈，归思难收。叹年来踪迹，何事苦淹留？想佳人妆楼颙望，误几回天际识归舟。争知我，倚阑杆处，正恁凝愁！

北宋景佑元年（1034年），执掌实权的章献皇后驾崩，仁宗执政后，为示恩天下，他降低了科举录取的门槛。这是千载难逢的大好机遇。已是47岁的柳永，又风尘仆仆的赶往汴京，参加考试。这次终于金榜题名了：进士及第。吏部授他睦州团练推官。自此之后，诗人便开始了贫困潦倒的低等级官吏生涯。

在宦海中苦苦挣扎的柳永，虽郁郁不得志，却推动了宋词的发展。当年，文士们想发表自己的作品，不像今天这样容易。有些唱和作品，聚会散了之后也就散失了。有的作品，自己或他人收藏之后，才得以保存下来；有的是写在墙壁上或山石上，有些作品因雕版才得以行世。但需要社会地位和经济实力。柳永的作品大都是一传十十传百地口口相传保留下来的。他一生到底填了多少首词，已无法考究了，只知道在《全宋词》中有他的212首作品。就是这些仅存的作品，已奠定了他在词坛上婉约派的代表地位！以至于出现了"凡有井水处，即能歌柳词"的盛况。

柳永虽是宋词的大家，但也是生活中的悲剧人物。

有一次，他携妻倩娘登高赏雪时，倩娘不慎跌倒，终因流产离世。柳永因悲伤欲绝，不久也离开人世，追随倩娘去了。

因家中并无积蓄，还是同情他的歌姬们凑钱买了棺木，将他安葬了。

柳永为歌姬们填写的唱词，大都你侬我侬，情意缠绵。算不上词中佳作。但那些描绘羁旅行役的作品，却扣动人心，让人一唱三叹。我尤爱他那句"忍把浮名，换了浅斟低唱"，敢出此语，是需要胆量和勇气的，而说"才子词人，自是白衣卿相"更是一种自信。他认为那些达官显臣们并不高于填词之人。

柳永是词坛上另类，与他同时代的人对他褒贬不一。1000年后的今天，这对于他的议论，还将继续下去。

荷花三章

荷与禅

在禅界，荷花即莲花。

参禅者视莲花为"圣花"，因为它象征着崇高、吉祥、平安、光明、贞静。他们的日常生活也都与荷花有关，如称佛眼为"莲眼"，佛界为"莲界"。彼此称呼为"莲友"，身上的袈裟叫"莲服"，彼此交谈是"口吐莲花"，高僧称为"莲花大师"，佛教的净土宗称人的心脏是"莲字"，密宗称人的心脏为"金莲花"。有部著名佛经叫《妙法莲花经》。只要迈进禅寺的门槛，就能看到菩萨坐在莲花上，慈眉善眼地看着前去朝拜的善男信女们。寺院中的建筑、器物、雕塑、绘画上，到处都有莲花图案……

佛经上说，佛祖原是古印度的一位王子，他在无忧树下诞生时，御苑的水池中绽开了一朵大于车盖的白莲。他坐在上边，一双小手宛如莲花，舌根间生出千道金光，每道金光都化为一朵千瓣莲花，每朵莲花上都有一位盘腿而坐、脚心向上的小菩萨，坐说波罗蜜，即到达彼岸。

禅与莲已融为了一体。

荷与人

在世间，莲花就是荷花。

荷，又称芙蕖、芙蓉、菡萏、水芝，是多年生水生植物。它的年龄可比佛祖大多了，在亿万年之前，大地上就有了她的倩影。当人类进入农耕时代，她也从野生状态走进了人们的田间、池塘。"仰韶文化"的房基遗址上，曾发现了5000年前的古莲子。《周书》上说，"薮泽已竭，既莲掘藕"。作为食物和药物，荷有恩于人。

荷的莲子因色白如玉，形似虫蛹，故又有"白玉蛹"之称；荷的茎也就是藕，别名"玉节"，亦称"玉玲珑"。因含有多种维生素和蛋白质，营养价值极佳，以荷为食品的品种，有数百之多。

荷不但可以入馔，全身皆可入药。荷花、荷叶、莲梗、荷蒂、莲房、莲心、莲须、藕节，有消暑解热、降压通脉和收敛止血的作用。

中国是荷的王国，除了常见的荷花之外，还有不少珍奇品种。《拾遗记》中说，汉昭帝游柳池时，看到有"芙蓉，色紫，大如斗，花素叶甘，香气袭人，其实如珠"。说的就是莲花和莲子。

历代书籍中还记载着千叶莲、四面莲、金边莲、酒金莲、金台莲、四季莲、并蒂莲等。四川农民罗克强将150颗莲子搭乘航天器，完成了太空之旅，培育了重瓣荷花，不但花色鲜艳，且比普通荷花大了三倍！被称为"太空荷花"。

今天的华夏大地上，荷花无处不在。以莲花命名的山峰、河流、湖泊以及城市、村镇、寺庙，多得难以计数，庐山、黄山、华山、衡山都有莲花峰；成都的别名叫"芙蓉城"，江西和台湾都有莲花县，瓯江别称"芙蓉江"，无锡有"芙蓉湖"，济南、孝感、许昌、洪湖、肇庆都以荷花为市花，人民银行发行了一枚荷花硬币，邮电部发行了一套荷花邮票，中国舞蹈艺术的最高奖项是"荷花奖"，澳门特区的区徽就是荷花，一朵硕大的金荷花开放在广场中央，迎送着五湖四海的游人……

荷花，还承载着传递友谊的使命，1905年，孙中山在日本领导同盟会，从事革命活动时，受到了造船实业家田中隆的热情支持。13年后，他再度赴日本时，带去了9颗辽东半岛出土的古莲子，以示谢意。田中隆辞世后，其子将古莲子送到荷花专家大贺一郎那里，经过精心培育，古莲子竟然萌发了植株，绽开了荷花，花为单瓣，粉色，显得端庄、淡泊、高雅，被命名为"孙文莲"。大贺一郎又将"孙文莲"和日本出土的古莲子荷花杂交，获得成功后，取名"大贺莲"。

1963年，中科院院长郭沫若访问日本时，日本朋友送他10颗"大贺莲"的莲子，中国植物专家将"大贺莲"和普兰店出土的古莲子再次杂交，成功后取名"中日友谊莲"。

1979年，邓颖超访问日本，在参观唐代高僧鉴真和尚在奈良的招提寺时，寺中长老将孙文莲、大贺莲、中日友谊莲的莲藕送给了她。她回国后，将莲藕送到武汉植物研究所进行培育。次年，鉴真和尚回国探亲，其真身在大明寺展出时，中国专家将这三种荷花植于鉴真纪念堂之前，三种荷花竞相吐艳，美不胜收。

荷，是世间的纯真、至善和大美。

荷与诗

荷花因有清丽素洁、冰肌玉骨的神韵，其气质最美，节操最高，被誉为"翠盖佳人""花中君子"，自古以来，不知倾倒了多少文士雅客——

制芰荷以为衣兮，集芙蓉以为裳。	（屈原《离骚》）
江南可采莲，莲叶何田田。	（汉《乐有·相和曲》）
涉江采芙蓉，兰泽多芳草。	（汉《古诗十九首》）
看取莲花净，应知不染心。	（唐·孟浩然）
竹深留客处，荷净纳凉时。	（唐·杜甫）
红鲤二三寸，白莲八九枝。	（唐·白居易）
年年越溪女，相忆采芙蓉。	（唐·杜苟鹤）
白莲生淤泥，清浊不相干。	（宋·苏辙）
三秋桂子，十里荷花。	（宋·柳永）
接天莲叶无穷碧，映日荷花别样红。	（宋·杨万里）
四顾山光接水光，凭栏十里芰荷香。	（宋·黄庭坚）
断无蜂蝶慕幽香，红衣脱尽芳心苦。	（宋·贺铸）
红藕香残玉簟秋，轻解罗裳，独上兰舟。	（宋·李清照）
荷花娇欲语，笑入鸳鸯浦。	（宋·魏夫人）
骤雨过，珍珠散撒，打遍新荷。	（金·元好问）
青山倒影水连郭，白藕作花香满湖。	（明·梦琦）
四面荷花三面柳，一城山色半城湖。	（济南大明湖楹联）
十分春水双瞻影，百叶莲花七里香。	（扬州濯清堂楹联）
十里荷花鱼世界，半城杨柳拂楼台。	（昆明碧漪亭楹联）

也许诗仙李白对荷花倾注了太多的感情，他不但赞美荷花"清水出芙蓉，天然去雕饰"，还称自己是"青莲居士"。

还有些脍炙人口的文章，读起来，像诗歌那样优美。

北宋理学家周敦颐撰写的《爱莲说》，虽只有120个字，却已成为千古佳作。他说莲花"出淤泥而不染，濯清涟而不妖，中通外直，不蔓不枝，香远益清，亭亭净植。可远观而不可亵玩焉。"以莲花比喻君子的美德，是文人士子们洁身自爱的主修课。此文一出，人们争相传诵，一时洛阳纸贵。

清人李渔的《芙蕖》、朱自清的《荷塘月色》、闻一多的《红莲之舞》、冰心的《往事（七）》、叶圣陶的《藕与莼菜》、孙犁的《荷花淀》、余光中的《莲的联想》、席慕蓉的《莲的心事》、季羡林的《清塘荷韵》等，这些赞美荷花的散文，能拨动人的心弦，产生心灵的共鸣。

荷，已成了一种文化。

兰亭半日

大约在捉笔描红的年纪，便听说古代有个叫王羲之的人，是写毛笔字的大圣人。年龄渐大些时，又听说了这位书圣的一些故事和传说，如为卖扇子的老妪题字；他喜欢养鹅，家中便养了一群白鹅；他贴在大门上的春联，常被人揭了去，等等。后来，又听说了兰亭这个名字，知道王羲之与文友们相聚于兰亭，写下了《兰亭集序》。于是，心中便有了一个憧憬：要去兰亭瞻仰一番，领略一下那里的山水灵气。然而，却一直无缘。

无缘不能强求，心中便有一种遗憾。

帮我了却这个心愿的，是鲁迅家乡的文学刊物《野草》。去年秋，我去绍兴参加《金马杯》短篇文学颁奖会时，在兰亭逗留了半日，所见所闻所感颇多。当时，很想写点什么，因对书法艺术所知甚少，便不敢贸然下笔。待归来后想写时，有些印象和细节又记不太清楚了。

那是十月的最后一天，天高气爽。绍兴市文联应梅堂副秘书长陪我们去兰亭。同车去的，同有《金马杯》评委会主任、著名作家柯灵，上海作家陈继尧父女、部队女作家铁竹伟等。汽车驶出城区约十公里，应梅堂指着路旁的一片青翠园林说道："那就是兰亭！"

除我之外，他们对兰亭都很熟悉，大约过去来参观过，且对这一带的历史变迁都很熟悉。边走，边看，边听他们介绍，令我多有收益。

兰亭在兰渚山下。据《越绝书》载：越王勾践曾在此种兰渚田。到了汉代，是驿亭所在，兰亭之名便由此而来。

兰亭一带，是山荫道上风景最佳处。群山合抱、曲水弯环，修竹茂林，摇翠左右，十分宜人。进园不远，便是鹅池。池畔有"鹅池"碑亭。碑上的那个斗大的"鹅"字铁划银钩，势如风云，相传为王羲之所书。过了"鹅池"，便是一条小溪，这里就是闻名遐迩的"曲水流觞"了。王羲之的《兰亭集序》，就是在这写的。

公元 353 年暮春三月三日，王羲之与谢安、孙绰等好友 41 人，在秀丽的兰亭聚会，并举行拔楔之礼（古代的一种风俗，此日临水祭神，可消除不祥）。他们坐在曲水边，将酒倒入杯中，杯放于曲水上游，让酒杯随曲水缓缓流淌。酒杯停在谁面前，谁就罚酒作诗，一共罚了 37 首诗。这是一个空前盛会。王羲之即兴写下了"此地有崇山峻岭，茂林修竹，又有清流急湍，映带左右，引以为流觞曲水。列坐其次，虽无丝竹管弦之盛，一觞一咏，亦足畅叙幽情……"这便是墨冠中华的《兰亭集序》。

为了能让我们体味曲水流觞的意境，兰亭管理处的工作人员将我们引到"流觞亭"旁，还特意为我们送来了旁有两翼的仿古酒杯，让我们在曲水边的石头上随意而坐。酒杯从曲水上游悠悠地漂浮过来，有一只杯子似乎特别照顾我，它在我眼前打了一个转，便漂过去了。正当我庆幸自己的好运气时，又一只杯子随后缓缓地漂过来，在离我盈尺时，忽然停下了，然后，就像长了眼睛似的漂向我，刚好停在我的身边。再回头一看，嗬，我们每个人都要受罚！不过，不是酒，而是罚一杯清泉罢了。

《兰亭集序》不但有很高的文学价值，在书法艺术史上，尤其有着极其重要的影响，故被称为"天下第一行书"。全篇 28 行、324 字，书法遒媚刚劲，笔法富于变化，重字俱构别体，字里行间流露了书法家乘兴而书的感情。相传此件作品是用鼠须笔写在蚕茧纸上的。王羲之十分珍惜，作为传家宝，代代相传，一直到唐代。太宗爱二王的书法（王羲之及其子王献之），便派人将此件作品骗去，又命人摹写了数本，分赠亲贵近臣。太宗死后，遗命将《兰亭集序》殉葬。自此，这件书法艺术的瑰宝就不再为世人所见了！

离开曲水流觞处，我们又参观了右军祠和王羲之洗濯笔砚的"墨池"，浏览了康熙皇帝临摹的《兰亭集序》全文和乾隆皇帝的《兰亭即事》诗，以及中外名家的众多临摹手迹。尔后，便进祠品茗。

祠正中有一区匾额，上书：尽得风流。旁有一副对联：

毕生寄迹在山水
列座放言无古今

这副对联耐人寻味。它既概括了王羲之的一生，又高度评价了他的艺术造诣。王羲之是山东临沂人，字逸少，东晋时官至右军将军，会稽内史。在永和十一年（元 355 年）辞官之后，便与东土人士尽山水之游，又与道士许迈共修服食，采药不远千里，遍游中东诸郡。他本来就有极高的书法根基，又先向卫夫人学书，后学张芝的草书和钟繇的正书博采众长，荟精集萃，精研体势，自成一格。《晋书》上说他的笔势是"飘若浮云，矫若惊龙"，怪不得从帝王将相到山野樵夫都极为推崇他呢。上下数千年，书法大家和书法作品难以数计，唯他可摘书圣之桂冠！

近年来，书法热又悄然兴起。一些雅童的书法作品写得洋洋洒洒；一些退休的老者也纷纷挥毫学书，各种书法比赛和评奖活动如雨后春笋。中国的第一座书法博物馆已经建立。每年的三月初三，在书法圣地兰亭举办书法节。书法艺术，是中华民族文化宝库中的巨大财富。

正当我们陶醉在书法艺术的氛围中时，麻烦事来了，兰亭管理处的负责人执意要我们留下"墨宝"。

虽说我们都十分喜爱书法艺术，但要在兰亭写字，大约是算得上百分之百的班门弄斧了。欲写，没有胆量；不写，又推辞不下。我只好等他们几位写完之后，才战战兢兢地提起笔来，在宣纸上写下了五个字："书品乃人品"。写完之后，觉得背上已汗津津的了。

慈眉善眼的柯灵老人，虽八十有二，但身体很好，心情尤佳。他的祖籍就在绍兴。他谈笑风生，说古道今，令人感到十分亲切；陈继尧知多识广，应梅堂热情好客。尤其是铁竹伟，她性情开朗，谈吐豪爽，且身高体宽像位运动员，我怀疑她是齐鲁女子。她告诉我们，她果真是王羲之的半个同乡，她父亲是山东人。

不知不觉中，已近中午。步出右军祠时，蓝天如洗，兰草散香。一群习书的少年，正向碑亭迎面走来。

悲歌田横岛

卢沟桥事变后，徐悲鸿创作了一幅《田横五百士》：一群男子站在海岛上，神情肃然地望着他们的齐王；田横双手抱拳，作告别之状。此画展出时，震撼人心，激发了中国人视死如归的民族气节。

画中的故事，就发生在即墨的一座小岛———田横岛上。

田横岛不大，不足两平方公里，也不高，最高处只有五十公尺，离陆地约有六华里。岛上有三百多户人家，过去是以捕鱼、种庄稼为业。

因海岛孤悬于大海之中，进出不易，有"小关东"之称。如今，已辟为度假村。岛上的饭店、酒家、商铺比比皆是，以当地产的鲍鱼、扇贝招揽游人。这里还有别墅群、梦海园、海上牧场等，游人如织。

登岛后，游人在导游的忽悠下，大都去了海神庙。在海神娘娘的左边，供奉着顺风耳和千里眼，右边供奉着东海龙王敖广。旁边有一座督财宫，供奉着武财神关公，旁边供奉着他的次子关平和部将周仓。前来朝拜的人群熙熙攘攘，香火鼎盛，青烟迷眼。我总觉得将不同时代的人物供奉在一起，有些不伦不类。这些在商品大潮中仿建的庙宇，无非是借神仙们赚取游客的银子罢了。

离开了海神庙，我便直奔山顶而去。最先看到的，是一座高约八米的田横塑像。像座上的"齐王田横"四个大字，是书法家启功所题。

海岛的最高处，叫田横顶，是埋葬 500 义士的墓冢。墓冢长约 30 米，高约 2.5 米，已与周围的青山融为了一体。

田横史碑亭的内壁，有六福彩绘，向后人展示了田横及 500 义士的悲壮故事……

秦始皇统一六国后，因暴政导致了陈胜、吴广揭竿起义。被秦所灭的齐、楚、燕、韩、赵、魏等诸侯各国的皇室后人，也纷纷起兵反秦。齐王田儋首举反秦大旗，重建了齐国，田荣、田广、田横先后成为齐王。

秦朝灭亡后，楚、汉两大集团为争夺天下而战乱不断。汉王刘邦认为，齐军一向英勇善战，不易屈服，便派谋士郦食其前往齐国劝降。齐国君臣审时度势，决定归服刘邦，解除了驻扎在历下的 20 万齐军，并举行盛大国宴招待郦食其。

谁知好胜斗勇的汉将韩信为了与郦食其争功，突然发兵突袭齐军，并攻下了齐国都城淄博。

齐国君臣以为是郦食其欺骗了他们，盛怒之下，将他扔进了沸腾的油锅里了！

齐汉两军激战时，齐王田广被杀，田横继任齐王后，为保存实力，他率 500 名部属，撤到了易守难攻的一座海岛上，以图东山再起。

西汉建立后，刘邦担心田横起兵反汉，曾两次派出使臣送去诏书："田横来，大者王，小者乃候耳。不来，且举兵加诛焉！"

田横为了保住岛上的五百名部属，令其守候海岛，自己只带了两名门客，离开了海岛，前往京城。

当他走到离洛阳不远的偃师时，得知刘邦诏他，并无诚意，只是为了"斩头一观"而已！他宁死不肯受此耻辱，便转身而跪，遥望齐国山河，抽出身上的佩剑，自刎而绝！

两名门客遵照他生前的嘱咐，将他的首级送到了洛阳。

刘邦得知后，下诏以君王之礼安葬了田横，并封田横的两位门客为都尉之职。二人不为所动，他们来到田横的墓前，自刎殉职！

刘邦再次派人前往海岛，诏田横的 500 部属归汉。当部属得知他们的齐王田横已死，悲痛不已，他们登上海岛之顶，齐唱："薤上露，何日晞。露晞明朝更复落，人死一去何时归？"唱完之后，500 人集体挥刀殉节！

当地百姓将他们安葬在海岛的最高处，并称这里是田横顶。

2000 多年过去了，500 义士的墓冢已与青山融为了一体，大海的波涛声和海山上的松涛声，日夜守护着这些千古不灭的忠魂！

在下山的路上，我问一位岛上的老者："岛上可有姓田的人家？"

他避而未答，反倒问我："你是想问，田横的 500 部属，在岛上留没留下后人？"

没等我回答，他说了一个让人难以置信的秘密："田横的 500 部属，当时都没死！"

他见我半天无语，笑着说道："你若不信，就去翻翻《史记》，《史记》上对田横的 500 士殉难之事，只说是'传'，其实，他们是乘船出海，去了美洲。"

我更不信。

他又说："在美洲，已发现了田人墓，这就是证明。"

我虽然不信，但还是乐于从《史记》中寻找答案。

情为何物

金元之际的诗人元好问，曾写过一首令无数人为之痴狂的《摸鱼儿·雁丘辞》，许多词牌有几个名字，比方说这首《摸鱼儿》也叫《卖陂塘》。当然，更多的人称这首词为《摸鱼儿·问世间情为闻物》：

问世间情为何物，直教生死相许？天南地北双飞客，老翅几回寒暑。欢乐趣，离别苦，就中更有痴儿女。君应有语，渺万里层云，千山暮雪，只影向谁去？

横汾路，寂寞当年箫鼓，荒烟依旧平楚。招魂楚些何嗟及，山鬼暗啼风雨。天也妒，未信与，莺儿燕子俱黄土。千秋万古，为留待骚人，狂歌痛饮，来访雁丘处。

这首词有个题记，交代了一个让人感伤的故事。写这首词时，元好问只有 16 岁，去太原赶考时，在汾河岸边，他遇到了一个猎人。猎人给他讲了一个奇异的故事：

猎人在几天前捕获了一对大雁。雄雁脱网而出，雌雁被束缚在网中。猎人将雌雁带回家。雄雁凝望着网中的雌雁一路相随，在空中悲鸣盘旋不去。而雌雁呢，亦在网中呜咽，不吃不喝。后来猎人杀死了雌雁，雄雁在空中看到爱侣已亡，竟一头从空中栽下，头部撞地殉情而亡！

元好问被深深感动了。他没有埋怨猎人的无情，只是从猎人手中买下了这对大雁。将这对忠烈的爱侣埋葬在汾河岸边，并且用石头垒起了一座小小的坟丘，然后写下了这首著名的雁丘词。这首词的每一句都值得细细审读——

第一句最是有名："问世间情为何物，直教生死相许？"叩问世间的惊天一问！ 16 岁的元好问将自己的震惊、同情、感动、化为了这千古以来感动人心的一问。他问的是世人、问的是苍天，究竟情为何物？这让我想起汤显祖在《牡丹亭》里说的："情之所至，生可以死，死可以复生！生不可以死，死不可以生者，绝非情之所至也。"所以，紧接着情为何物之下便是直教生死相许！这一句犹如雷霆万钧，破空而来，又如熔岩沸腾，奔涌而出。情之急促，竟是何物，以至于要让人生死相许？这一问太过精彩，在历史的长河中久久回荡，引起读者深深的思索。在思索之后，继而引发对世间所有至死不渝真情的热情讴歌，就显得那么自然而然。直教生死相许，"直教"两字，更突出了爱情力量的伟大、纯真。开篇一个问句突如其来，犹如盘马弯弓、先声夺人，为下文描写大雁殉情蓄足了力量，也使大雁殉情的内在高洁得到了升华。

第二句："天南地北双飞客，老翅几回寒暑。"这里写的是雁侣之间感人的生活场景。大雁秋天南下越冬，春天北归。大雁双宿双飞，所以元好问称它们是双飞客，赋予它们比翼双飞是人世间夫妻相爱的理想色彩。这种高度的艺术概括，写出了大雁相依为命的那种恋情，非常真切。《本草纲目》说雁有四德："寒则自北而南，止于衡阳，热则自南而北，归于雁门，其信也；飞则有序而前鸣后和，其礼也；失偶不再配，其节也；夜则群宿而一奴巡警，昼则衔芦以避缯缴，其智也。"这是说雁有四种品德。冬天的时候：鸿雁向南飞，一直飞到衡阳，所以衡山有回雁峰。等到天气变暖，又自南向北，所以归于雁门，雁门关因此而得名，这是指它们的守信。飞而有序是什么？这是礼仪。失偶不再配，大雁是一夫一妻制的动物，所以让人们特别尊敬它们，感情真挚，这是它们的节，气节。晚上的时候，群宿有大雁放哨。白天的时候，衔芦以避缯缴。缯缴就是古代的弓箭，短弓箭。因为古代的弓箭很珍贵，射出去以后，上面有根绳子，可以把射出去的弓箭再拿回来使用。大雁可以避缯缴，这是它们的智慧。所以雁有四德。最让人感慨的是它们的诚信、它们的团结与它们的深情。天南地北双飞客，展翅几回寒暑，以人间夫妻自喻，写出了它们生活中的深情。

第三句："欢乐趣，离别苦，就中更有痴儿女。"是说大雁长期以来共同生活，既有团聚的快乐，也有离别的酸楚，在平平淡淡的生活中，形成难以割舍的一往情深。所以，痴儿女三字最是出色，以人世间真心相爱的痴情男女为喻，使得大雁的恋情与人世间的恋情完全融合为一，毫无隔阂。

第四句："君应有语，渺万里层云，千山暮雪，只影向谁去？"这里的"君"指的是殉情的大雁，也是对大雁殉情前细致入微的揣摩描写。当网罗惊破双栖梦之后，年轻的作者认为孤雁心中必定会有生与死、殉情与偷生的矛盾斗争。但这种犹豫与选择的过程并未影响到大雁的殉情，相反更足以表明殉情是这只大雁自己的抉择，从而揭示了殉情背后深刻的内涵。也就是它那相依相伴、形影不离的爱侣已逝，而自己形单影只、前路渺茫，失去一生的挚爱，即使苟活下去，还有什么意义呢？万里千山，写征途遥远。层云暮雪，写前景艰难。这样烘托的手法提示了大雁心理活动的轨迹，也就交代了大雁殉情的深层原因。

下阕第一句："横汾路，寂寞当年箫鼓，荒烟依旧平楚。"这里头有一个典故，横汾路是当年汉武帝巡幸之处。《史记》记载，汉武帝曾率领百官至汾水边巡祭后土，他还作《秋风辞》，其中有句："泛楼船兮济汾河，横中流兮扬素波，箫鼓鸣兮伐棹歌。"可见当时箫鼓喧天、棹歌四起、山鸣鼓应是何等的热闹！而如今，却是四处冷烟衰草，一派萧条冷落。古与今，盛与衰，喧闹与冷落，形成鲜明的对比。寂寞当年箫鼓，是说当年的箫鼓如今已然寂寞。荒烟依旧平楚，平楚就是平林，"平林漠漠如织"，可见如今一片荒凉，这种鲜明的对比，使得煊赫一时的盛况转瞬间烟消云散。强调了真情的万古长存。

第二句："招魂楚些何嗟及，山鬼暗啼风雨。"这里用了《楚辞·招魂》的典故。《楚辞·九歌》中有山鬼篇，描写山中女神失恋的悲哀，这两句是借楚辞的典故反衬了殉情大雁它们那种真情是永垂不朽的。

第三句："天也妒，未信与，莺儿燕子俱黄土。"大雁生死相随的深情连上天也为之嫉妒，所以这对殉情的大雁绝不会和一般的莺儿燕子一样化为黄土，必定会留得生前身后名，与世长存！这一句从反面衬托、突出了大雁殉情的崇高，为下文寻访雁丘做好了铺垫。

最后一句："千秋万古，为留待骚人，狂歌痛饮，来访雁丘处。"这是从正面对大雁的称赞。元好问展开想象，认为千秋万古之后，也会有和他一样的人来寻访这小小的雁丘，来祭奠这一对爱侣的亡灵。生动地写出了人们的感动。

元好问此言不虚。千百年来，多少和他一样去到汾河边祭吊这个小小的雁丘！如今太原的汾河公园里有一块大石头，上面写着"雁丘"两个大字，背后用殷红的朱砂字题写下元好问的这首《摸鱼儿》。这在汾河公园里虽是一个不太显眼的景点。但是，正像元好问说的那样，千秋万古，总会有人来到这小小的雁丘前，去吟诵他的："问世间情为何物？"

孝悌·爱情·家教

中国的传统文化，是中华民族以自己的勤劳和智慧创造出来的优秀文化，也是世界上唯一没有中断过的伟大文化。她更是中华民族取之不尽、用之不竭的非物质财富！

中国传统文化不但源远流长，而且博大精深，宛若浩瀚的大海！叶贤恩先生撰写的《中华爱老孝亲故事》《古今伉俪情深诗词选集》和《古今名人家教故事》三册书籍，就是这浩瀚大海中的一勺精华，更是当今社会现实生活的写照。

1

孝悌，是中华民族的崇高美德，亦是传统文化中的瑰宝。

就在我撰写为篇拙作之际，有一件事深深触动了我：清明节的前一天傍晚，深圳的一位颇有建树的企业家，原本要去日本进行商务考察，他却匆匆搭乘航班赶回了他的老家——湖北鄂州，为的就是与家人、晚辈一起，在清明之日为其母扫墓；还有一件事，他94岁的父亲已病危，他要为其父备好墓志铭，以备将来与其母合葬于家乡。此事办妥后，当晚他又匆匆飞往了深圳。

扫墓祭祖、追根思源，既是我们民族的固有传统，也是培养和造就"有理想、有道德、有文化、有纪律"一代新人的需要。

在《中华爱老孝亲故事》中，共有96篇文章，其中古人爱老孝亲故事占的篇幅较多，共有65则故事。这些故事的主人公，既有帝王将相、贤士哲人，也有芸芸众生、平头百姓。在这些故事里，既有早已家喻户晓、妇孺皆知的24孝的故事，如《老莱子戏彩娱亲》《子路百里负米养亲》《董永卖身葬父》《代父从军的花木兰》《刘邦尊亲》等，还有《包拯辞官侍奉双亲》《岳珂一生为祖父岳飞鸣冤》《孝子赵仁》《刘敏亲自侍母》《陈茂烈辞官侍母》《涤亲溺器青史传》等，虽然文字不多，但感人至深。

在《丁鹤年结庐守父墓》一文中提到的丁鹤年，是回族人，幼年随父来到武昌（今鄂州），其父承袭祖荫任武昌达鲁花赤（官名，蒙古语，有监临官、总官之意），逝葬于鄂州。元末，武昌发生兵变，时年 17 岁的丁鹤年逃往浙江四明，后寄宿僧舍，靠卖粥浆为生。因他自小熟读《五经》，深受儒家思想影响，对父母十分孝敬。当他得知其父坟墓遭到盗掘，极为悲痛，自此开始绝肉绝酒，亦不食盐醋，以示自贬。20 年后回到武昌，对其父坟墓掘土覆盖，修筑一新，并在墓旁结庐而居，朝祀夕供，为父做伴，被时人誉为"丁孝子"。

当我读到《寿昌寻母》时，想起了一件往事——

多年以前，为撰写《苏东坡别传》，我四处收集资料时，在台湾作家所著的《苏东坡大传》（上下集）中，我读到了苏东坡为挚友、寿昌太守毕生寻母所作的一首诗。诗前有一行题记：朱寿昌郎中不知母所在，刺血写经（金刚经），求之五十年，去岁得之蜀中，以诗贺之：

> 嗟君七岁知念母，怜君愈大心愈苦。
> 羡君临走终相逢，喜极无言泪如雨。
> ……

苏轼是位爱憎分明的人，也是一位孝子，他在长安参加科考时，与弟弟一道中第。他的那篇《策论》，不但得到了主考官欧阳修的赞扬，宋仁宗也以为他为子孙们找到了宰相之材！正准备召见时，苏轼却因母亲程氏去世，连夜离京回到了四川眉山，并在家中守孝三年。

按宋律规定，官员的双亲去世后，应辞职回乡，守孝三年，谓之"丁忧"。御史中丞李定之母去世后，他隐瞒不报，继续为官。苏轼认为"实属不孝"，弹劾了李定！李定怀恨在心，在苏轼遭遇"乌台诗案"时，遭到了李定的疯狂迫害，差点死在狱中！但他不悔。当人们在黄州的"遗爱湖"漫步之时，心中就会对这位具有孝心的诗人充满敬仰之情。

古人爱老孝亲故事，早已成为世间楷模，薪火相传。也感动并激励着一代代的后来人，如《梁思礼了却父亲心愿》中的梁思礼；《大孝至爱》中的刘延信；《四世同堂接力孝亲养老》中的王松梅；《孝老敬老》中的汤太平；《捐肝救公爹》中的张建霞；《中国当代大孝子》中的杨怀保；《独腿小伙携老母游全国》中的邱义松；《孙儿带着奶奶上大学》中的张义波……他们用自己的青春乃至生命，继承和发扬了中华民族的优良传统，谱写了一曲曲人世间的大爱之歌。

在《亲情之光灿若星月》中，记述了一位名叫"朱晓辉"的女记者的孝亲事迹：朱晓辉的父亲患了弥漫性脑梗，不但行动不便，且大小便失禁。她花光了家中积蓄，其夫不堪家中贫困，在她最困难之际，带着四岁的女儿离她而去！这更是雪上加霜！

为了照料父亲，她变卖了房产，租住在只有18平方米的车库中。为了给父亲治病，她学会了穴位按摩，每天为父亲按摩5~6次，每次两个小时。为了不使瘫痪在床的父亲患上褥疮，她天天为父亲洗身子，擦爽身粉，抱着父亲锻炼四肢。每天凌晨三时为父亲煎熬中药，然后为父亲洗脸、喂饭、擦身、喂药、洗衣。为了节省开支，将省出的钱为父亲打针、买药，她常常到菜市场捡拾别人丢弃的烂菜叶子！

久病靠孝女。曾被病魔判了死刑的父亲，在女儿的孝行中度过了13个春秋，七旬的老人尚有半头黑发，而只有42岁的女儿，满头的青丝已经被霜雪染白了！在"感动中国2014年度人物"的评选中，朱晓辉终于以500万张赞成票，站在了颁奖盛典的舞台上！

这位孝女的一句话，说出了中华民族伦理道德的真谛：人生可以卑微如蚁，但亲情之光灿若日月！

2

在阅读《古今伉俪情深诗词选集》时，我想起了美国的一句谚语："爱情，是美德的试金石。"

这部作品虽然只有20万字，却涉及爱情、婚姻和家庭的诸多因素。正如作者在"序"中所言：纯真的爱情，是美的婚姻的体现，是幸福家庭的基础。书中共编选了一百位古今名人的166首古典诗词（不包括现代诗），这些作品"或则终身相聚，互敬互爱；或则患难与共，无怨无悔；或则忍辱负重，甘于奉献；或则借机抒发，美化心灵；或则忠贞不渝，以身殉爱；或则玉骨成尘，情深意笃。"

由于引用的都是古典诗词，有的年代久远，有的运用典故，今天的读者尤其是青少年读者欣赏起来，或许有些困难。为此，选集所选的诗词，不但对每首诗词的作者进行了简要介绍，还对作品的时代背景、主题做了说明，对作品的典故和生僻字句也都做了解释。如春秋时期息夫人的《大车》：

> 大车槛槛，毳衣如菼。
> 岂不尔思？畏子不敢。
> 哼哼大车，毳衣如璊。
> 岂不尔思？畏子不奔。
> 谷则异室，死则同穴。
> 谓予不信，有如皎日。

　　在说明中，介绍了春秋时期息夫人的身世：息国被楚国攻陷，息国国君与息夫人被俘后，"息君被迫做了守门人，而息夫人则被留在了宫禁中。一天，息夫人趁着楚王外出游玩之际，偷偷出宫会见了丈夫，并将这首诗送给了他。诗中铿锵的誓词，表达了她对爱情的坚贞和宁死不屈的决心。最后，他们双双自杀，被合葬在了一处。"

　　由于文字通俗易懂，道理论述透彻，不但有助于读者对作品更深刻地理解，也让读者增强了阅读的兴趣。

　　李商隐是我极为敬仰的唐代诗人，这不仅仅是他的那些流传千古的诗歌，还有他对爱情的执着和忠诚。我在撰写《李商隐传》时，查阅了一些有关他身世的资料。他才华横溢，却仕途不顺，屡遭坎坷。他对妻子一往情深，在《夜雨寄北》《嫦娥》《惮伤后赴东蜀辟至散关遇雪》等作品中，字字行行都流露出对妻子的思念。如《夜雨寄北》：

> 君问归期未有期，巴山夜雨涨秋池。
> 何当共剪西窗烛，却话巴山夜雨时。

　　此诗是诗人在巴蜀（今四川），于大中二年（848 年）写给在长安的妻子王氏的。时值秋天，王氏已没于夏秋之交……诗人以真挚的感情，诉说归期未定而又极想回去、与妻子剪烛西窗的情感，倾诉身在异乡的感受。

　　李商隐的另一首诗《嫦娥》：

> 云母屏风烛影深，长河渐落晓星沉。
> 嫦娥应悔偷灵药，碧海青天夜夜心。

　　被誉为"诗圣"的杜甫，写了一首《月夜》：

今夜鄜州月，闺中只独看。

遥怜小儿女，未解忆长安。

香雾去鬟湿，清辉玉臂寒。

何时倚虚幌，双照泪痕干。

作者除介绍了这位与李白齐名的诗坛泰斗，又在说明中说："这是杜甫怀念妻子的名作，天宝十五年（756年）六月，安禄山攻破潼关，玄宗入蜀；七月，肃宗继位灵武（今宁夏）。杜甫安家鄜州羌村，只身前往灵武，途中被叛军俘虏到长安，他在囚中望月思家，情涌笔端。"

北宋诗人梅尧臣，曾经作过三首悼亡诗。其中的一首是：

结发为夫妻，于今十七年。

相看犹不足，何况是长捐。

我鬓已多白，此身宁久全？

终当与同穴，未死泪涟涟。

作者在诗后作了如下说明："梅尧臣与其夫人谢氏于天圣六年（1062年）结婚，庆历四年（1044年）谢亡，凡十七年。这十七年'相看犹不足'，便是爱之深、情之挚。其诗素为许多人推崇。"陈不遗谓："'最真挚、最纯洁，为千古一。'"

苏轼悼念妻子王弗的《江城子》，是一首情景交融、感人肺腑的悼亡之作：

十年生死两茫茫，不思量，自难忘，千里孤坟，无处话凄凉。纵使相逢应不识，尘满面，鬓如霜。

夜来幽梦忽还乡，小轩窗，正梳妆，相顾无言，惟有泪千行。料得年年肠断处，明月夜，短松冈。

作者的说明是：己卯是宋神宗熙宁八年（1075年），这时苏轼正在莱州（今山东诸城）做知州。这首词是那年正月为悼亡妻子王弗而写的。王弗十六岁时与苏轼结婚，她聪颖贤惠，又有见识，夫妻感情笃深。王弗不幸于宋神宗治平二年（1065 年）病逝，次年归葬于四川祖坟。经过十年宦海沉浮的苏轼，在这首词中表达了对亡妻深挚的思念之情。

作品中还选录了宋人贺铸的一首《鹧鸪天》：

> 重过阊门万事非，同来何事不同归？
> 梧桐半死清霜后，头白鸳鸯失伴飞。
> 原上草，露初晞，旧栖新垅两依依。
> 空床卧听南窗雨，谁复挑灯夜补衣？

这首词的说明是：这是一首悼亡诗。贺铸一生秉性耿直，不媚权贵，屈居下僚，经济上不很充裕。而夫人赵氏，是宋室济良恪公赵克新的女儿，虽出身豪门，却勤俭持家，对丈夫十分体贴，夫妻感情甚笃。哲宗元符元年（1098 年），诗人闲居苏州，中间曾于元符三年（1100 年）冬，北上过一次，此词则作于北行之返。

半死的梧桐，失伴的鸳鸯，归居和新坟，空床听夜雨，挑灯补旧衣……形象的对比描写，生活中的细微之事，让人不忍掩卷。

南北朝时期乐昌公主的《饯别自解》，做了说明。

> 今日何迁次？新官对旧官。
> 笑啼俱不敢，方验作人难。

这首诗讴歌了一个破镜重圆的故事：乐昌公主初嫁徐德言，夫妻恩爱有加，忽逢兵至城破前夕，夫妻俩恐国难失散，便分割了一面铜镜，各存一半，约定了以后联络的办法。乐昌公主流落到越国公杨素家。正月十五那天，乐昌公主如约，让仆人拿了半块破镜去叫卖；徐德言也拿了另一块破镜来叫卖。双方相遇，一并相会。杨素知道后，就召徐德言前来与公主见面。席间，令公主作诗，公主便赋了这首诗，杨素就让他们重新团圆了。公主又惊又喜，又惧又悲，两面为难的心情，写得十分真切。

在这部著作中，还收录了 50 位现代诗人的诗词，如毛泽东的词《蝶恋花·答李淑一》，何香凝的七律诗《悼亡》，潘汉年的七绝《年终思慧》，罗瑞卿的《书赠郝治平》，田汉的七律《悼亡诗》，苏步青的七律《悼亡》，丁立群的七律《悼亡妻玉珍》等作品。其中有看李淑一的《菩萨蛮·惊梦》：

兰闺索寞翻身早，夜来触动离愁了？底事太难堪，惊侬晓梦残。

征人何处觅？六载无消息。醒忆别伊时，满衫清泪滋。

李淑一写这首词的背景是：1933年夏，传闻丈夫柳直荀牺牲，她在梦中大哭而醒，是夜和泪而作。

柳直荀烈士（1898-1932）是长沙人，1924年加入中国共产党，曾任湖南省委委员，湖南省农民协会秘书长，参加过南昌起义，历任中国工农红军第二军团政治部主任、红六军政治委员、红三军政治委员等职。1931年6月任中共鄂西南特委书记，坚持鄂西北根据地的斗争。1932年9月在湖北洪湖革命根据地牺牲。

柳直荀烈士的夫人李淑一，新中国成立后在长沙第十中学任语文教员。1957年1月，毛泽东的十八首诗词发表后引起她的感慨，于是她致信毛泽东，想请他将青年时期赠给杨开慧的《虞美人》一词重新写出来，并把自己1933年从传言中听说丈夫柳直荀牺牲、自己和泪填写的《菩萨蛮》一首寄给毛泽东。毛泽东写了一首《蝶恋花》答她。

邓颖超曾经说过：爱情的持久、力量和美，是和人的道德水平分不开的。这也正如德国的席勒所言：爱，使伟大的灵魂更加伟大。

3

"一家仁，一国兴仁，一家让，一国兴让。"最早读到《大学》中的这一经典之句时，并未意识到其中的内涵和对社会生活的巨大影响。随着年龄和阅历的增加，才渐渐悟出了这一家教的真谛。

这部作品共编选了89个家教故事，有些已流传很久，影响很大，如《孟母为子择邻》中的孟母，为了不使年幼的孟子受周围环境的影响，曾三次搬迁居所；为了供养孟子能进学堂读书，她日夜纺织；当发现孟子贪玩逃学，她毅然剪断织机上的绸子，并语重心长地告诉孟子：绸子是一根一根的丝织成的，一个人的学识是一点一点累积起来的。你读书半途而废，就如同剪断了的绸子！孟子听了，非常惭愧。他向母亲承认了错误，自此便起早贪黑地读书，最终成为战国时期的思想家、政治家、教育家，被公认为孔子学说的继承者，有了"亚圣"的美誉！

在《子承父志》一文中，专管天文、历法和历史文献的司马炎，是汉武帝的太史令。他曾多年收集历代资料，打算撰写一部记录"明主贤君忠诚正义之士"的史书，但由于他年高多病，难以完成，他便寄望司马迁，亲自对司马迁进行教育，还鼓励他在全国范围内游历。司马迁才得以"而游江滩，上会稽，探禹穴"，并到沅、湘流域考察九嶷山，又去了山东、河南等地，广泛接触当地民众，获得了典籍上从未记载过的史料，为他的撰写打下了厚实的基础。

公元前110年，司马炎跟随汉武帝前往泰山参加封禅大典时，刚刚走到洛阳便病倒了。司马迁得到父亲病重的消息后，日夜兼程赶到父亲身边，牢牢记住了父亲临终时的嘱托。他继承父志，终于写出了前无古人的不朽巨著《史记》。此书我虽然读过多次，但每每读时，都会被司马氏的家教感动不已。

在《母德流芳》一文中，还记述了陶侃之母对陶侃的教育；《祖昌教孙读无字书》的故事；《王献之成功缸涸》的故事介绍了王羲之教子的故事；以及《李白焚稿》《唐宣宗训女》《李晟劝女尊重婆母》《让女婿务农的节度使》《永庆公主改过》《学范滂做人》《精忠报国》《包家刻石铭训》等家教故事，这些故事都有积极的现实意义。在《莫负青春取自惭》一文中，他介绍了兵部右侍郎于谦，为十三岁的儿子于冕写了一首诗《示冕》：

阿冕今年已十三，耳边垂发绿鬖鬖。
好亲灯光研经史，勤向庭闱奉旨甘。
衔命年年巡塞北，思亲夜夜想江南。
题诗寄汝非无意，莫负青春取自惭。

诗中除了对儿子谆谆教导之外，也说自己身在边塞，不能关注儿子的成长而感到愧疚。

父子感情，情真意切，于冕不负其父的殷切期望，长大之后就任兵部外郎、应天府尹等职。

在《老子英雄儿好汉》一文中，记述了戚继光在其父戚景通的严格教育下，刻苦学习、习武，成人后为抗击倭寇、保卫华夏疆域，立下了不朽功勋，终于成了一位抗倭名将、伟大的民族英雄、杰出的爱国诗人。

著名教育家陶行知，用《追求真理做真人》，严格要求自己的儿子；胡传用《重视智力投资》，培养出了著名学者胡适；在《傅雷教子倾尽了全部心血》中，介绍了我国著名翻译家傅雷的严格家教，使其子傅聪成材，成就了一位杰出的音乐家……

在被这些真实的家教故事感动的同时，也感到心头在隐隐作痛：一些家庭因父母外出打工，将儿女留给了年迈的祖父祖母，他们既得不到父母的关爱，又缺少家教，处境堪忧；有的因种种原因，孩子失学，四处流浪。当我从电视节目中看到，几个流浪少年，因天气寒冷，他们在一个垃圾筒里生火取暖，因窒息造成了死亡的悲剧！这虽是极为罕见的个案，但也足以让我们的家长、学校乃至有关部门引起足够的重视！

"文章千古事，得失寸心知。"我曾读过中国少年儿童出版社社长兼总编叶至善（叶圣陶之子）撰写的一篇文章，题目是《书比人寿长》。中国的家教故事，传至今天已有数千度春秋，随着社会的发展，今后，这些故事的内容，一定会更丰富，也会更精彩！

大江之觞

——山水长卷解说词

唐古拉山—重庆

长江，既古老而又年青。在华夏大地上，她虽已存在了千千万万个岁月，然而她依然充满生命活力，浩浩荡荡地朝着她既定的目标——大海，奔腾而去。

长江与黄河一样，都是民族的摇篮，也是华夏的骄傲，更是中华儿女们的魂魄。

长江也孕育了中华民族博大精深的优秀文化。

长江到底有多长？人们说她是万里长江，即5000公里。现经科学勘测，其长度为6380公里，也就是12760里！是当之无愧的世界第三大河！她流经藏、滇、川、湘、鄂、赣、徽、苏、渝、沪等十个省、市，流域人口超过了3亿多人，面积180万平方公里，占全国陆地面积的20%，工农业总产值占全国的40%！

这条亘古不息、日夜奔腾的大江，源头就在青藏高原的腹部：她西有乌兰乌拉山，东有巴额喀拉山，北是昆仑山，南是唐古拉山，源头就在唐古拉山的主峰、格拉丹东雪山的西南侧，那里是一个硕大无比的冰雪世界，融化的冰川和雪水一滴一滴的聚集着，无数泉眼昼夜不停地向外溢着涓涓泉水，这不包括还有数不清的大小不一的湖泊和河流，构成了长江源头庞大的水系。

在长江源头层层叠叠的雪山上，有一座被称为"擎天玉柱"的玉龙雪山，她高达6000多米，不知哪个朝代的哪位前辈，在悬崖陡壁上刻下了"玉壁金川"四个大字。

沱沱河、通天河、金沙江等大大小小的河流纵横交错，奔腾着，跳跃着，汇入东去的长江后，便进入了被称为"天府之国"的四川盆地。

四川称"蜀"，因境内有四条河流而得名，即泯、泸、洛、巴四条大河。

四川就像个巨大的盆子，盆底是水丰土沃、物产丰富的成都平原，她四周被巫山、大娄山、大凉山、邛崃山、岷山、昆仑山包围着，"蜀道难，难如上青天"，就是指的四川。

古人要出四川，只有两条路可走，一条是水路：沿长江乘船而下；第二条是陆路，即从悬崖上开凿出一个个石洞，再将木桩打进洞中，然后在木桩上铺上木板，人在半山腰上行走！这就是栈道。这条栈道长达770公里！著名的剑门关，就修建在栈道之上！

可以想象，当年建造这条走出四川的栈道，需经历怎样艰难困苦？行人在这条半空中的栈道上行走，需要多大的勇气和胆量！

若能在四川盆地的盆壁上凿开一个洞，修上一条路，进出四川该多么方便！

古人试过，但都失败了，只留下了一个"五丁开山"的传说——

战国时期，蜀王好色。秦惠王为了拉拢他，答应将秦国的五位美姬嫁给他。他十分高兴，便派了五位力大无比的勇士率领着士卒们开山筑路，前往迎接。当他们到达梓潼时，忽见前面横着一条大蛇！也许大蛇听到了士卒们的吆喊，看到了寒光四射的兵刃，便钻进了一个山洞。一名勇士连忙跑过去抱住了大蛇的尾巴，想把大蛇拉出来，但拉不动。其余四位勇士一齐奔过去，拼命拉住了蛇尾不放！人和蛇僵持了半个多时辰，只听"轰隆"一声，顿时山崩地裂，秦国的五位美姬和五位迎亲的勇士及士卒们，都被巨大的山石压在了下面！

在四川青莲乡长大的李白，他在《蜀道难》里说："地崩山摧壮士死，然后大梯石林相勾连。"指的就是这件事。

李白出四川时，就是走的水路。《早发白帝城》，是诗人晚年所作：

朝辞白帝彩云间，千里江陵一日还。
两岸猿声啼不住，轻舟已过万重山。

九寨沟的湖泊，被称为"海子"，清澈见底，在山径上漫步，犹如走进了一个如梦似幻的境界。

富饶的天府之国，得益于都江堰水利工程。2200多年前，蜀都太守李冰在这里修建了即可排洪又可灌溉的都江堰。今天的都江堰，受益范围已从平原扩展到了丘陵地带，灌溉面积已由 300 万亩增加到了 800 万亩。为了纪念李冰父子，人们修建了一座"二王庙"，以彰显李冰父子的历史功绩。

青城山是一座道教名山，吸引着一批批慕名而来的游人。

这座攀岩石刻的造像，高达 71 米，是世界上最大的佛像！

由大峨眉、二峨眉、三峨眉组成的峨眉山，不但是著名的佛教圣地，还有"植物王国"之称。峨眉山的金顶和不时出现佛光，又为这座名山蒙上了一层神秘面纱。

山上的华严塔，是由紫铜铸造而成，高 6 米，不但铸有 4700 多尊佛像，还刻上了一部《华严经》！

半山腰的报国寺中，有一尊骑在大象上的菩萨，是由 125000 斤青铜制成的！虽已有 1500 余年，但这位菩萨每天仍慈祥的迎送着前来祈福的芸芸众生。

闻名遐迩的乐山大佛，坐落在岷江、青衣江、大渡河交汇的山崖上。这座尊佛原本是一座山峰，人们从公元 713 年破土动工，整整用了 90 年，硬是在山崖上凿出了这尊高 71 米的佛像，它比山西云冈大佛高了 3 倍！原本是古人为制服洪水而在山体上凿出的佛山大佛，今天，已成为一件独一无二的艺术品！

横跨在石谷之中的大渡河，让人联想起了伟人的《七律·长征》：

红军不怕远征难，万水千山只等闲。
五岭逶迤腾细浪，乌蒙磅礴走泥丸。
金沙水拍云崖暖，大渡桥横铁索寒。
更喜岷山千里雪，三军过后尽开颜。

因出产蜀锦被誉为锦城的成都，不但是一座现代化大都市，也沉淀着丰厚的历史文化。

供奉在"武侯祠"中的诸葛亮，是一位著名的政治家、军事家、诗人，杜甫在他的《蜀相》中说：

三顾频烦天下计，两朝开济老臣心。

出师未捷身先死，长使英雄泪满襟。

杜甫为避安史之乱，来到了成都。他在浣花溪畔盖了一座草堂，作为栖身之所。诗人一生创作了1400多首诗歌，他关心社稷江山，同情民间疾苦，受到了人们的爱戴。

在杜甫之后，成都出现了女诗人薛涛，她的故居就在望江公园的竹林中。她不但诗写得好，还发明了书写诗歌的彩色"薛涛笺"。旁边的这眼古井，就是薛涛制作五彩诗笺时留下的。

中国是诗歌的国度，在盛唐时期，唐诗已经登峰造极，而唐诗的领军人物就是四川人李白，被称为"诗仙"。杜甫虽出生于河南，但客居成都时期的作品，不但数量多，而且有强烈爱国主义和现代主义意义，被人誉为了"诗圣"。

到了宋代，词已达到了一个前所未有的高峰。出生在四川眉山的苏轼，就是词坛上的一颗光彩夺目的明星！

眉山的这座"三苏祠"中的雕像，就是苏轼和其弟弟苏辙、父亲苏洵。苏轼是一位集诗词、文章、书法、绘画、哲学、医药、美食、养生、水利于一身的奇才，也是文人从政的典范。他的粉丝众多，有帝王将相、学子士人，外国使节，以及耕者、织娘、樵夫，他的作品流传千年不衰。

2000年，法国《世界报》在评选1001—2000年世界级杰出人物活动时，共评出12位杰出人物，被称为"千年英雄"，苏东坡是唯一入选的中国人！

苏东坡第一次出川，是走的陆路，第二次出川，是走的水路。他曾在船上吟过一首七律：

船上看山如走马，倏忽过去数百群。
前山槎牙忽变态，后岭杂沓如惊奇。

重庆—武汉

长江凭借她特有的魅力，在她的经过之处，造就了众多的城市。长江支流的金沙江与岷江会合时，就成就了宜宾市；她与沱江汇合时，泸州市就诞生了。当她与嘉陵江汇合时，被称为山城的重庆，便屹立在长江之畔了！

重庆，是 3000 年前巴国的首府，隋代称她是渝州，北宋时为恭州，南宋时更名重庆。

其实，重庆就是一座山，山就是一座城。城里的建筑高高低低，错落有致，一条条街道纵横交错，轻轨车厢在大厦的森林中穿梭，过江的缆车往返于长江的上空。每到华灯初上，犹如从天际倾倒下万斛珍珠，将这座 600 万人口的城市装扮的流金溢彩，美轮美奂。

繁忙的朝天门码头，船舶如梭，人群如潮，见证了这座城市的前世今生。

生活在这座城市中的居民，永远都忘不了渣滓洞里那些威武不屈的革命者，面对敌人恐吓的和枪口，他们用一曲《绣红旗》，迎来了共和国最初的曙光！

重庆西北方向的大足石刻，已有千年的历史，5 万多尊摩崖石刻展示着各自的光彩。

卧佛崖下的水池中，有一双两米多长的足印，相传是一位卧佛升天时留下的足印！这也是大足县名的由来。

从重庆顺江而下，是长江与乌江交汇处的涪陵，这里就是榨菜的故乡。

在两江汇合的江水中，有一长约 1.5 公里的崖石，如同一只巨大的白鹤飘浮在江面上，这就是著名"白鹤梁"。"白鹤梁"有 14 条鱼形石刻，用来观测江水的水文。这是古代的水文站，上面还刻有自唐代至清代 1200 余年的水文资料。

位于长江北岸的丰都，弥漫着浓浓的迷信色彩，是全国唯一的一座"鬼城"。

过了忠县之后就看到著名的石宝寨了。传说，这是女娲补天炼五彩石时，留下来的一块奇石，犹如一方玉印，故又有玉印山之称。

万县是一座秀丽的古城，汉代称万州，清代改为万县，是川东的重要门户。

耸立在江畔半山腰上的张飞庙，琉璃彩墙，殿堂金碧辉煌。

张飞是蜀国的一位武将，在《三国演义》和一些影视作品中，将他刻画成作战勇猛、面相粗野、忠于情义、脾气暴躁的赳赳武夫！其实，张飞是一位文武双全的人才。史料上说"张飞，善画美人，擅草书"；"涪陵有张飞刁斗铭，其文字甚工，飞所书也。"在四川渠县的八蒙山上，张飞以石代纸，用丈八蛇矛刺凿一行大字：汉将飞，率精卒万人，破贼首张郃于八蒙山，立马勒铭。

原来，这才是历史上的张飞！

由于长江下游修建了葛洲大坝，张飞庙已淹进了江水之中。这座张飞庙是按照原庙的尺寸和原样，拆下庙中的砖石，易地而建的。庙中有颜其真、苏轼、黄庭坚、郑板桥等人的书画作品手迹，仍完好地保存下来了。

奉节城现有的古迹颇多。这座白帝城，因刘备出兵伐吴失败后，退兵白帝城，在这里将幼主刘禅和军国大事，托付给了丞相诸葛亮而名声大噪，也引来了李白、杜甫、白居易、刘禹锡、苏轼、陆游等文人墨客前来凭吊，留下脍炙人口的诗词文章。

假若长江是一首响彻云端的进行曲，那么，三峡就是最高亢激越、回味无穷的三个音节。

瞿塘峡、巫峡、西陵峡总称为长江三峡。

从重庆到宜昌600公里的江面上，落差达到140多米！联结起了四川的奉节、巫山和湖北的巴东、秭归、宜昌等五座城市，三峡控制着上游的来水，总量达到长江水量的50%！

从白帝城到巫山大溪的瞿塘峡，全长只有5公里，但两岸石壁陡峭，迫使着江水在狭窄的江面上通过，江水像失控野马，跳跃着、奔腾着、咆哮着，勇往直前，势不可挡，终于冲出了狭窄的峡口！

巫峡，西从巫山的大宁河口，东到湖北巴东县的官渡口，全长40公里。巫山的十二峰在云雾之中若隐若现。

"曾经沧海难为水，除却巫山不是云"。那座朝云暮雨的神女峰，相传是西王母的女儿瑶姬的化身。她邀约了12位仙女来到人间，帮助大禹治水，为长江的船只导航，受到了百姓们的爱戴。

毛泽东在《水调歌头·游泳》中赞道：更立西江石壁，截断巫山云雨，三峡出平湖。神女应无恙，当惊世界殊。

全长76公里的西陵峡在湖北省境内，她西起秭归的香溪河，东至宜昌市的南津关，全长76公里。驯服不羁的长江，在这里横冲直撞，肆无忌惮的野性令神惊鬼愁！江中的险滩暗礁，不知击碎了多少船只，卷走了多少船夫！

今天，一座长2561米、高70米的大坝，终于制服了野性十足的长江，将长江上游的水位抬高了20米，回水100多公里，形成了一个15亿立方米的水域，不但调节了长江水位，还具备了发电、泄洪、灌溉、游览观光的综合功能。

母亲河的长江，也孕育了多如繁星的优秀儿女。

美丽、善良的王昭君，就出生在湘西的香溪畔，她胆识高远，毅然出塞和亲，演绎了一段流传千载的佳话。

春秋时期的三闾大夫屈原，是一位忧国忧民、远见卓识的政治家，也是一位伟大的爱国诗人。坐落在香溪旁边的屈原祠，每天都接待着慕名而来的访问者。他的《离骚》《九章》等作品，已成为中华民族的文化瑰宝。

汨罗河上赛龙舟，就是人们为纪念这位诗人而举办悼念活动。这种形式已持续了2000多年。人们坚信，只要长江不竭，这种龙舟竞渡就会延续下去！

因为这是长江的骄傲，也是中华民族的骄傲！

长江出了三峡，到了荆州之后，便变得宽阔、柔和起来。

荆江南岸，便是800里洞庭湖，北岸，就是鱼米之乡的江汉平原。

在荆州古城，历史留下的遗迹随处可见。荆州，也是历代兵家必争之地，京剧《借荆州》，说的就是这座古城。

湖北当阳的玉泉寺、长坂坡，以及诸葛亮隐居的卧龙岗、襄阳的三顾堂等，依然在向后人诉说当年的故事。

提到荆州，就绕不开纪南城。纪南城曾是楚文化的中心，如今只剩下残存的断垣古砖。

这座从春秋到战国时期的古城，曾有20位楚王在这里建都，历史达410年之久！

古老的楚国已凝固成了一段历史，但楚文化已融进了博大精深的中国文化之中。

长江进入洞庭湖之后，接纳了湘江、资江、沅水、澧水等众多的河流，将中国的两个省份隔离起来，洞庭湖之南，是湖南，洞庭湖之北，是湖北。

岳阳楼是中国的三大名楼之一。公元221年，吴王孙权为了与蜀魏争雄天下，派大将鲁肃在洞庭湖操练水师，在湖边筑台阅兵，兼有瞭望之责。

到了唐代，镇守岳阳的张悦在阅兵台旧址上修建了这座岳阳楼，常与文人墨客们在楼上唱和。

宋代的滕子京贬谪湖南时，不但对旧楼进行了修整、重建，还请他的挚友、政治家、军事家、文学家范仲淹，写了一篇《岳阳楼记》。

岳阳楼二楼上的这篇《岳阳楼记》，全文只有360个字，文中不但描绘了洞庭湖的辽阔和秀丽，也抒发了他以天下为己任的胸襟，"先天下之乐而乐，后天下之忧而忧"的名句，已成为历代仁人志士们的座右铭。

站在岳阳楼上远眺，在水天一色的碧波中，隐约能看到一座小岛，那就是名声远播的君山。唐代诗人刘禹锡为这座小岛写过一首七言绝句：

湖光秋月两相和，潭面无风镜未磨。
遥望洞庭山水翠，白银盘里一青螺。

君山虽小，却承载了太多的故事：

舜帝的两个妃子，得知在南方巡察的舜帝去世后，非常悲伤。二人前往吊唁走到君山时，受水所阻无法前行，悲痛欲绝，坐在竹林痛哭起来。她们的泪变成了血滴，斑斑点点地洒在了竹子上，这便是斑竹的来历。

二妃投水自尽后，人们在岛上为她们修起了这座二妃庙。

岛上还有一眼柳毅井，这眼井与神话"柳毅传书"有关。

张家界，群峰拔地而起，直插云霄，山势奇特而险峻，峰顶上松青枫丹，是湖南著名的风景区。

一条弯弯的浏阳河，旁边就是韶山冲。在翠竹环绕的山脚下，数间简朴无华的农舍，每天都迎接着前来瞻仰的人群。

屹立在橘子洲上的一巨型石雕，诠释着风起云涌的时代特征，也展示着一位伟人当年的风采。

离开洞庭湖后，长江便进入了洪湖，湖中的万朵荷花争相绽放，湖面上荡漾着"洪湖水，浪打浪"的优美歌声，歌声唱出了洪湖赤卫队战士们的心声。

过了洪湖之后，长江便进入了蒲圻境内。在长江岸边的石壁上，刻着"赤壁"两个大字，这就是当年赤壁大战的古战场。

其实，在湖北境内有五处赤壁，除蒲圻的赤壁外，沿江而下还有汉川赤壁、汉阳赤壁、武昌赤壁和黄州赤壁。

从史料上看，中间的三个赤壁基本上排除了古战场的范围。人们争论的焦点是，历史上的这场大战，是发生在蒲圻的赤壁？还是发生在黄州的赤壁？大多数人认为，当年的赤壁之战，就发生在蒲圻的赤壁，并有历史遗迹和史料为证。也有人认为，赤壁之战发生在黄州的赤壁，他们的证人、证词，就是著名的苏东坡。

诗人苏东坡在他的《念奴娇·赤壁怀古》中说："大江东去，浪淘尽千古风流人物，故垒石边，人道是，三国周郎赤壁，乱石穿空，惊涛拍岸，卷起千堆雪，江山如画，一时多少豪杰。"

苏东坡贬居黄州四年，对黄州产生了浓厚兴趣，还在黄州的东坡上开荒种田，也交了不少朋友。其实他也知道赤壁之战的古战场不在黄州，所以，便在这首词中玩个点文字游戏："人道是，三国周郎赤壁。"

"人道是"，也就是听别人说的。他既不否定蒲圻的赤壁，也不肯定黄州的赤壁。蒲圻人满意了，黄州人也挺高兴，所以才有后来的文武赤壁之说：蒲圻的赤壁是武赤壁，黄州的赤壁是文赤壁！

长江到了鹦鹉洲之后，便看到了长江两岸的龟蛇二山了。

横跨在龟蛇二山之间的长江大桥，是万里长江上第一座钢铁大桥，从此，这座由武昌、阳阳、汉口组成的三镇、被视为九省通衢的大武汉，便迎来了新的发展机遇。今天，她也成了长江中游的政治、经济、文化中心。

自远方而来的汉江，也在这里汇入了长江。

站立在长江南岸的黄鹤楼，见证了这座城市的历史进程，旁边的这座红楼，就是辛亥革命纪念馆。

1898 年的武昌起义，打响了武装革命的第一枪！革命党人一举推翻了清王朝 260 年的统治，也彻底结束了已有 2600 余年的封建帝制，揭开了中国历史的新篇章。

人们为了纪念在起义前夕牺牲的彭楚藩、刘复基、杨洪胜三位革命烈士，已将武昌的一条大道命名为彭刘杨路。

唐代诗人在崔颢初登黄鹤时，他触景生情，写下了一首《黄鹤楼》：

昔人已乘黄鹤去，此地空余黄鹤楼。

黄鹤一去不复返，白云千载空悠悠。

晴川历历汉阳树，芳草萋萋鹦鹉洲。

日暮乡关何处是？烟波江上使人愁。

与黄鹤楼隔江相望的，就是龟山旁边的古琴台。

春秋时期，音乐家俞伯牙在这里弹琴时，引来了以砍柴为业的钟子期，他听懂了琴声里高山流水的意境，二人遂成为知音之交，并约定了来年再见的时间。后来钟子期去世了，俞伯牙毁琴断弦，以谢自己的这位知音。高山流水识知音的故事，仍然被后人广为传颂。

武昌的这座中式的建筑，就是当年的中国农民运动讲习所的旧址，毛泽东曾在这里播下的革命的火种，终于在华夏大地上形成了星火燎原之势。

武汉—南京

顺江而下，便到了鄂州市。

鄂，是湖北的简称，不知是否与这座古城有关？

春秋时期，有鄂国，今天，在鄂州旁边的金牛镇，考古工作者正在挖掘一座鄂王城。

鄂州有百湖之称，这里盛产鳊鱼，也叫武昌鱼。因肉嫩鲜美，颇受人们喜爱。

梁子湖是鳊鱼的母亲湖，成鱼由长江逆流 90 里长港，在梁子湖产卵，第二年，幼鱼在春季经长港游入长江，周而复始。

公元 221 年，吴王孙权由公安迁至鄂县，取"以武而昌"之义，将鄂县更名武昌，并在这里告天称帝，武昌城便成了吴国的都城。

为了加强都城的政治、经济、军事实力，孙权下令，从东吴的大本营建业（今南京）迁民千户到武昌，迁来的都是东吴的氏族大家，还有冶炼、陶瓷、造船等行业的能工巧匠。

建业的权贵阶层抵制他的迁民政策。当时的街头巷尾传唱着一首民谣：

> 宁饮建业水，不食武昌鱼。
> 宁还建业死，不止武昌居。

到了 229 年，孙权终于将都城迁回了建业，武昌便成了吴国的陪都。

今天的长江岸边，不但有他的雕像，还有避暑宫、钓鱼台等遗迹。在西山之巅，还有一立一卧两块试剑石，相传是他试剑时挥剑劈开的！

吴王钓鱼台是中国十大古钓台之一，在钓鱼台下游的波涛之中，还有一座古香古色的建筑——观音阁，这座悬于江心的观音阁，被称为万里长江第一阁。

与观音阁隔江相望的，就是黄州的东坡赤壁。

宋神宋元年（1080年），苏轼在"乌台诗案"之后，被谪为黄州团练副使。他在这里留下了大量诗词和书法作品，除《念奴娇·赤壁怀古》之外，还创作了《赤壁赋》和《后赤壁赋》等脍炙人口的优秀作品。他贬居黄州四年，住在长江岸边，为了生计，曾在东坡上开垦荒地，自号"东坡居士"。

苏东坡谪居黄州时曾百余次乘船渡江来到鄂州，访友问禅，登临西山，留下许多诗词和书画作品。他曾说过："若问平生功业，黄州、惠州、儋州。"可见他对黄州的感情了。

在黄州赤壁的"二赋堂"前，吟哦他的作品，一定是一种文学和艺术的享受。

距黄州不足百里的红安、麻城是当年黄麻起义的地方，从那里的战火硝烟中走出了260多位将军。烈士纪念碑下的杜鹃花，就是革命战士们的鲜血染红的。

沿赤壁顺江东去，便是钢城黄石市的西塞山，一到这里，就会想起古代诗人张志和的那首流传颇广的《渔歌子》。

> 西塞山前白鹭飞，桃花流水鳜鱼肥。
> 青箬笠，绿蓑衣，斜风细雨不须归。

诗人仅仅用了28个字，不但写了山、水、白鹭和鳜鱼，还写了风、雨和悠然自得的钓者，勾勒出了一幅令人陶醉的画面。

过了西塞山，就到了九江市，也就是白居易在《长恨歌》中提到的浔阳江头。中国最大的淡水湖鄱阳湖，在她旁边等待汇入长江。

1000余米高的庐山从江岸上拔地而起，山中的云雾如一层薄纱，在石峰之间千姿百态的袅绕看。遍布山中的飞瀑流泉，又为庐山增添了诱人的景致。山峰，如神如仙，狭谷，似梦似幻，诗人李白登临香炉峰时，写下了：

日照香炉生紫烟，遥看瀑布挂前川。

飞流直下三千尺，疑是银河落九天。

苏轼当年去探访白鹿调书院时，也写过一首诗：

横看成岭侧成峰，远近高低各不同。

不识庐山真面目，只缘身在此山中。

出生在庐山脚下的晋代诗人陶渊明，以一篇《桃花源记》而闻名天下。他不为五斗米折腰辞官归隐田园，凸现了文人的风骨。濯缨池中这块巨石上，就刻着他的那篇《归去来铭》。

鄱阳湖，又称澎湖，是中国第一大淡水湖。湖面上浩瀚无垠，帆影点点，这既是江西省的鱼米之乡，也是野生候鸟的必经之地。

在鄱阳湖与长江的汇流处，有一座孤零零的山峰耸立在奔腾的汇流之中，这就是著名的石钟山。

过了石钟山，便离中国瓷都景德镇不远了。

景德镇的陶瓷工艺可追溯到2000年前的汉代，人们在这里发现了陶土，陶瓷业便随之发展起来了，窑工们发明了高温度烧制瓷器的技术后，便烧出了著名的青花瓷。

由青花瓷发展到白瓷彩绘，是中国瓷器的一大特色。这些精美的瓷器不但引来了欧洲等地的商人前来购买，郑和七下西洋时，也将众多的景德镇瓷器带到了海外。外国人不仅从丝绸之路上了解了中国，也从景德镇的瓷器认识了中国。

到了元、明、清三代，景德镇的制瓷业，发展到了一个新的阶段，当时专供帝王、宫廷的官窑已有50多座，更多的瓷器是众多的民窑烧制出来的！

改革开放以来，景德镇的制瓷业已经迈上了一个新的台阶，全市已有20多家大、中型现代化瓷厂，占全国总产量的20%！

景德镇生产的落胎瓷，薄如纸，白如玉，明如镜，声如磬，上面的各色釉彩鲜明、艳丽，是精美绝伦的艺术品。这是景德镇的骄傲，也是民族文化的瑰宝。

南昌是一座英雄城市，当年南昌起义的枪声，震惊中外，诞生了一支光荣的红色队伍，八一军旗在南昌城头猎猎飘扬。

与庐山相邻的井冈山，青松翠竹还记得井冈山儿女报名参军的誓言；黄洋界上的石碑忘不了红军战士反围剿战斗的矫健身影。

长江流入安徽青阳县境内，就看到了耸入云的九华山了。

九华山和四川的峨眉山，山西的五台山、浙江的普陀山一样，是佛教的四大圣地之一，供奉着地藏菩萨。

九华山的寺庙众多，鼎盛时期达1000多座！现在仍有78座。

在百岁宫里，供奉着无暇和尚的肉身。据说，无瑕和尚在山上修行了100多年，他活到126岁时，坐化在一个山洞中，三年后才被发现，认为他是活佛转世，便将他们遗体装金供奉起来。现在已有350年的历史了，但肉身仍然不腐，堪称奇迹！

沿着拜经台的石阶，便可登上九华山的山顶——天台。

天台上建有一座五层高的万佛寺，大殿的木梁上雕着一万尊栩栩如生的佛像，故名万佛寺。

黄山是集泰山之雄、华山之险，衡山之秀，恒山之奇于一身的一座名山，这正如著名旅行家徐霞客说的"五岳归来不看山，黄山归来不看岳"。黄山是国内的名山之冠。

黄山坐落在安徽歙县境内，面积1200平方公里，山高达1860公尺，中有七十二峰，峰峰形态不同。其中的天都峰，常年被云雾环绕着，抬头望去，似伸手可摸到蓝天，令人生畏。若想登上天都峰，须沿着在笔徒石壁上凿出的一道道石阶，双手还要紧紧握着身边铁索，头上是飘动的云彩，脚下是万丈深渊，每向上走一步，都是对勇气和意志的考验。也正因为如此，才能体验到登临黄山的真谛。

黄山的松，千姿百态。有的站在悬崖之上，有的长在绝壁之下，有的根植于石缝之中，也有的立在山径旁边。它们的躯干如铁，老枝如虬，显示出顽强的生命力。那棵著名的迎客松犹如一位老者，他伸出手臂，正在迎候着登山的客人。

莲花峰是黄山的主峰，它宛若一朵将开未开的莲花。

飞来峰像从远方飞来的一座山峰，悬置在另一座山峰上，远远望去又像一只硕大的桃子，所以也叫仙桃峰。

当长江抵达了石头城，也就到了虎踞龙盘的南京了。

这座被称为六朝古都的城池，自东吴以来，先后有东晋以及南朝的宋、齐、梁、陈等，都曾在这里建过都城。

现在的南京城，修建于明朝初年，城墙长达 37 公里，是一座中国乃至世界保存完好的古城。

北京紫禁城的皇宫，就是依照南京的故宫仿建起来的。

城里的夫子庙，是古代科举考试的考场，它的对面就是著名的街巷——乌龙巷。当年吴王孙取定都南京之后，他的禁军就驻扎在这里，因将士皆着黑衣，故名乌衣巷。

也有的说，东晋时期王导和谢安两大家族住在这条巷子时，其子弟们皆穿黑色服装，被时人称为乌衣巷。

从乌衣巷里走出来的王羲之，在兰亭写的《兰亭集序》，被称天下第一行书。他的《快雪时晴》帖，被清代乾隆列入《三希堂》之宝，另"两希"则是其子王献之的《鸭头帖》和王导之孙王珣的《伯远帖》。

唐代诗人刘禹锡曾写过一首诗《乌衣巷》：

> 朱雀桥边野草花，乌衣巷口夕阳斜。
> 旧时王谢堂前燕，飞入寻常百姓家。

李白出川后，游览了沿江两岸的名山大川和城池古刹之后，他多日流连金陵，还写了一首《金陵》：

> 地拥金陵势，城回江水流。
> 当时百万户，夹道起朱楼。
> 亡国生春草，离宫没古丘。
> 空馀后湖月，波上对江洲。

诗句凝练，脍炙人口，勾勒出了金陵的山川和六朝都城的繁华，叹息了眼前的衰败和苍凉，只剩下了后湖的明月，依然照看着水中的瀛洲罢了。

金陵的魅力，引来了历代数不清的诗家。晚唐时期的杜牧，在一个烟月朦胧的夜晚，泊船于秦淮河畔，听了对岸酒楼上歌女唱的南唐李后主李煜的《玉树后庭花》，他借古讽今，吟哦了一首《泊秦淮》：

烟笼寒水月笼沙，夜泊秦淮近酒家。
商女不知亡国恨，隔江犹唱后庭花。

一代名相王安石，既是杰出的政治家、军事家、思想家，也是"唐宋八大家"之一的伟大诗人和文学家，他晚年住在金陵，写了一首《桂枝香·金陵怀古》。这是一首笔力峭劲、气势非凡的传世之作，上阕主要描绘了金陵的秀丽江山，下阕则感慨六朝的兴亡。这是同一时期30多位诗人所写《金陵怀古》中最佳的一首：

登临送目，正故国晚秋，天气初肃。千里澄江似练，翠峰如簇。归帆去棹残阳里，背西风、酒旗斜矗。彩舟云淡，星河鹭起，画图难足。

念往昔，繁华竞逐，叹门外楼头，悲恨相续。千古凭高对此，谩嗟荣辱。六朝旧事随流水，但寒烟、衰草凝绿。至今商女，时时犹唱后庭遗曲。

一段残存的古城城墙后面，就是南京的中山陵，中华民国临时大总统孙中山先生，就长眠在这里。每天都有中外人士前往瞻仰。

南京也是太平天国的都城。我国最大规模的农民革命运动，在南京城里留下了天王府、西花园、石坊等遗迹，正默默地向游人叙述着太平天国的兴起和衰亡。

南京的雨花台，松竹拥簇，百花争艳，这里的每块石头，都留下了革命烈士的忠贞。

1949年4月的长江江面上，万船竞发。中国人民解放军的百万大军，高唱着战歌渡过了长江，在总统府上升起了胜利的红旗！这座古城终于得到了解放，继而迎来了中华人民共和国的诞生！

南京—上海

长江过了瓜洲古渡之后，便到了文化古城扬州。

扬州得益于两条河流，一条是自西而来的万里长江，另一条就是独一无二的人士大运河。春秋战国时期的吴王夫差，为了与齐国争夺中原霸主，便在扬州开挖了邗沟，修成了邗城。这条邗沟就是早期的大运河工程。

隋炀帝举全国之力，开凿了这条 1794 公里的人工大运河，大运河从北京经四个省份，沟通了五大水系，一直通到了杭州，可谓是古代水利工程的经典杰作。

大运河通航之后，不但为扬州源源不断的积累了财富，也带来了扬州的城市文明。隋炀帝在这里修建了众多的宫殿楼台，历代还出现了梅花书院、敬亭书院、虹桥书院、少陵书院等著名的书院。为扬州的文化、教育事业奠定了厚实的基础。

扬州，是古代粮、盐、铁的重要产地和积散地，那里的盐商巨贾富可敌国，他们也建造了众多园林景观。扬州的瘦西湖，其山其水不但具有南方之秀，也兼北方之雄，风韵独特；建在瘦西湖上的二十四桥，她一身素装，跨在碧波荡漾的湖面上她也是一个解不开的谜团，人们不远千里慕名而来，一是想探秘她的前世今生，二是近距离的欣赏她的倩影芳容。唐代诗人杜牧写的《寄扬州韩绰判官》，使二十四桥的名声闻名遐迩：

青山隐隐水迢迢，秋尽江南草未凋。

二十四桥明月夜，玉人何处教吹箫。

唐代的鉴真和尚，是扬州大明寺的住持，他应日本高僧的邀请，去日本讲经，于天宝二年开始，先后六次渡海，前五次均因海上风浪太大而失败，当他 66 岁时，虽然已双目失明，但仍登上了东渡的航船，终于到达了日本，在日本传授佛教的同时，也传播中国文化，为推动中日文化交流做出了历史贡献。

扬州也为我国的艺术发展提供了生存和发展土壤。在清代前期，有一群艺术家活跃在扬州的画坛上，其中就有王士祯、李鲜、金农、黄慎、高阳、郑燮、李才膺、罗聘等丹青高手，被人称为"扬州八怪"。"扬州八怪纪念馆"就是为他们所建。

"扬州八怪"的郑燮（郑板桥）喜竹爱竹也画竹，他笔下的竹子不拘古法，简洁清瘦，自成一体。他在《题松竹园》中写道：

磊磊一块玉，疏疏两枝竹。

佳趣少人知，幽静在空谷。

瘦西湖的白塔，建于清乾隆年间，她就是模仿北京北海公园中的喇嘛塔修建的。

长江到了镇江之后，江面宽阔而平稳，长江在这里造就的长江三角洲公园，是一幅山清水秀的巨幅画面。

江心岛上的江心寺，是一座已有1500余年的佛教古刹，传说江心寺的宝塔下面有两个空洞：法海洞和白龙洞。古塔建在金山的最高处，《白蛇传》中水漫金山的故事，就发生在这里。

镇江江边上的北固山，分为前峰，中峰和后峰三个部分，南宋时间的辛弃疾，既是一位抗金的民族英雄，也是一位爱国诗人，他在这里写下了著名的《永遇乐·京口北固亭怀古》：

千古江山，英雄无觅，孙仲谋处。舞榭歌台，风流总被，雨打风吹去。斜阳草树，寻常巷陌，人道寄奴曾住。想当年，金戈铁马，气吞万里如虎。

元嘉草草，封狼居胥，赢得仓皇北顾。四十三年，望中犹记，烽火扬州路。可堪回首，佛狸祠下，一片神鸦社鼓。凭谁问：廉颇老矣，尚能饭否？

镇江的甘露寺，就是孙权招亲的见证者。当年，孙权本想以美人计骗刘备过江招亲，谁知诸葛亮便来了个假戏真唱，而孙权的母亲吴国太又一眼看中了刘备，决定将女儿孙尚香嫁给他，最终孙权终于抱得美人归！

焦山上的这座寺庙，在一片碧波中时隐时现，宛若一块翠绿的碧玉，所以也叫浮绿山。

太湖与洞庭湖一样，她横跨江苏、浙江两个省份，面积2330多平方公里，是我国五大淡水湖之一，风光迷人，物产丰富，是著名的鱼米之乡。

太湖北临无锡，南抵湖州，西有宜兴，东靠苏州，是名副其实的水乡泽国，湖中出产的银鱼，是餐桌上的美食佳肴，受到了人们的青睐。

无锡历史悠久，相传西周国君之子季历，曾将都城建在这里，算来已有3000余年了。

无锡的"天下第二泉"名播天下。坐在惠山的梅林里听瞎子阿炳的《二泉映月》，悠远、缠绵的琴声，犹若听见了从云端飘来的天籁之音。

古香古色的蠡园，不知是不是范蠡和西施留下来的遗迹？

当年，范蠡虽然帮助越王勾践灭了吴国，但他知道勾践是位只可共苦不可同甘的人，为了保护自己和西施，二人在太湖中泛舟之后，再经湖入海，到了北方的齐鲁大地，他隐名埋姓，自号陶朱公，成为巨富后又将财富散发百姓。

这位被称为商祖的楚人，最后不知其所终。

长江，离开无锡之后，便到了"上有天堂，下有苏杭"的苏州了。

苏州，既是一幅墨气淋漓的水墨丹青，也是一首回味无穷的诗词歌赋。

苏州别称吴门，她自古以来就是江南的秀美之地，也是人文荟萃之处。在夏商时期，周太王长子秦伯、次子冲雍逃到了这里，在此立勾吴小国，这就是苏州称吴的开始。

公元514年，吴王阖闾在这里修筑了吴大都，即苏州的前身。秦王嬴政统一中国后实行郡县制，这里称吴县。后人也将她称为吴国、吴郡。

因苏州的河流众多，所以大大小小的桥梁遍布全境。唐代诗人杜荀鹤曾写过一首《送人游吴》：

> 君到姑苏见，人家尽枕河。
> 古宫闲地少，水港小桥多。

掀开苏州历史，能看到一大串思想家、经学家、史学家、文学家、书画家、藏书家的名字，被称为"江南四大才子"的文徵明、唐寅、祝允明、徐桢卿等人的艺术成就和传说故事，造就了苏州不可复制的文化现象；写在中国文学史上的"三言""二拍"等作品，其作者也是苏州人。

只有40多米高的虎丘山上，矗立着斜而未倒的虎丘古塔，远远看去，虎丘山就像一只卧在平地上的老虎，山上的古塔，就是这只卧虎的尾巴！虎丘古塔已成了苏州标志性的历史建筑。

据说，当年的吴王僚被刺客刺死后，就葬在了这座虎丘塔下，下葬时同时埋入地下的，还有他珍爱的千口宝剑！山下有块千人石，传说，吴王夫差曾在这里宴请造墓工匠，宴后，他下令将1000余匠人全部戮杀于此！

据史料上说，刺杀吴王的刺客叫专诸，他受伍子胥指派，扮成厨师，还专门学会了炙鱼厨艺。吴王特别喜爱炙鱼，刺客将一柄鱼肠短剑藏在了炙鱼的鱼腹中。他经过了吴王卫士们严格检查后，终于进入了宴会大厅，待托着炙鱼走到吴王面前时，突然从鱼腹中抽出了鱼肠剑，猛地刺向了吴王前胸！

刺死了吴王僚后，专诸也被吴王的卫士当场杀死了！

苏州的寒山寺，比邻枫桥，地处在运河之畔，得天独厚。这座宏丽巍峨的宝刹卓然雄踞，成为南来北往游人的游览圣地。

寒山寺建于南北朝时期的梁武帝，距今已有 1500 余年。梁武帝是虔诚的佛教信徒，他大力兴建寺院，佛教盛行，佛寺遍布吴中。唐代诗人曾有"南朝四百八十寺，多少楼台烟雨中"的描写。这座寒山寺，就是其中的佼佼者。

寒山寺门前的照壁上，书有"寒山古寺"四个大字。

距寒水寺不远处，就是著名的枫桥，当年，曾有众多船只停泊在枫桥旁边，唐人张继在他的《枫桥夜泊》中写道：

> 月落乌啼霜满天，江枫渔火对愁眠。
> 姑苏城外寒山寺，夜半钟声到客船。

张继的这首七绝，不但成就了古老的枫桥，也令寒山寺名声大噪，享誉海内外。

苏州的园林曾有一千余处，其中以拙政园、网狮园等为代表。园林中三步一景，五步一趣，曲径通幽，叠山玲珑，轩斋古朴，充满了传统文化的诗情画意。

与苏州遥相呼应的杭州，由古老的大运河联结在了一起。

杭州的西湖，在苏东坡的眼里，她就是典型的江南女儿：

> 水光潋艳晴方好，山色空蒙雨亦奇。
> 欲把西湖比西子，淡妆浓抹总相宜。

白居易任杭州太守时，为改善西湖水质曾在湖上修了一条长堤，被人称为白堤。

苏东坡首度在杭州任职时，为治理水患和保护西湖，他筑起了一道南北长达 10 余里的苏堤。

苏堤春晓、雷峰夕照、南屏晚钟、三潭印月等西湖十景，已成了西湖风光的经典。

六和塔、保俶塔、雷峰塔，以及灵隐寺袅绕不散的青烟，自诩"梅妻鹤子"的诗人林和靖他的放鹤亭，以及民族英雄岳飞的岳庙，都是杭州可圈可点的风景名胜。

西湖小瀛洲上的那副楹联，恰到好处地概括了西湖的鲜明个性：

上联是：

四面荷花三面柳

下联是：

一城山水半城湖

上海，是坐落在黄浦江畔的一座国际化大都市，这里也是著名的国际金融中心。

黄浦江从东太湖出发，汇集了浙江北部的河流在这里与苏州河汇合后，便后浪推前浪地向东海奔去。她将一路上携带大量泥沙，为上海送来了一座 1300 平方公里崇明岛，而后便高擎着千万朵洁白浪花，毫不犹豫地扑向了浩瀚无际的大海，终于获得了永恒的生命活力。

上海曾经是西方冒险家的乐园，今天，这座崭新的城市已焕发了新的青春。城区的总人口 2180 万人，总面积达到了 2460 万平方公里。社会总产值达 27460 多万亿元。在老城区欧美和日本留下的建筑群中，有一座古典建筑鹤立鸡群，引人注目，这就是豫园，也就是深受人们喜爱的老城隍庙，每天都有无数游人来这里参观、游览。

上海的南京路，是货真价实的十里洋场。

江南造船厂正在打造远洋巨轮；上海十六铺砖头停泊着众多船舶，上海保税区，上海高新科技园，以及繁忙的悬浮列车，正在展示着上海日新月异的巨大而又深刻的变化。

……

上海，也是中国共产党的诞生地。

停泊在南湖的那艘红船，正在向人们讲述着当年岁月的风云。

上海，是长江的骄傲，

上海，也是中华民族的骄傲！

第五辑

乡愁如酒

古都闻韶

早就听说过孔子问韶的故事，但一直不知道"韶"是歌还是舞？它到底有怎样的魅力而令孔子听后"三月不知肉味"？

史籍上说，孔子问韶于齐都，齐都即今天的临淄，他是在齐都的何处问韶呢？友人告诉我，在古都城东的韶园村里，有一方"孔子问韶处"的石碑。我喜出望外，便随他前往寻找。

已有 2000 多年历史的齐都古城，当年的韶乐曾令天下倾倒。《韶》《大韶》《九韶》《箫韶》《韶箭》等都是韶乐的精华。孔子于公元前 517 年到了齐国，曾耳闻目睹了韶乐的演奏盛况，这位被后世称为圣人的孔子，竟然心醉神迷，发出了"不图为乐之至于斯也"的感慨，大赞是"尽美矣，又尽善也"！

韶乐是古老的乐曲，当时演奏的场景已无法再现，仅从一些史料的片段文字中知道，演奏时，编钟、编磬为之引导，琴瑟管箫为之伴奏，筑竽匏为之和声。"金石以动之，丝竹以行之，诗以道之，歌以咏之，匏以宣之，瓦以赞之，革木以节之"。齐康王尤喜万人之舞，歌舞者"食必粱肉，衣必文绣"。从中可以想象演奏韶乐时是何其壮观了！

当时齐国的一些卿相重臣中也有一些通音律、善歌舞的行家里手，管仲在囚车上还教士兵们唱歌，他提出了科学的音乐定律：三分损益法。晏婴除对韶乐有很高的理论修养，他为了劝谏齐景公免除百姓们的徭役，甚至在宴席之上边歌边舞边泣，终于打动了君王。

在韶乐风行的齐国，还发生过一个十分幽默的小插曲：齐宣王喜爱听300 人合奏吹竽，而后来的齐闵王爱听吹竽独奏，于是便有了"滥竽充数"这个典故。

由于岁月久远，史料佚失，孔子问韶之处的遗址已毁，虽然有不少人前往寻找过，但都未果。在去韶园村的途中，友人告诉我说，当年孔子到齐国问韶时，还收集了不少齐国民歌，他和他的弟子整理的《诗经》中，就有 11 首，其中大都是爱情诗和狩猎诗。他还吟哦了一首《齐风·鸡鸣》："鸡既鸣矣，朝既盈矣。匪鸡则鸣，苍蝇之声。东方明矣，朝既昌矣。匪东方则明，月出之光。虫飞薨薨，甘与子同梦。会且归矣。无庶予子憎。"

这首诗描绘了一个十分动人的场景：在静谧的夜晚，一对年轻恋人正在房中幽会。时间过得太快了，女子催促男子离开，对他说，鸡已叫了，天快亮了。男子说：那不是鸡叫，是苍蝇的声音。女子说：东方已经明了，太阳快要出来了。男子说：那不是太阳，那是月光。女子又说：要真是苍蝇的声音，我愿与你同在梦中，你还是快走吧，可别让人讨厌你呀！诗中语言率直，形象朴实，一催一答，妙趣横生。

我问他，《诗经》是儒家的四书五经之一，孔子为何会选这么多的爱情诗呢？友人笑着说道，圣人也是食人间烟火的凡人嘛！

我们终于到了韶园村，在一所学校的墙上，看到了一方石碑，上面刻着"孔子问韶处"五个古朴的大字。其实，这也不是原碑。

当地县志载，清嘉庆年间，枣园村有位村民掘地时，掘得了一方石碑，上刻"孔子问韶处"，后又掘出了石磬数枚。村中父老们非常激动，便将枣园村易名为韶园村了。到了宣统年间，不知什么原因，古碑又失踪了！村民们恐此古迹湮没，于1911年又刻了这一方石碑，上面仍刻"孔子问韶处"五个字。1982年，政府拨出经费，将此碑嵌于墙上，并增置了《乐舞图》和孔子在齐国问韶的文字记述。

我想，当年村民们掘得的"孔子问韶处"石碑，是何人何时所留已无法考究。但它是一页活生生的历史，世上绝无仅有，珍贵至极！

我还想，当年的那方古碑为何会失踪了呢？是天灾所致？还是兵火所致？不过，我也相信，也许某一天，在某个地方，那方"孔子问韶处"古碑，会重现人世！

我期盼着，也祈祷着。

走在福山路上

青岛是一座美到极致的城市，有人羡慕她的"红瓦、绿树、白云、蓝天"，有人喜爱她海岸上拔地而起的现代化楼宇，有人迷恋她童话般的欧式建筑，有人羡慕她是全国历史文化名城……我认为这都名副其实。但青岛有一条既老又旧的道路——福州路，蕴藏着另一种大美——一些文学巨匠们在那里留下了一笔丰厚的文学遗产，值得后人挖掘、继承。

我沿着由青石块砌成的路面缓缓而行，刚走到福山支路 5 号时，见大门旁边的石头墙上嵌着一块铭牌：康有为故居。

这里原是德国人占领青岛时为他们的总督建造的一座别墅，称为"旧提督楼"。当年，曾联合 1800 百名举人集会、公车上书、还写了《上清帝书》的"戊戌变法"领军人物康有为，在变法失败后遭到清廷的通缉，逃亡海外 16 年，归国后花 40 块大洋买下了这栋别墅，更名为"天游园"。1927年，刚刚过了 70 岁生日的康有为，赴广东同乡会在"英记酒楼"的宴请，席间，他腹部忽然剧痛，痛得他在地上打滚！经德、日医生诊断为食物中毒。次日夜间，他七孔流血而死！死后葬在郊外的枣儿山上。后来，其弟子刘海粟将他移葬青岛大学旁边的茅山，还重新撰写了墓志铭：公生南海，归之黄海……文章功业，彪炳千秋。

虽然是旅游季节，但路上行人并不多，周围有些冷清。福州路上的欧式房子虽然样式各异，高矮不一，但院墙大都是花岗岩砌成的，墙上爬满了爬山虎。石块砌成的路面，经过数代人的踩踏，早已经光溜溜的，走在上面，有一种岁月留下的沧桑感。春季多海雾，刚才还是瓦蓝的天空，不知什么时候蒙上了一团乳白色的大雾，路两边的房舍和石板路都变得模糊起来，路上的行人在雾中时隐时现，好像是在与我捉迷藏。

刚刚走到福山路 1 号，我就看到了墙上的铭牌：洪深故居。

当年，他接替了梁实秋，在山东大学任中文系主任兼大学图书馆长时，李云鹤和沈从文的夫人张兆和是图书馆里的管理员。洪深在美国学的是戏剧，在教学之余，他在大学里导演、演出了话剧《少奶奶的扇子》（即《寄生草》），引起了轰动。他还与老舍、王统照、孟超、吴伯箫、臧克家、刘西蒙、杜宇、王亚平等12人，创办了文学刊物《避暑录话》；杜宇是《青岛民报》的总编，《避暑录话》随报纸分发给读者。

洪深的父亲是民国初年内务部秘书，为避难到了德国人统治下的青岛，在市区的湖南路上建有住宅，又在崂山的南九水村旁边建了一座别墅，取名"观川台"。在清华大学读书的洪深，每逢寒暑假便来青岛住一段日子。日本帝国主义强占青岛之后，强行没收了观川台，开了一家日本料理店。洪深将青岛先后被德、日侵略者占领的事实，结合自家的经历，创作了散文《我的失地》，发表在上海的《太白》月刊上，不久又改编成了电影文学剧本《劫后桃花》，发表在《文学》的新年号上。这是中国第一部电影文学剧本，上海的明星电影公司不惜耗巨资拍摄，导演、摄影、演员阵容强大，胡蝶主演女一号，被列为"特级巨片"，在中国电影史上占有重要地位，洪深也被誉为"中国电影第一人"。

与洪深故居相邻的，是中国著名女作家苏雪林的故居。1935年，她在青岛避暑时，就住在福山路2号的这栋西式老房子里。在这里，她写下了散文《福山路印象》。

福山路3号是沈从文的故居。他原在上海的中国公学教书，1931年初，经新月派诗人徐志摩推荐，受聘为山东大学讲师，主讲《小说史》和《散文写作》等课程。他在这里撰写了《论丁玲女士》《记胡也频》《从文自传》等长篇传记，还在这里收获了他苦苦追求的爱情。那部具有国际影响的长篇小说《边城》，就是构思于青岛、在北京写出来的。他说，1933年，他和张兆和在崂山的溪边洗手时，"看见对面站着一个穿孝服的姑娘"，这个姑娘就成了《边城》中翠翠的一部分。

沈从文认为，他在青岛居住期间，是他一生工作能力最旺盛、文字也比较成熟的时期，"我的住处已由干燥的北京移到明朗华丽的海边。海既那么宽泛，无边无际，我对人生远景凝眸的机会便较多了些。海边既然那么寂寞，更加培养了我的孤独的心情，海放大了我的感情与希望，且放大了我的人格。"

巴金应沈从文之邀来青岛时，沈从文将他的房间让给巴金居住，以便让他"可以安静地写文章，也可以无拘无束地在樱花村里散步"，巴金的小说《爱》，就是在这里写出来的。

山东大学校长成仿吾，住在福山路 15 号的一幢不大的房子里⋯⋯

雾更浓了，路两边的房舍和墙上的铭牌，都被大雾遮住了。不过，还能听到行人的脚步声和他们的谈笑声。我想，若在当年的岁月里，你也许会与闻一多、梁实秋、王统照、杨震声、老舍、郁达夫、吴伯箫、臧克家、王亚平、游国恩、卞之琳等文坛大家们，在这条路上不期而遇，听他们谈论文学；还会与萧军、萧红、方令孺、崔嵬、端木蕻良等前辈们擦肩而过；或目送他们一边走，一边为自己的作品打着腹稿⋯⋯

我在青岛生活时，就住在山东大学（今中国海洋大学）附近，经常路过福山路；与家人或朋友去汇泉海水浴场游泳时，必定经过福山路口；有时，我也会在这条没有车辆的路上悠悠漫步，当时并未感到有什么特殊之处。当我在外边闯荡了五十多年之后，再走到福山路时，便感到了一种强烈的震荡。

青岛，是青春之岛的缩写。
青岛的这条老旧的福山路，应是青岛的骄傲！

丁香结与缟衣人

读中学时，最初是在青岛上海路的明德中学，明德中学属私立中学。那是一座典型的欧式建筑，听说是外国教会圣母军等开办的。学生的家长大都富有，有不少学生是坐小汽车或人力车去上学的。学校的规模很小，只有一座四层楼房，校园狭小，学生也不多，显得有些冷清。明德中学的隔壁就是公立的青岛四中，校园里有一个球场，下课铃声一响，到处都是活跃的身影和一阵阵说笑声。

我和几位住校的同学住在四楼，但夜里上厕所要到一楼，一楼通往地下室。听人说，新中国成立后曾在地下室里发现了许多浸在福尔马林中的儿童遗骸！所以，每次夜里去厕所，心里总是有一种恐惧感。

因为想家，半年后我便辍学了。

第二年，我又考取了公立的青岛三中。

中国的纺织工业大都集中在"上青天"，即指上海、青岛、天津。新中国成立后，纺织工人成了国家的主人，政治地位和工资收入都有明显提高。我的大姐是青岛国棉六厂的纺织工人，她和当时的全国劳动模范、后任中国纺织工业部部长的郝建秀是同一车间的工友。青岛三中的学生大都是纺织工人的子弟，我很快便融入他们之中。

有一天的晚自习，我坐在图书馆里，正沉浸在普希金的《泪泉》之中，忽然闻到了一种馥郁的香味。我朝窗外看了看，除了天上的星星和胶州湾里的渔火，什么都没有。再朝窗下望去，在一盏照明灯下，有一团幽暗的树影，我看不清它的叶子，只隐约看到枝头上有一层朦胧的雪花。我顿时明白了：那是一株丁香树！香味就是它散发出来的。

我悄悄下了楼，默默地站在它的旁边，心中有种莫名的激动。我想为它写一首诗，却连一个字都没有写出来！只记得那是一个初夏的夜晚，那一年，我16岁。

自此以后，丁香花便留在了我的记忆之中。我借来一册《群芳谱》，但总觉得那些或花姿丰绰、或花色艳丽的花卉，根本无法与洁白如雪的丁香花相比！后来，我又在古典诗词当中，找到了古人对丁香花的赞誉和评价：

> 丁香体柔弱，乱结枝犹垫。
> 细叶带浮毛，疏花披素艳。
> 深栽小斋后，庶近幽人占。
> 晚堕兰麝中，休怀粉身念。

这是唐人杜甫在《江头四咏·丁香》一诗中对丁香的描绘。

我对一生命运坎坷的李商隐寄予深深的同情，曾撰写了《珠箔飘灯独自归——李商隐传》，他在《代赠》一诗中，表达了一种"有恨无人省"的意境：

> 楼上黄昏欲望休，玉梯横绝月中钩。
> 芭蕉不展丁香结，同向春风各自愁。

初读此诗时，对"丁香结"不甚明白，后来才知道，丁香开花时，一簇簇的花苞密密麻麻地聚拢在枝头，花苞渐渐变大变圆，不知道是哪朵花苞先开的，不经意间便一齐绽放了！每朵花都开成十字形的小小花结，犹如女子衣襟上的扣子结，所以才叫"丁香结"。

那位"我劝天公重抖擞，不拘一格降人才"的清代诗人龚自珍，曾在《己亥杂诗》中，将丁香花比喻为临风而立的缟衣人：

> 空山徒倚倦游身，梦见城西阆苑春。
> 一骑传笺朱邸晚，临风递与缟衣人。

在这首诗的末尾，附有小注："忆宣武门内太湖之丁香花。"

据说，此诗在当时曾引起了一桩"丁香花公案"：贝勒奕绘的福晋顾太清，不但倩影清丽，容颜如雪，且文才不俗，工于诗词，还擅长骑马射箭。当时，在宗人府任主事的龚自珍，在与她唱和时，写了这首七言绝句。有人认为是他在暗恋顾太清。龚自珍得知后，便决然离京而去，不但终生未见顾太清，也终生再未进过北京，留下了一个外人难解的谜团。

这桩"丁香花公案"至今未能结案，"暗恋"之说，也早已被人遗忘，但诗人将丁香花比拟为"缟衣人",却是一个引人联想的形象——一位身着一袭白衣的素洁女子,正伫立在和煦的微风之中,是在期待什么?

丁香花外拙内秀,冰肌玉骨,风韵淡雅。它开花时,枝头上尽是密密麻麻的繁花,像一个个大小不一的花穗;小的花穗上有几十枚花朵,大的花穗上有上百乃至数百枚花朵。这些花穗遮住了墨绿色的树叶,像落下了一层厚厚的初雪;若微风拂过,又像一片片浮动着的白云!

我离开家乡的那一年,适逢丁香开花季节。我采摘了一捧丁香花,夹在书籍和诗稿中,让它伴随着我,去了江南。

那一年,我刚满25岁。

如今,我的家乡已发生了巨大而又深刻的变化,那些袅绕着炊烟的村庄,已经变成了一栋栋的高层楼宇,当年狭窄的小胡同,已经被四车道的长街取代。村庄旁边的那条经常断流的季节河,两岸已有了步行木栈道,干涸的河床里蒲草摇曳,流水潺潺,成了休闲湿地公园。

我忽然发现,我的乡愁找不到了!心中有一种难以言说的惆怅。

我又想起了青岛三中,听说已经更名为"青岛二十二中学"了,不过,校舍还是原来的模样。图书馆楼下的那株丁香树,还年年开花吗?我很想故地重游,去亲眼看看,但却心怯了,因为我怕它已经长高了,长变了,不是原来的模样了;再说,也没有当年的那一轮淡淡的月光了;还有,我更怕它被人砍伐了,更换成了新的树木,只好作罢。

这一年,我刚刚过了80岁生日。

钓虾虎

　　我钓过虎，不是东北虎，不是华南虎，而是一种海中的虾虎。

　　你可能在长江里钓过青鱼，在洞庭湖钓过鲤鱼，在太湖钓过螃蟹，在厦门钓过龙虾，甚至是在田埂子上边钓过黄鳝，在水塘里钓过龟鳖，在河沟旁钓过青蛙，但我敢说，你没钓过虾虎，也没看到甚至听说过钓虾虎是怎么一回事。

　　虾虎，其实是一种虾，一种不同于青虾，对虾、龙虾和其他海中的虾类。水族馆的玻璃柜中没有它们的席位，水产博览会上也没有它们的影子。

　　甚至摆在海鲜市场上，不少人还叫不出它的名字！

　　在其他海域，很难见到它的踪迹，唯独在胶州湾的海滩上，才能大量猎取。

　　十四五岁的时候，我曾跟着一位叫衍魏的同学去钓过一次。仅此而已，但却给我留下终生难忘的印象。三十多年过去了，每每想起当时的情景，还如昨天一般。

　　我就读的中学在胶州的海岸上。当时，常常听到同学们谈论去海滩钓"虾虎"。开始很惊奇。"虾虎"是个什么样子？怎么个钓法？后来，衍魏告诉我，虾虎，是一种很粗很长的暇子，因为它长得虎头虎脑的，所以叫虾虎。他还告诉我说，海滩上的虾虎多得出奇，半个乒乓球桌那么大的面积，起码有三四十个虎穴。退潮以后，只要眼快手快，钓个二三百只是没有问题的。虾虎的味道，好极了。比蟹子、海螺、蛤蜊还要鲜美。见我心动，他又说，他的家就在海岸旁边。礼拜天，他带我去钓一次。

　　当时，我刚刚考入这所公立中学不久。学校的规模很大，教室、礼堂、宿舍和试验室，都是日式的建筑。学校里的地板地面、暖气包、图书馆、运动器材等，都令我好奇。但我感到很孤独，甚至有些自卑。因为我是从农村考来的学生，住校生。因家境困难，享受学校的最高助学金，且年龄很小。而同学们都是附近干部或职工的子弟，条件比我优越得多，似乎知识面和交往面也比我广得多，尤其在课余或节假日里，大家或回家去了，或相约去划船、游泳或去附近的纺织俱乐部看电影，而我则一个人留在空荡荡的学校里，玩玩浪木、吊环，在阅览里看看杂志，要不，就回寝室里去睡觉。当衍魏说要带我去钓虾虎时，我心里很感激他。因为他不嫌弃我。

那是一个星期天。我刚在吃饭，他就来了，手里还挎着个柳筐。他站在食堂门口朝我挤了挤眼，把头向边上一摆。我放下饭碗跟着他跑了。

到了海边以后，海里正在退潮，海滩还没完全露出来。我们便坐在海边上等退潮。他问我，农村有狗吗？他说他喜欢狗，很想养一只，还说，他要把狗驯成警犬，让它看门，脖子挂个网子，里边放上钱和纸条，让它上街去买东西。说着说着，自己笑了。我问他，为什么不养一只呢？他说，买不到小狗。声音怅怅的。

退了潮，我们便随着钓虾虎的人群来到海滩上。

钓虾虎很简单，也很奇特。先选一块沙滩，把上面的沙子刮去一层，就露出了一个个洞穴。然后，把一根根铅笔粗向木棒插进洞穴里，守在一旁等候着。

不一会儿，有一根木棒摇动了一下，接着，见木棒被什么渐渐顶上来了。这时，抽出木棒，再用左手轻轻插进一支毛笔。待感到笔头触到什么，便轻轻向上提，快提到洞穴口时，猛地向上一提，右手同时去抓笔头，于是，两枚长长的虾前腿就被抓住了，一只活蹦乱跳的虾虎，就成了俘虏，被囚在筐子里了！

我也学着他的样子，插进木棒，木棒被顶上来以后，又抽出木棒，换上毛笔。果然，感到有什么在撕扯毛笔头，待我轻轻提起毛笔时，便看到了一个虎头虎脑的虾头，连忙去抓，迟了，我只抓住了一只虾前脚，肥硕的虾身已潜进洞穴，再也不出来了。不过，我并没有完全失望，我一共钓了 25 只虾虎。再看看他的战果，嗬，他已经钓了半筐子了。

钓虾虎比钓鱼过瘾得多。当密密的洞穴里插上木棒，你一动不动地盯着木棒时，紧张得连大气都不敢出。当发现木棒动了一下，你的心痒就起来了。木棒渐渐顶上来，心里就按捺不住了。当看到虾头时，一颗心简直快蹦出了胸腔。当一手抓住了它，它便在你手里乱蹦乱撞，你的全身都会感到一种难以表述的狂欢。这个过程，远比钓鱼提钩时的那一刹那更令人激动，也更令人回味。

在回来的路上，他告诉我，虾虎平时爱干净，要是洞穴里进了异物，它就非顶出来不可。那毛笔头是羊毛的，羊毛遇见水便散开了，它怎能容忍得下？所以，就拼命往洞穴外边顶。人们就是掌握了它的这一习性，才发明这个钓虾虎的诀窍。

我和他来到一道海堤的灯塔座旁边，先拾了些被海水退潮留在岸上的小木板和树枝，又从筐子里拿出一只小钢精锅，锅里盛上水，点上火，煮起来了。煮熟以后，掀开锅盖，虾虎变成了红色，剥下虾壳，虾肉又白又嫩，一尝，嗬，好吃极了。

离开学校后，我们去了不同的军事院校。

从此，我再也没钓过虾虎。

崂山，有位白衣少女

1

少年时，或许是受了《聊斋志异》的诱惑，我极想攀登崂山，去寻访《香玉》中的那位"白衣少女"。

白衣少女，是一株白牡丹幻化出来的。

我家就在崂山脚下的李村，抬头便是巍巍峨峨的崂山，但由于山峰险峻，很难攀登，加之当时"禁山"，也就一直未能如愿。

大凡天下名山，都会有些故事，如，沉香劈开华山救母；大凡人间名花，也少不了故事，如洛阳牡丹，因违抗武则天的旨意，被贬到菏泽。山会因故事而更显巍峨，花会因故事而越发娇艳。

被称为"海上第一名山"的崂山，两者兼而有之，再加上短篇小说之王、讲故事的高手蒲松龄的生花妙笔，其山其花便闻名天下了。

傍海拔地而起的崂山，绵延数百里，奇峰突起，有些山峰至今无人能够攀登上去！山峰之间，遍布怪岩奇石，山谷之中，又尽是幽泉飞瀑；称为"海上第一名山"，当之无愧。

崂山，又是中国道教发祥地之一，秦皇汉武，唐宗宋祖，都与崂山有不解之缘；张三丰、邱处机等道教人物，也都在崂山修过道，著过书；狂傲不羁的李白，被排挤出长安之后，他"授篆"成为道教徒，便到了崂山，他曾说过，他在东海崂山，吃的是紫霞，还亲眼见到了安期生（已有800岁的卖药人），吃的枣有瓜那么大！

苏东坡任密州（今青岛诸城）太守时，曾在《盖公堂记》中写道，崂山"其中多隐君子，可闻而不可见，可见而不可致"。

短篇小说之王蒲松龄也到过崂山，不但目睹了"海市蜃楼"的神奇，还寄宿崂山太清宫（也称"下宫"），到处搜集故事——

在一个月色朦胧的夜晚，他在院子里散步时，看到了一株白牡丹，株高花大，亭亭玉立，十分耐看；值更道士告诉他：这株白牡丹已经有数百年的树龄了，他听师父说过：当年，院子里曾经有一株白牡丹，被一位位高权重的官员看中了，便命人强行挖走，栽在自家的院子里，自此以后，白牡丹的身影便在太清宫中消失了。

许多年以后的一个夜晚，一名道士听到外边有敲门之声，他从窗户朝外一看，见窗外站着一位端庄貌美的白衣少女！少女连声说了两声："我回来了！我回来了！"

因时已午夜，道士不敢开门。

第二天一大早，道士忽然发现，院子里那株白牡丹的残根，已经萌发了新芽！又过了些日子，便长出了新枝，重新开花了。

蒲松龄听了，大为感动。吴元泰的《东游记》给了他创作的灵感：八仙之一的吕洞宾，在崂山遇见了牡丹化为人形，并与他结为了神仙伴侣。他根据这个故事，写出了著名的《香玉》。他将太清宫的红色山茶，写成了一位红衣美女，把那棵被人挖走又回来了的白牡丹，写成了一位白衣少女！

蒲松龄虽然终生贫困潦倒，但他创作的那部《聊斋志异》，却成了我们珍贵的文化遗产，他笔下的那些鬼怪花妖狐魅，都形象生动，爱憎分明，呼之欲出。他手中的那支秃笔，是一柄刺贪刺腐的利剑！

除了《香玉》之外，蒲松龄还写了另一著名小说《崂山道士》："邑有王生……闻崂山多仙人，负笈往游……便随众采樵，过月余，手足重茧，不堪其苦，阴有归志。一夕归，见二人与师父共酌；日已暮，尚无灯烛，师乃剪纸如镜粘壁间，俄顷，月明辉亮，光鉴毫芒……乃以箸掷月，见一美人，月光中出……"

于是，道士恳求师父授他穿墙之术，他学成后下山归家。为向其妻演示其术，他一头撞向了墙壁，墙未破，而他的头上却撞出了一个鸡蛋大的包！

《崂山道士》已被人拍成了电影，《香玉》也拍成了《崂山鬼恋》的电视连续剧。

2

新中国成立之初，不经批准，外人不得攀登崂山；我第一次去崂山，就曾经历过一次"不许动"！

57年前，《解放军画报》社社长和他的夫人、著名摄影家牛畏予，由京到了青岛，要去崂山采访。舰队宣传部派我与陆军的一位宣传干事陪同，我们便乘一辆军用中吉普出发了。谁知当汽车开到半山腰时，忽见一名持械的边防哨兵拦住了我们！他指了指路边的警示牌，上面写着：军事重地，严禁入内！

我们将介绍信和军官身份证让他看了，他仍不放行，说要请示上级，让我们就地等待，并按响了哨所的信号。

大约等了半个小时，一位团长率领值班的军官匆匆赶来，团长气喘吁吁地告诉我们：他们刚刚接到上级通知，才知道我们来了，让我们久等了。说完，便将我们接到了渔港旁的一座军营。我们在那里吃了一顿真正的海鲜大餐之后，由这位政委陪同，一行人沿着崎岖山路，前往上清宫采访。

刚到山门，便看到了一株银杏古树，树高达30米，胸围近3米，树冠覆盖120多平方米，主干周围又长出了6株子树，每株胸围已近1米！宫中道士告诉我们：此树树龄已有千年。

站在上清宫的院子里，能看到宫北有一石峰，海拔1000余米，峰壁似被利斧所劈，无法攀登；峰顶上有一棵野茶树，自古无人采摘，故称"天茶"，此峰叫"天茶顶"。

我在上清宫的院子里寻找了半天，除看到几株金桂和紫微之外，却不见白牡丹的身影。

道士告诉我：那株白牡丹，在太清宫（下清宫）的院子里，而非上清宫。

一行人到了最著名的太清宫时，已经入夜；因夜色已浓，无法寻找白牡丹。宫中的道长已年过花甲，他身材挺直魁梧，热情健谈，亲自为我们冲泡了崂山茶。我们边品茶，边听他讲述崂山茶的趣事。

次日一大早，我们便随他登上了狮子峰，近距离地观看了海上日出——在海天相连的远处，先看到了一片鱼白色，俄而，渐渐变亮，又由亮变成橘红，橘红渐渐丹红；突然，半轮火球跳出了海面，又一点一点地上升、扩大，在不经意间，眼前已是耀眼的霞光！

在登山的路上，道长一直走在前头，他步履稳健，谈笑风生，向我偿传授了登山的诀窍：每登上一步，则膝盖都要伸直，才会不累。

我本想向他打听白牡丹的，因听旁边的人讲，这位道长系张学良属下的一位副将军，"西安事变"后，他隐居崂山，出家为道，自此不问世事。

一行人离开太清宫后，便由崂山北路回到了市区；此行本想借机去寻访那株白牡丹的，谁知又错过了机会，只好作罢。

3

随着时代的步伐，崂山终于揭开了神秘的面纱，只要购了进山票，交了高空观光索道的钱，便可畅通无阻了。近年，我曾数次去过崂山，也到过太清宫，还见到了院子里的那株开红花的山茶。

那是个寒意料峭的初春，我在太清宫的院子里看到了一株山茶树，高有7米，胸围1.8米，一树的繁花，像铺了一层红彤彤的积雪，十分鲜艳。树的四周有石栏相护，树旁有一石碑，上刻"绛雪"二字。道长说，这是明代道士张三丰从海岛上移来栽植的；虽树龄已有600余年，但生命力极强，花期可达半年。

散落在地上的花朵，因花枝上有一种腊质，我曾怀疑这是塑料做的假花！捡起来一看，才知道是真真切切的新鲜茶花！也就是《红玉》中的那位"红衣美女"。

在一处偏僻的小院里，我终于找到了那位"白衣少女"。她的枝头，既无洁白如雪的花盘，也无陪伴她的绿叶，更不见雍容华贵、端庄娇美的倩影！原来，因为季节未到，我们来得不是时候！我只好在远处驻足看了一会，便惆怅而归了。

后来，我或陪友人，或随团出游，曾多次到过崂山的太清宫，但都阴差阳错地与那位"白衣少女"擦肩而过了！今天，我已没有杂事缠身，有了对时间的支配权，但若让我再去攀登那座海上名山，已是一种奢望了，因为我已垂垂老矣！

我想，《香玉》中的那位"白衣少女"，虽已600多岁了，却依然青春常驻，魅力无穷，诱惑着更多的人前往寻访。

海上轶事

一只舰船，长期在大海上航行，当然是十分寂寞、单调的。

站在甲板上，放眼望去，茫茫大海是个圆形的大盘子，它的边缘，和蓝天在远处相连接，似乎天底下万物皆无，没有青山绿树，没有城市乡村，甚至没有飞鸟的影子，没有生命的踪迹，没有人世间的气息，唯有自己乘坐的舰船，撑开了蓝天和大海。白天是这样，晚上也是这样，第二天睁开双眼，从舷窗望去，还是这样。甚至航行了十天半个月，依然是这样。这时候，你才会真正感受到大海的宽广了。

在海上航行，也往往会遇到一些十分有趣的奇异现象，会使你大饱眼福，增长见识，这又是生活在陆地上的人们所羡慕的。

有一次，我们去执行远海巡逻任务。军舰离开海港不久，便发现有几条黑影在舰尾追逐着。仔细一看，原来是几条巨大的鲨鱼，一共有六条，一会儿窜到左舷边，一会儿又在右舷边出现，更多的时间是在舰尾被推进器搅起的浪花中游戈。军舰由单进一的航速逐渐加快到双进三，即由两部主机按最大转速带动推进器。舰首冲起的浪花扑到了前甲板上，舰尾留下两条翻腾着浪花的航迹，但仍甩不掉这些鲨鱼。它们追逐着军舰，是为了抢夺军舰上倒掉的那些吃剩的食物。

鲨鱼是海中最凶残的霸王，虽然每一个海水浴场都设置了防鲨网，但仍然有人丧生在它们的利齿之下！而在大海上打捞、救生或进行其他作业时，最担心的就是遇上鲨鱼了。所以，水手和渔民对鲨鱼既怕又恨，但对它又奈何不得。这下好了，报复它的机会来了。我们请求舰长批准我们开枪射击，舰长笑了笑，说道，几颗子弹只能伤伤它的皮肤。说着，命令操舵兵停车，两部主机停止了运转。舰尾的鲨鱼都围拢在推进器旁边。这时，舰长突然命令开车，只见舰尾猛地搅起了一团浪花，一条三四公尺长的鲨鱼，突然窜出了水面，又沉下去了，海面上冒出了一股污血。其他鲨鱼围拢过去，大概是在抢食它的血肉。原来，当推进器一旋动，巨大的铜质桨叶便像一把利刃，刺开了鲨鱼的身子！

我们站在甲板上，目睹了整个过程，都松了一口气。

长时间的航行生活，使人特别思念陆地上的一切。水兵们平时值更、训练、学习，时间安排得很紧，偶得空闲，便站在甲板上谈天说地，说得最多的，是返航后干的第一件事。有的要去邮局寄信；有的要去看望亲朋好友；有的要去照相馆拍照片，寄给自己的意中人。有一个扫雷班长，正在热恋中，几乎每天写日记，其实，他写的是情书。上岸后，将笔记本封在大信封里，以挂号、保价寄给四川的一位妹子。这是一位信号班长告诉我的。他曾在后甲板上声明过，是他偷偷地看了全部日记，还跟踪他到过邮局，此情报千真万确，他甚至能背诵那些情书中的章节，惹得大家笑成一团。不过，大部分是他的口头创作。而那位扫雷班长听了，既不反驳，也不认可，只是默默地摆弄他的"盆景"：栽在炮弹壳里的芹菜、蒜苗什么的。他平时喜欢挑选一些厨房里切下来的菜根，在住舱里栽培起来。一旦菜根冒出新芽，他便孩子般地高兴起来，用灯光代替阳光，促成其光合作用，把分配给他的那点可怜的生活淡水，匀出一点来，浇灌他的那些"盆景"。后来，这些"盆景"就成了全舰最伟大的艺术品了。大家都来养护它，欣赏它，若谁发现上面又生了新的叶片，会奔走相告，因为海上生活太枯燥了，那一点点绿色，容易使人们联想起陆地上的树丛花草，想起与绿色有关的种种情趣。那么一簇绿色，就把茫茫大海上的水兵和陆地悄悄地连在一起了。

也就在这次航行的最后阶段，我们遇见了一连串闻所未闻的奇事。

有一天下午，空中无风，海面上极平静，不值班的水兵们都在后甲板上休息。突然，从偏北方向飘来一片黄色的云彩，不一会儿，那云彩由远而近，一下子落在军舰上了，原来是一大群蜻蜓！它们的数量太多了，以至于落了一层又一层。甲板、炮塔、桅杆上全是蜻蜓，甲板上的蜻蜓足足有三四层！信号绳一下子变得粗了好几倍！我们尽管拼命扑打身上的蜻蜓，但无济于事，只好抱头钻进舱里。但不到一个小时再回到甲板上时，甲板上已干干净净的了。原来，它们稍事休息以后，又继续它们的飞行去了。它们是从哪里来的？要飞向何处？为什么组成这么庞大的群体？没人能说得出来。

蜻蜓飞走了，我们的心头有一种怅怅的情绪。大家正在议论这批来访的蜻蜓时，突然，我发现有只浅蓝色的鸟儿从云端中飞下来，围着军舰转了一圈，落在了深水炸弹的帆布上。我生怕它突然飞走了，便悄悄走过去，又悄悄伸出手来。它已发现了我的意图，但没有丝毫想逃走的表示。我双手捧住了它。它温顺地望着我。就在这一瞬间，鸟儿叫一声，飞离了甲板，又在桅杆上空打了一个旋，便向碧空飞去了，其余的鸟儿也纷纷飞起，围着军舰飞了一周，便像无数箭簇射向了天空。为什么要绕军舰飞一圈？是向水兵们表示道谢？还是向水兵们祝福？

不一会儿工夫，鸟儿全都飞走了，甲板上还有些散落的面包屑。大家在打扫卫生时，才发现老班长栽在炮弹壳里的那几棵白菜心儿，因为鸟儿的啄食，现在只剩下了光秃秃的白梗子！虽然老班长有些心痛，但没有一句怨言。而在平时要是你碰了一下，他是不会饶你的。

晚饭后，大家都又自动聚集在后甲板上，话题还是那两群突然而来又突然而去的蜻蜓和飞鸟。我们的老航海长告诉我们，这是由于风向或天气变化原因而导致它们偏离了原先的方向。他们除饥饿外，由于长距离飞行，体力消耗过大，已经难以支持了，若不遇上船只临时歇息一会儿，它们便会全部堕落进汪洋大海之中。他还谈了一些、龙兵出巡、墨鱼斗鲸鱼的故事。

据渔民传说，陆上的大蟒蛇过海时，身子在水里，头仰在空中。有本事游过海的，就变成了龙；要是没有能耐，就会被守海的螃蟹剪成数段！所以，有的大蛇实在游不过大海了，便会游向渔船，盘在桅杆上。渔民就赶快点香烧纸，再送它到海岸上，躲过一场灾难。

我们听了，都说他是编的，但还是愿意听他的瞎编。他又继续绘声绘色地谈墨鱼和鲸鱼大战的场面：一条墨鱼遇见了一条鲸鱼，便在海里打起架来，那墨鱼冲出海面的触角有两丈多高，然后，紧紧地附到鲸鱼背上，去堵塞它的喷水口，鲸鱼不能呼吸，便一下子跳出水面，比我们的军舰还长。墨鱼放出的黑水，染黑了几里长的海面。此种场面可能会有，但他分明在加工过程中夸大了程度。

就在这时，他突然不说话了，只是盯着远处的海面，停了一会儿才惊喜地喊道：看龙兵出巡！

我们顺着他指的方向望去，只见在遥远的海面上，有一层移动着的白色水雾，渐渐近了，才看清那水雾是由一蓬蓬的水花组成的，每朵水花中都有一条水柱。原来那是一群鲸鱼！

我们这次算是真正地饱了眼福。对老航海长讲的那些离奇的故事，也都不再追究了，甚还觉得有几分可信呢！

这一天的半夜里，狂风大作，暴雨似泼，老航海长又在逗我们了，说大概哪吒和老龙王打起来了，问我们敢不敢放下救生艇去看看？

我们早已没有什么兴趣了，因为舰长已经接到返航命令。

我们的心早已飞回陆地。

二舅

二舅王克书是位残疾人。

幼年时的一场大病，导致他双腿萎缩，无法站立，只能双手各握一只枣木凳在地上爬行。现在才知道，他得的是小儿麻痹症。

二舅从未走进学堂的大门，小伙伴们在塾馆里念书时，他就在塾馆的窗外旁听。先生偏爱读书的孩子，当学生们放学后，先生便单独为二舅授课，还教他临帖练字。他不但能背诵四书五经，还能写蝇头小楷，过年时大门上的对联都出自他的笔下。

二舅是我的启蒙老师，我和两个弟弟的乳名、学名，都是他为我们取的。他还常常让我背诵一些名篇名句，我背的第一首古诗，就是李白的《静夜思》。

"熟读唐诗三百首，不会作诗也会吟"这句话，最早就是从二舅那里听来的。

二舅还是一位民间的说书艺人，每到晚饭之后，邻居们便陆续来到我家，在昏暗的灯光下听二舅说书。他说的书目颇多，如《薛仁贵征东》《罗通扫北》《隋唐演义》《五鼠闹东京》《瓦岗寨》《水浒传》《西游记》《小八义》等等，直到子夜，听书人才恋恋不舍地各自回家歇息。

二舅不但有超强的记忆力，还颇有口才，说书时不时地穿插今古奇闻和民间故事，听书人听得如痴如醉。

二舅还是我心目中的英雄。

他曾向我讲述过他闯关东的经历——

闯关东，是许多胶东人选择生活的出路。有一年，天气异常，先涝后旱，颗粒无收。大舅便背着二舅，跟随闯关东的人群从烟台上船，在大连登录后，有的在茫茫的森林里砍伐木材；有的当了矿工，开始了"埋了没死"的挖煤生涯；有的给人家当长工；有人成了串街走巷的手艺人……

大舅和二舅流落到伪满洲国的奉天（今沈阳市）时，白天，大舅打零工，二舅就在大街上流浪。有一天，日本人以隔离传染病"虎列拉"为名，将大舅抓去，关了起来。事后，有人告诉二舅说，日本国内劳力奇缺，便以各种名义强征年轻力壮的中国人，去日本当劳工！

二舅知道，若大舅去了日本，就再也回不来了！

他将大舅的遭遇写在一张马粪纸上，坐在冰冷的大街上，哭诉着兄弟俩的悲惨经历。他的身边围满了人，有人给他出了个主意，让他到满洲的皇宫去告御状，说不定还有一线希望。

第二天，大雪刚停，天寒地冻，二舅已经早早地爬到了皇宫门口。他看到岗哨林立，警卫森严，刚要向卫兵诉说自己的遭遇，谁知卫兵不但不听，还呵斥他立即滚开！

二舅对卫兵说，你要是不为我通报，我就一头撞死在这里！说着，他就要向墙上撞！二舅是以自己的性命，向日本人进行抗议。

就在这时，有一辆汽车开过来，卫兵有些紧张，连忙将二舅推进值班室规避，不许他出声。二舅透过玻璃窗，看到一群人正簇拥着一个戴貂皮帽的男子，蹲在院子里弹玻璃球！

过了一会儿，进来一个穿便装的中年人，他在值班室听了二舅的诉说，又看了看二舅手中的马粪纸。突然，他看到二舅口袋里露出一册书，他要过去一看，原来是一册《唐诗三百首》，便问二舅：你最喜欢哪一首？

二舅听了，便背诵了王维的《九月九日忆山东兄弟》。

那人听了，点了点头，又看了看写在马粪纸上的名字，便离开了。

令二舅大为吃惊的是，一个钟头后，一辆汽车将大舅送到了值班室的门口，兄弟二人见面后抱头痛哭起来。

经过了这场变故，大舅和二舅决计离开关东回老家！但身上分文皆无，没钱购买船票。于是，大舅便背起二舅，一路乞讨，走了数千里，终于回到了山东老家。

……

后来，我报考了中国第五海军学校，毕业后分配到了一艘名叫"台儿庄"的扫雷舰上工作，常年在海中护航、护渔，执行巡逻任务，极少回家。有一次回家探亲时，我对母亲说，我要去看看二舅，母亲听了，半天无语，接着，眼中便溢出了泪花。她告诉我，二舅已经走了。

我连忙问，二舅得的是什么病？

母亲摇了摇头：是浮肿，很多人都……

我听了，心中一阵颤抖：粮食不足，副食短缺，很多人都没能熬过三年自然灾害的岁月……

我非常懊悔：二舅在世时，我为什么没去看看他？

二舅生不逢时。

若换成今天，残疾人士不但衣食无忧，还可参加残联，享受政策优惠。若为二舅配置一辆轮椅，他就可挺直胸膛，端坐在椅子上了！

如果二舅能活到今天，我会经常推着他，汇进熙熙攘攘的人流之中……

劫后桃花

夏日，与几位老友在青岛的海滨品茶时，看到窗外游人如潮，又看到一摄制组正在海滩上拍摄镜头，引得一群游人纷纷驻足围观。看着眼前的情景，话题便转到了从青岛走出去的众多影星，又从影星谈至了80多年以前的电影《劫后桃花》。

《劫后桃花》是在青岛拍摄的。

胡蝶，是30年代的电影皇后，她曾在《回忆录》中写道："明星公司的编导洪深，以其在青岛崂山祖产遭日寇侵占的经过，写成了一篇散文《我的失地》，发表在《太白》半月刊上；接着，又将散文写成了电影文学剧本《劫后桃花》，刊登在《文学》新年号上了。这部电影文学剧本，是洪深的代表之作，它反映了日本帝国主义侵略中国的历史和民众反对侵略的心理。"

洪深是现代著名文学家、戏剧家，他的父亲洪述祖，曾是民国初期的内务部秘书，因涉及国民党人宋教仁遭暗杀一案，于1913年避难于德国人统治下的青岛，并在湖南路上建有一座住宅，又在风景极佳的崂山南九水，建了一座别墅"观川台"，他自称为观川居士，还撰写了一首七律：

> 青山转处起高台，台下流水更不回。
> 涧势落成瓴建屋，溪喧声似蛰惊雷。
> 凭栏我有濠梁趣，作障谁为砥柱才。
> 多少黄金延郭隗，几人比德水边来。

正在清华大学学习的洪深，每逢寒暑假必回青岛。他曾在一篇文章中写道："久住青岛的人，谁不知道南九水是崂山的一个胜景？谁不知道我父亲观川居士，在那里建有一座别墅，名为'观川台'？"

崂山盛产桃、李、杏、樱桃等水果，洪深根据自己的亲身经历，创作了一部话剧《卖梨人》；这部作品，成了我国话剧史上的一道分水岭：以前的话剧，只有人物和剧情，没有对白，人物登台后，可根据剧情说话；

而在《卖梨人》中，却写有人物的对白。

这是我国第一部有对白的话剧剧本！

日本帝国主义于1914年占领青岛以后，强制没收了洪家的观川台，并将它改成了一家日本料理店。洪深在散文《我的失地》中说："日本人的拿去，是毫无理由地拿去的，是利用武力拿去的！有一年，据说是因为日本料理店的营业并不起色的缘故，日本人曾要求我父亲赎回，只需我父亲贴他600元的损失。我父亲不愿意花钱去买那原本就是属于自己的东西！"

离开青岛之后，洪深留学美国，学的是戏剧艺术，归国后除了在大学任教外，也从事戏剧工作。他创作的《五奎桥》《香稻米》等作品，推动了我国话剧艺术的发展。

洪深是性格耿直、富于正义感的文化人；有一天，美国人拍摄的电影《不怕死》，在上海电影院放映时，因片中有侮辱华人的内容，他十分愤怒，便和廖沫沙、金焰等人一起，去向电影院抗议，并跳到台上，当众痛斥这部辱华电影，致使电影停止了放映。电影院的外国经理将他扭送到租界的巡捕房，他却控告外国经理无理捕人！双方打官司时，洪深得到了广大观众和中文报纸的支持。结果是：判决电影《不怕死》停止在上海放映！

官司虽打赢了，洪深却受到了当局的监视；于是，他从上海到了青岛，接替了梁实秋，任山东大学外文系主任。他在授课之余，还创作并导演了话剧《寄生草》（《少奶奶的扇子》），引起强烈反响。

他在电影《劫后桃花》中，讲述了一个发生在青岛的故事：

辛亥革命后，清朝遗老祝有为，携眷来到了德国人统治下的青岛，在海滨建起了一座别墅；他还通过汪翻译，巴结上了德国总督。

祝家雇用了贫穷却正直的刘花匠，负责修剪花园中的花草树木，并和祝有为的女儿祝瑞芬产生了感情。有一天，刘花匠因痛斥汪翻译的汉奸行为，祝有为将他辞退，逼他离开了青岛，祝瑞芬只好与他含泪而别。

第一次世界大战中，日本帝国主义打败德国，占领了青岛，祝有为的表侄当了日本人的特务，他勾结日本人，将祝家的别墅没收，改为了日本人的俱乐部。祝太太曾央求表侄，归还房产；表侄却以祝瑞芬嫁给他作为条件。祝太太拒绝了他。祝有为只好暂时逃避他乡，祝瑞芬嫁给了一位教师。

1922年，中国政府收回了青岛，日渐贫困的祝太太，又向当地政府要求归还自家的别墅，但未获批准。有一天，祝瑞芬路过花园别墅时，恰好遇见了当年的刘花匠。此际，当年栽在花园中的桃花，虽然盛开若霞，但已物是人非，泪眼迷蒙了……

洪深的《劫后桃花》剧本，由当时的著名导演张石川执导，董克毅为摄影，由胡蝶扮演祝瑞芬，高占非扮演刘花匠，舒绣文扮演祝太太，徐莘园扮演祝有为。角色均是当时的大腕明星，演员阵容空前强大，被列为当时的"特级巨片"。

摄制人员乘太古公司的"皇后号"由上海抵达青岛时，人们纷纷聚集码头，争先恐后地目睹"电影皇后"胡蝶！

……

电影拍摄成功了，但在放映时，却遭到了日本人的阻拦。胡蝶说："令人气愤的是，日本帝国主义设置障碍，反对电影片中的抗日内容，连'暗示'都不行！不但不能在上海租界放映，在外地也会受到禁映！所以，他们不得不先将最后的一场剪掉，待审查通过后再接上去。"（胡蝶《回忆录》）

中国有电影以来，故事片只有分镜头剧本，而从未有电影文学剧本;《劫后桃花》是中国第一部有文学剧本的电影。

今天，洪深和他的《劫后桃花》，都已写进了中国文学史和中国电影史。

曾经的时光

　　暮春的午后，阳光暖洋洋的。我沿着金口二路的石板路缓缓而行，我想去寻找当年的一段短暂的岁月。路的两边是错落有致的欧式房舍，时不时地有白玉兰或丁香花从矮墙上探出头来，也许它们认出我是当年的房客，在海风中向我默默点头？

　　在这条路的一处山坡下，曾有一栋红砖平房，门牌是金口二路10号，原是海军营房处的房产，我结婚时，分配给我居住。我连夜用石灰水刷白了墙壁；文工团的马君夫妇不但送来了水桶和碗碟等生活用品，还带来了饭菜，我们一起包了水饺，以示祝贺。

　　平时，我与夫人在家中很少生火做饭，街上有一家开水坊，一分钱可打一暖瓶开水。

　　我这一生的独立生活，就是从这条路上起步的。

　　金口二路的东端，就是山东大学的正门（现为中国海洋大学）。当地的文史资料中提到，老舍先生在国立山东大学任中文系教授时，最早时住在登州路，不久便搬到了金口二路（今金口三路2号乙）。他在大学里讲授《小说作法》《外国文学史》等课程；在讲课之余，还创作了中篇小说《月牙儿》《我这一辈子》（均已拍成了电影）；他还创作了《断魂枪》《上任》《黑白李》等短篇小说；他经常在这里接待他的学生和来拜访的朋友。

　　诗人臧克家的回忆录中有这样一段文字："记得老舍住在离大学不远的金口二路，晚饭之后，黄昏之前，我和老舍二人，沿着海边的太平路漫步西行。这时，柏油路上，行人极少，清风吹着我们的夏布长衫，吹得我们飘飘然欲举。这时，碧海蓝天，辽阔无际，远处的小青岛也青眼迎人。我俩迎着西天的红霞，一缕一缕，像绸纱遥衬着一片绿色，显得更鲜艳、更美观。我们站在伸向大海的栈桥上，默默无语……"

　　老舍在大学里的一位朋友，曾向他谈过一位北京人力车夫的一些故事。在山东大学附近的东方市场旁边，就有很多停在那里等客的人力车，车夫们都认识这位大学教授，有的还成了他的好朋友。他经过长期构思后，创作出了长篇小说《骆驼祥子》，先是在上海的《宇宙风》上连载，出版后被译成了多语种文字，影响很大。

老舍开朗而幽默。有一次，老舍在课堂上对学生说，他讲学不行，"肚里的东西，两个礼拜就都倒光了！"他的这种幽默，一下子就拉近了他与学子们的距离。

他对人真诚、热情，当时在青岛的洪深、孟超、王统照、吴伯箫、丁山、王亚平、萧涤非等文学界的人士，都是他的朋友；有些拳师、艺人、小商小贩等，也是他家的座上客。

为了创作和接待友人，老舍后来搬到了黄县路6号（今12号）居住，家里摆放着刀矛棍棒。他清晨就在旁边的树林里练武，饭后便躲进书斋里写作。最后，他干脆辞去了大学教授之职，专业从事创作。不过，他总是觉得青岛的缺点是"洋味太重""洋味太多"，在"七七事变"之后，他将家眷送回北京，只身去了后方，辗转到了重庆。

我在青岛三中读书时，语文老师在讲到《龙须沟》作者的时候，说他是满族人，原名舒庆春，将姓一拆为二，就成了他的字：舍予。他在20年前就已出版了《赵子曰》《老张的哲学》等长篇小说，现在是《说说唱唱》杂志的主编。

我当时不谙世事，按捺不住心中的好奇，便提笔给舒庆春写了一封信，问他如何才能成为一名记者？因为在我心目中，作家和记者属于同一身份，都是以笔为业的人。

信寄出去不久，我便在收发室里看到了一封写着我名字的信，信封上印着《说说唱唱》编辑部。我拆开一看，信笺是用毛笔写的，直行，笔画很工整，共有三页，大意是说要想当一名记者，首先要好好读书，打好基础；还要学会观察生活、积累知识，等等，落款是"舒庆春"。

我读过之后，非常激动，写作的冲动瞬间被激发，曾在一个学期内向报社投稿20余次，报社的回信都是铅印的……但我还是将舒庆春的回信珍藏起来。后来，我在金口二路居住时，遂将此信和喜爱的书籍同时收藏在一只箱子中。再后来，就随我去了江南。再后来，他的那封信连同我的其他信件和书籍，都在那场浩劫中，化为了火堆中的蝴蝶，飞走了。

那时，我听说过一个传闻：曾在金口二路住过的那位大学教授，后来去了北京，成了文联主席，在那场政治风暴中，他被批斗时，遭到了红卫兵小将们的毒打，他的头被皮带扣子打破了，满脸满身都是鲜血！黑夜里他拖着受伤的身子艰难地走着，因为他想喝口水，他想向亲人们倾诉……

他在太平湖畔整整坐了一天，当夜深人静时，他沉进幽暗的湖水中了……

　　我缓缓走着、看着、寻找着，追忆着那段曾经的岁月。路旁的台阶依旧，两旁的房舍依旧，白玉兰和丁香花依旧，唯独没看到我曾经住过的那栋房子。是改造了？拆迁了？还是被新时代的建筑取代了？我不能断定。不过，我希望它依旧留在那里，只是我没有找到它罢了。

不当局长当演员

1

我在青岛的几位故友,都是当年的文艺工作者,有的是文工团长、演员,有的是作家、诗人,还有的搞过电影。大家聚谈时,话题便扯到了当前影视界的一些异常现象,比方说,那些闪婚闪离、吸毒出轨的破事;又比方说,在娱乐圈里绯闻越多,知名度越高;再比方说,不靠演技靠颜值,那些小鲜肉、网红们一下子就能拥有数十万粉丝!还比方说,评价一部作品,不是靠作品本身的质量,而是以票房价值论成败;有主的演员片酬高得离谱,每集电视剧片酬高达 85 万元!若全剧是 30 集呢?他(她)倒是肥了,剧组却瘦了。据说,有的演员拍一部电影,片酬最低 2500 万!那么最高是多少呢?作品粗制滥造就不可避免……

虽然大家谈的愤愤然,却又无可奈何!于是话题便自然而然地转到了当年从青岛走出去的一些著名导演和演员身上了。大家谈的最多的,是集编、导、演于一身的崔嵬。《青岛旅游丛书》上也记载了他与青岛的一些缘分。

从新中国成立后到"文革"前这一历史阶段,在电影界便有"南赵北崔"之说,"南赵",是赵丹,"北崔",就是崔嵬。其实,二人都是山东的电影艺术家。

出生在诸城县农家的崔嵬,幼年时正逢军阀混战,又连年天灾,有的人背井离家外出逃荒"闯关东"去了,崔嵬的父亲拖儿带女的逃到了开埠不久的青岛。他父亲以给人家看大门、扫院子为生,母亲在街头摆摊买香烟。因家中太穷,崔嵬的姐姐卖给了人家!崔嵬边念小学边帮母亲守着香烟摊,辍学后进了英国人开的烟草公司当童工。因参加了地下党组织领导的罢工运动,他被工厂开除了,那一年他才 14 岁。

他虽然没有小学毕业文凭,却以"同等学历"考进了礼贤中学。他在学校里读到了《语丝》《洪水》等进步刊物和一些苏联的文学作品,他以"疯子"为笔名,在报纸上发表了《琴影》《光荣》《狗的惨剧》《火种》等小说。

后因拒绝参加每周必唱的"党歌",被学校开除。也就在这一年,他考进了赵太侔在济南开办的山东实验剧院,在那里既可读书又可演出。魏鹤龄、杜建地、李云鹤(江青)是他的同学。但由于缺少经费,实验剧院半年就停办了。

山东大学建校后,赵太侔任大学教务长,崔嵬和他的三个同学前去投奔了他。崔嵬在中文系旁听,还当了《青风报》的记者。1932年,地下党组织领导成立了青岛"左联",对外叫文学交流会,还组织了一个"海鸥剧社",由地下党员俞启威领导。崔嵬、杜建地,李云鹤都是剧社成员。剧社首演了由俞启威、李云鹤主演的《工厂夜景》,崔嵬导演了《月亮上升》,引起轰动,上海的《文艺新闻》曾以《预报暴风雨的海鸥》为题做了报道。

谁知演出不久,山东大学爆发了大规模罢课,当局开除、逮捕了一批进步学生,大学地下党支部书记离开青岛,书记由俞启威继任。面对蒋介石对日本采取不抵抗政策,崔嵬参加并导演了话剧《命令!退却第二线》。他还在校外排演了《暴风雨中的七个女性》《父归》《乱钟》等话剧。又将话剧《放下你的鞭子》,改编成了《饥饿线上》,在崂山王哥庄演出:剧中一位流浪的卖艺老人,坐在街头拉着胡琴,一个姑娘在胡琴的伴奏下唱着京戏,唱着唱着,因饥饿和寒冷,她晕倒在地上!卖艺老人便拿起鞭子抽打她。这时,从人群中冲出一个青年,一把拉住老艺人的手,大声说道:"放下你的鞭子!"

老艺人哭着说道:"俺也不忍心打俺闺女呀!俺在东北的家让日本鬼子占了,逃难来到青岛,靠卖唱赚几个钱吃饭。"

围观的群众一起呼喊起来:"打倒日本帝国主义!"

……

扮演卖艺老人的,是崔嵬。扮演卖唱姑娘的,是李云鹤。而扮演那个青年的,就是俞启威。

不久,青岛地下党组织遭到了破坏,俞启威被捕,出狱后他去了北京,成了"一二·九"运动的领导人之一。(后改名黄敬,新中国成立后曾任天津市委书记和国家经委主任。)

2

崔嵬因在报纸上发表了一些进步文章,还揭露了当局隐瞒贫民窟纵火案的真相,导致报社被当局警告,崔嵬也因此遭到报社的开除,他便去了上海。抗日战争爆发后，他去了延安，任职于鲁迅艺术院戏剧系。新中国成立后，被任命为中南局的文化局局长，属省级领导干部。谁知他却请辞了局长之职，当了一名演员。

辞去行政职务的崔嵬，一心扑在了新中国的电影事业上。他导演和出演了《红旗谱》《宋景诗》《老兵新传》《小兵张嘎》《杨门女将》《红雨》《山花》《野猪林》《天山的红花》《北大荒人》《海魂》等电影作品。

对照时下影视圈中的浮躁和乱象，再看这位优秀的电影艺术家，他虽未获得过金鸡奖，也未走过红地毯，更没有被称为影帝，但他的艺术造诣和人格魅力，应是后来人的一种典范。

马与知己

在动物当中，我最喜爱马，这缘于电影作家海默。

有一天，领导交给我一个任务：让我去火车站接海默，并陪他去基层体验生活。

海默的名字，我并不陌生，他的经历颇为丰富，曾参加过北京的"一二·九"运动；在延安鲁艺毕业后，先后在火线文工团、天津文工团、中南文工团和文化部电影剧本创作所工作过。他是位高产作家，参加过歌剧《白毛女》《粮食》《欢迎八路军》的创作，也参加过《矿山的主人》《火》《故乡》等话剧的创作，还创作了《草原上的人们》《母亲》《红旗谱》（合著）、《洞箫横吹》《春城无处不飞花》《早霞》《春风吹到诺敏河》《血染的哈达》等电影文学剧本。

他待人热情、真诚，跟我称兄道弟。其时，我还是初涉文坛的毛头小伙子，他已是近四十岁的著名作家了！年青男女们喜欢唱的电影插曲《敖包相会》的歌词，就是他和另一位词作者撰写的！

接到海默后，我刚将他送到招待所，他就从行李中取出笔和稿纸，说是应一家杂志社的约稿，他准备通宵夜战，写一篇有关战马的故事。他说他在部队时，白天行军作战，晚上挑灯写稿，已经养成了熬夜写作的习惯。

第三天，他告诉我，稿子写出来了，已经寄往北京。

在接下来的日子里，他断断续续地跟我讲了许多有关养马的常识和马的习性。他说，马通人性，有位骑兵战士受伤昏迷了，他的坐骑一直守在他的身边。次日，战士醒来后，战马驮着他回到了营地！

他曾对我说过，他是老马识途，若有机会，他一定会带上我去蒙古草原体验骑马的乐趣！在草原上骑马飞奔，比开汽车还过瘾！

他还以十分肯定的语气对我说："你一定会爱上马的。"

不久，他的小说《马》便在《人民文学》卷首位置发表了。

后来，我到了江南。

江南虽然少有马的影子，但我与他仍有书信往来。到了1968年，听人说，这位创作生命力正值旺盛的作家，被人劫持到北京电影制片厂的摄影棚里，逼他承认是"黑帮分子""黑编剧"。他一面大声驳斥，一面高呼口号。那帮丧心病狂的歹徒，竟将他活活打死了！

十年后，他的冤案终于大白于天下，制造惨案的幕后主谋和杀人凶手，终于受到了法律的严惩！

那一年，我忽然接到北京电影制片厂发来的信函，邀请我去北京参加海默的平反昭雪大会。由于工作单位多次变更，当信函转到我的手中时，已经迟了。

海默走了，我去草原策马奔驰的心愿也就随风而去了，但有那些马的故事，却至今不忘。

江南少马，现实生活中，也极少见到马的身影，我只能从影视画面上看到马，在前人的画卷中欣赏马，在古典诗词里品味马。我退休之后，曾在黄河河滩上看到过电影剧组拍摄群马飞奔的场景，有人让我骑在马背上遛上一圈，我没那个胆量，只好作罢。

渐渐地，我对马的喜爱，便转移到了丹青中的马匹。古人画的骏马，或温驯，或刚烈，或悠然而行，或奔跑如飞，虽然毛色各异，它们的雄姿却让我神往，尤其是有关骏马的传说故事，更令我难忘。

史料上载，唐人喜马。唐太宗在他的戎马生涯中，不但爱马，还善骑善战。他的战马为他削平内乱，抵制外乱，可谓立下了汗马功劳。在《昭陵六骏》中的六匹战马，分别是他的"飒露紫""拳毛弧""青骓""什伐赤""特勒骠""白蹄马"。他将不同时期和不同战场上乘坐的这些战马，视为大唐的有功之臣，并给它们配以金鞍玉勒供奉起来。到了暮年，他修造地宫昭陵时，又令工匠们将这六匹战马的雄姿刻在石屏上，供后人瞻仰。

可惜的是，今天的"昭陵六骏"却少了二骏！

原来，在30年代，外国的文物走私贩子乘着战乱之机，将"飒露紫"和"毛王弧"偷走了！如今陈列在美国的博物馆里。

据说，唐代的曹霸也擅长画马。他是曹操的后裔，师承卫夫人，以画马著称。他为皇家画的御马，风骨不俗，神态高贵。据说，他在大殿里画马时，笔下的骏马栩栩如生，群臣惊叹不已。诗人杜甫当时也在大殿里，对他的骏马大加赞赏，说他画的马是"一洗万古凡马空"！

到了唐玄宗时期，蓝田人韩干是位著名画家，他与诗人兼画家王维是同乡，幼时在酒店当学徒时，常奉店主之命为王维送酒。有一次，他送酒时，恰逢王维外出未归，他便蹲在地上作画。王维回来看到后，资助了他2万钱，让他继续学画画。后来,他师承陈闳。唐玄宗看了他画的马,认为他的马"肌平有余,骨峻不足",让画家陈闳向他传授画马的秘诀。陈闳却说,皇家御廊中那些西域进贡的宝马,就是最好的老师!他让韩干去马厩观摩马匹的动静姿态,将一匹匹马临摹下来。

韩干听了,便去了皇家马厩,整天与马相伴。

自此,他画的马匹便超凡脱俗,他本人也成了一代大家。

宋代的李公麟也是位画马高手,他的《五马图》上的马活灵活现,好像即将从纸上跳跃下来!他的画马诀窍,就是去现场写生!他常去皇家的养马场"骐骥院"仔细观察,悉心揣摩,掌握了马匹的形体、骨相、毛色和不同环境中的马匹神态。他还去乡间田野观察马匹的自然形态,终于画出了一幅《马性图》,他笔下的骏马,自然、天真、无拘无束、野性十足。

现代画马大家当属徐悲鸿。

1940年,他应邀访问印度,去国际大学讲学时,有机会去了大吉岭和克什米尔,那里的高头、长腿、宽胸骏马,吸引了他,他不但做了大量写生,还经常骑着骏马奔驰。由于近距离地接触了马匹,不但熟悉了马的习性,还把马视为了自己的"知己"。他认为,"学画最好以造化为师,故画马必须以马为师"。

正因为如此,徐悲鸿笔下的骏马,已从美术馆飞奔到了普通百姓家里,它们或昂首长嘶,或温驯驻足,受到主人的青睐。

友人送我一幅六尺长的《八骏图》,上面有八匹不同毛色和不同形态的骏马。我不知道它们出自哪位画家之手,但十分用心地珍藏着,偶尔也展开画轴独自欣赏,有一种如见故人的激动。

这就足够了。

今天,每当我听见有人唱起《敖包相会》时,便会想起海默,想起那些与马有关的故事。

家　雀

家雀,也就是麻雀。

在山东的胶东半岛一带,人们称麻雀为家雀。因为它们爱在人家的屋檐下，瓦缝中，墙洞里筑窝，也总在人家的屋前房后或院子里、路边上戏闹、觅食。在秋季，打谷场周围就成了它们的天堂，它们呼朋唤友，成群结队飞来，与农家分享着收获的喜悦。

麻雀既没有孔雀，翠鸟那样有艳丽的羽毛，也没有鹦鹉、百灵鸟那样婉转的歌喉，更没有雄鹰那样翱翔万里的志向。麻色的羽毛上点缀着黑褐色的斑点，模样显得有些丑陋，它们的叫声总是叽叽喳喳的，也有些让人心烦。但是它们却是我最好的朋友。

有一天，邻家大哥哥搬来梯子，在屋檐下掏了一个麻雀窝，掏出了两只还没有长羽毛的小麻雀。他将其中一只送给了我，我找到一只旧鞋盒子，在里边垫上了一些棉絮，给它做了一个安乐窝，还在鞋盒四周钻了几个孔以后它透气。看到它睁开了眼，便给它喂了几粒米饭，它吃下去之后，便张着黄色的嘴巴不停地叫着，直到它吃饱了才安静下来。自此之后，它便成了我的朋友，每当我掀开鞋盒盖子，它便叽叽喳喳地叫着，张开嘴巴等我喂饭喂水，小精灵很是可爱。只有先喂饱了我的麻雀，我才拿起筷子吃饭。

渐渐，它们翅膀上长出了羽毛，不久，全身羽毛也丰满了，它还会跳到我的手心里，啄我的手指。后来，它终于会飞了，我把它抛向空中，它便缓缓地飞到我的肩上，头上，成了我的好朋友。

又有一次，邻家大哥哥领我去了河边草地上。他说，麻雀要吃活食，才会长大。于是，我便在草丛中捕捉蚂蚱等来喂它，麻雀吃了之后欢快地跳着，叽叽喳喳地叫着，我和大哥哥都有一种成就感。大哥哥将喂饱的麻雀向空中一抛，麻雀在空中飞了一圈，他刚伸手去，麻雀便落在他的手掌上了，他很得意，以为麻雀养熟了，不会飞走了。就在这时，不知哪里飞来一群麻雀，落在不远处的河堤上。他手掌上那只麻雀双脚一蹬，便飞进了麻雀群中了！他赶忙去追，麻雀群又飞进一座菜园子，落在黄瓜架子上，当他进菜园子时，麻雀便"呼"的一声飞远了！他气得直跺脚，却又无可奈何。我连忙将我的小麻雀放在鞋盒里，抱在手中，我想找到一条小麻绳想系在它脚上，就不怕它飞走了。当我刚刚掀开盖子，小麻雀突然跳出来了，在草地上啄食。这时一群麻雀也落到了草地上，当它们飞走时，我的麻雀也不见了。原来它也跟同类飞走了！我伤心极了，哭着回了家。晚上我还梦见了我的那只麻雀。

自此之后，每当我头上飞过的麻雀，或是看到地上觅食的麻雀，总是怀疑其中有一只就是我当年的那位麻雀朋友。

20世纪50年代初，社会上发起了轰轰烈烈的"除四害"群众运动。

麻雀与苍蝇、老鼠、蚊子一样，都成了捕杀的对象。当时心里有点想不通，其他三种动物影响卫生，传染疾病，应当彻底消灭，但麻雀虽然也啄食粮食，但也啄食了果树上的害虫呀？而它又不传染疾病，不应当将它列入"四害"之中。虽然我为麻雀抱打不平，却也无可奈何。在那场运动中，城市里家家动员，人人动手，用驱赶、围堵来捕杀，也用药物、机械消灭，战绩不俗，麻雀家族虽遭到重创，但它们有一双翅膀，城市无法安身了，便飞往农村，农村不能落脚时，便飞往山野，躲进树林，后来听说"四害"变成了老鼠、苍蝇、蚊子和臭虫，麻雀才逃过一劫。

自此之后，我更加关注麻雀的命运了。大凡有人家的地方，都能看到麻雀的身影了。有一次我乘坐长途汽车由昭通回昆明时，路过一个寨子吃午饭。寨子不大，房屋也不多，麻雀却多得出奇！路边、树上、车站门口，店铺的台阶上，到处都有成群的麻雀！当我们在一家小餐馆吃饭时，几十只麻雀从窗口飞了进来，争抢着地上撒落的饭粒。忽然，一只麻雀竟飞到我的饭桌上，还歪着脑袋望着我，蓦然间，我发现它像极了我当年的那位麻雀"朋友"！难道真的是它？我用筷子向桌上撒了几粒米饭，它也不客气，竟低头啄食起来。服务员来收拾餐具时，把手一挥，它便从窗口飞走了。

我曾在鄂州长港边一个村子住过一段时间。有一天，我因事去了村里的粮仓，见里面有一大群麻雀。同来的一个后生连忙关上了窗户，受了惊吓的麻雀们四处逃窜，有的躲在角落里，有的撞在玻璃窗上。我知道这个后生想捕获这些麻雀，这麻雀可是煨汤佐酒的上好食材！我悄悄地开了大门，麻雀便争先恐后的飞出去了。后生的小算盘就落空了。

我看到有人在笼子中养着相思鸟、画眉，家中就多了一种生活的情调，我突然奇想，想养一只麻雀。在一个雪后的日子里，我在雪地里扫了一块地面，地面撒了一把谷子，还支上了一个小网，系在一根绳子上。那一天虽然寒冷，麻雀们觅食困难，必会前往啄食。只要我把绳子一拉，准会网住几只！谁知麻雀好像侦察到我的阴谋，就是不去啄食网下的谷子！

又听说酒能醉倒猴子，我便用白酒浸泡了半碗稻米，放在窗台上，心想，贪吃的麻雀只要吃了碗中的米粒，便会醉的不省"雀"事，便可手到擒来了！谁知整整放了两天，却没见过一只醉麻雀！不知是麻雀太聪明，还是我太笨？

还有一次，我路过武汉的江汉路时，见一餐馆前贴有一张告示：油炸麻雀，每只五毛！摊前站着一群年青男女。刚出锅的油炸麻雀呈金黄色，香味诱人。

我见了，扭头就离开了。

今年冬季，再次回到胶东半岛时，我突然发现，很少能听到麻雀们叽叽喳喳的叫声了；也很难看到成群的麻雀！有人说，这是因为林立的高楼替代了低矮的瓦房茅屋，麻雀无处栖息，只好飞到郊外了。也有的说，因为农村使用化肥、农药和除草剂，导致麻雀的食物受到了污染，所以数量越来越少了。

我心里有一种抹不去的忧虑，如果在某一天，麻雀也成了保护动物，不知是可喜还是可悲？

别了，黑天鹅

我住的小区里，有个不大的湖泊，小区对面是一座三百多米高的青山峰，粼粼碧波中倒映着盆景般的山影。小区的名字就叫"湖光山色"，倒也十分贴切。

湖泊坐落在小区的中心位置，湖边上还斜泊着一只破旧的木船。下雨时，山上的雨水便通过管道汇入湖中。沿湖一带有木栈道相连，每逢朝夕，人们或在木栈道上散步，或在湖边林子里打拳练剑，也有的坐在木椅上谈论着家长里短，还有老人牵着孙辈在湖滨学步，一派祥和的景象。

我是去年初冬住进小区的，入住的第一天便爱上了这个湖泊。倒不是湖泊有什么独到之处，说实在的，我客居的鄂州境内，有名有姓的湖泊就有一百多个，最小的湖泊都不知比这里大上多少多少倍！小区里的这个湖泊，充其量是江南的一个小池塘！因为北方湖泊稀缺，小区的这个湖泊就显得得天独厚了。

我之所以喜爱这个小湖泊，是因为湖泊里地生活着一些美丽的精灵，有斑头雁、绿头鸭、鸳鸯等水禽，还有一对色如墨玉、体态高雅的黑天鹅！

湖畔的一块木牌写着：湖泊里的这些野生水禽，都是居民们从外地买来，在湖中放生的，希望人们爱护它们。附近设有食饵投放点，每当有人向湖中投放剁碎的菜叶子和爆米花时，水禽们便争先恐后地游过来，欢快地争抢着，在湖面上溅起一团团的水花。

有一天，我看到一位老太太领着一个三四岁的小男孩，正在向湖中的黑天鹅招着手，还不停地唤着。两只黑天鹅便缓缓地游了过去。小男孩从塑料袋里抓出一把已捏碎了的面包，撒在了湖面上，两只黑天鹅便欢快地啄食起来。这时，几只斑头雁和绿头鸭也从这处游过来，抢食湖面上的食物。小男孩急了，一面跺着脚，一面大声喊着："不，不——"

大雁和野鸭们毫不理会，不一会儿就把水面上食物吃得干干净净了，小男孩委屈地哭了。奶奶领他走时，他一面抹着眼泪，还一面回头朝黑天鹅挥着小手。

两只黑天鹅或在湖面上戏水，或在岸边的草丛中觅食，它们形影不离，相依相随。优美的身姿成了湖中水禽中的佼佼者。人们喜爱它们，呵护它们，是情理中的事。我想，能与黑天鹅为邻，是上苍赐予的一种缘分！

今年初秋，我又住进了这个小区，安顿好了之后，便去了小区的那个湖泊，想看看那两只久违了的黑天鹅。

湖水依旧波光粼粼，岸边依旧垂柳依依，水禽们依旧在湖中戏水。再仔细看时，却发现湖里只剩下一只黑天鹅了！另一只呢？我沿着湖岸走了一圈，始终不见另一只的身影，也许它飞走了？飞回了它当年的栖息地？它还能飞回来吗？我又想起了湖畔木牌上的介绍：黑天鹅是大型游禽，野生种群分布在澳大利亚和新西兰等地。黑天鹅不属于候鸟，无迁徙性，以青草、水生植物及少量水生动物为食。黑天鹅还有个习性：它们严格遵循一夫一妻制，一旦配对，便会终生厮守。

我想，既然黑天鹅有这种习性，另一只黑天鹅就不会撇下自己的伴侣而远飞他方。想到这里，心里顿时有了一种不祥的预感。

在湖边的帆篷下小憩时，一位老者告诉我，另一只黑天鹅，被人打死了！

我不敢相信，也不愿相信。人见人爱的黑天鹅，招惹谁了？妨碍谁了？为什么要对它下此毒手呢？

是为赚钱而偷猎了黑天鹅？

是为品尝天鹅肉而丧心病狂？

还是以杀害生灵获得变态的快感？

不论是出于何种动机，都是一种不齿行径！

我望着那只失伴的黑天鹅，看到它孤独地在湖面上游弋着，在草丛中寻觅着，偶尔还会发出几声短促的叫声，却听不见回应。有时它还会飞离湖面，在半空中飞上几圈又缓缓落下，在水面上撩起一串水花，然后，独自栖息在湖中的一座浮岛上。

它是在寻找另一只黑天鹅？还是在等待自己的伴侣归来？

我猜不出来，却想起了"寻寻觅觅，冷冷清清，凄凄惨惨戚戚。"的词句。

我怕失去它，连忙用手机拍下了它孤独的身影。

过了数日之后，有一天上午落雨，午后放晴，因心中惦记着那只黑天鹅，便又去了那个小湖。

我绕着湖岸连续走了两圈，未能见到黑天鹅。有人在向湖中投食，水禽们纷纷围拢过去，欢快地抢夺着，却没有黑天鹅的身影！难道它———

一位在木栈道上舞太极剑的老者告诉我说，那只黑天鹅飞走了！

我问，它飞往哪里了？

她望着天空，摇了摇头。

一种难言的惆怅悄悄地涌上了心头。因为我知道，黑天鹅飞走以后，就再也不会回来了。

继而又想，黑天鹅飞走也好。它回到了它的生息之地，回到了它的族群之中，再也不会受到伤害了！

我若想念它，只要一打开手机，便能从手机屏上看到它墨玉般的身影。

故人·缘分

1

"他乡遇故人"，是人生三大幸事之一。唐人宋之问在《渡汉江》中所说的"近乡情更怯，不敢问来人"，道出了一位游子从异域他乡归来时的心绪，真切感人。

当游子回到阔别已久的故乡，遇见了心仪已久的故人，则更是一种可遇不可求的幸事。

当年，我虽也意气风发，但少不更事，便赌气离开东海之滨的故乡，头也不回地去了江南。记得曾在一座古城的半截城墙旁，吟哦了一首诗，其中有"墙边老梅牵衣道，古人十去九未还"。这让我想起了李商隐的恩师、诗人李德裕被贬海南后，写的那首《登崖州城作》：

独上高楼望帝京，鸟飞犹是半年程。
青山似欲留人住，百匝千遭绕郡城。

大凡没离开过故土的人，很难品味那种刻骨铭心的思乡之苦。为了舒缓这种难以名状的情愫，我曾写过家乡的《石老人》《又见栈桥》《钓虾虎》《琅琊读史》等短文，因生于崂山东麓，便以"崂子"为笔名，其意是"崂山之子"。

不过，我比李德裕幸运多了，虽然也经历过种种磨难和坎坷，但却有多次回乡探亲的机会。到了晚年，便想回故乡定居，以品味贺知章的"儿童相见不相识，笑问客从何处来"的诗句，和苦中有乐，乐中有苦的滋味，谁知却平添了一种"人老莫还乡，还乡亦断肠"的感慨。因为双亲已长眠山岗，同辈及童年玩伴已大半过世。晚辈虽多，皆有各自的事业，朝夕相处已是一种奢望，惆怅之感油然而生。

去年岁末，我去拜访青岛的细书大家朱念青先生时，遇到了一位未曾谋面的故人：青岛大学教授、《海鸥》（今《青岛文学》）前主编王照青先生。之所以称他为故人，因为青岛大学曾发函告知我，同意将我调入该大学工作，夫人去青岛医学院任教，并通知了报到日期和户口迁移等事宜，后因故未去报到。

若当年去了青岛大学，则与他是同事的缘分。他在《海鸥》文学社任主编时，我曾在这家刊物上发表过几篇散文，这又是编辑与作者的一种缘分。更巧的是，我与他同年生于同一个村庄，此次虽是第一次见面，二人皆有相见恨晚之意。

2

应当感谢王照青，他让我见到了另一位心仪已久的故人——著名曲艺家刘金堂先生。

在这之前，我只知道刘金堂是中国曲艺家协会会员、青岛市曲艺家协会名誉主席、国家一级编剧，是集编、导、演于一身的三栖艺术家。王照青还告诉我，刘金堂先生从艺60余年来，创作了800多篇曲艺作品，还策划过《笑的晚会》等20多台专题曲艺节目，并多次获国家大奖，其中他创作的山东快书《花衣裳》，获曲艺最高奖"牡丹奖"；山东琴书《楼道曲》，曾获全国春节晚会大奖；山东琴书《同学会》，获市、省和全国大奖。前不久他下乡采访并创作的山东快书《马克志》，被评为首届"高元钧杯"全国最佳作品奖，他是一位德艺双馨的艺术家。

刘金堂年长我6岁，当年我在一艘扫雷舰上当水兵时，因酷爱文学发表了一些诗歌，被调到基地文艺办公室，在诗人符加雷的身边工作，后调任舰队政治部文艺助员时，曾欣赏过他创作的山东快书《打走狗》《让座》等曲艺作品，但一直未见其人。因二人不但同姓，在名字中又各有一个"堂"字，于是心中便记住了这位曲艺艺术家。后来由于命运使然，我去了江南的一座古城，一待就是50多年，每逢在江滩湖畔见到翻飞的海鸥时，便会突发奇想：从我身边掠过的那只海鸥，是否是从家乡飞来的？它将飞向何处？

3

第一次见到刘金堂先生，是在细书大家朱念青的工作室里。王照青与朱先生交往经年，还写过他的专访文章。他曾热情地介绍过刘金堂的成就。

在我心里，对这位艺术家已先入为主地有了一个轮廓：年已古稀、弱不禁风、文质彬彬、谈吐儒雅。谁知见到他时，我的眼前蓦地一亮，他一米八的个头，魁梧的身材，一双眸子富有神采，说起话来，爽快、直率，谈笑风生，一位典型的山东大汉！

他为朱念青写了一幅书法作品，在展开作品时，我的眼前又是一亮：这是一幅不同凡响的榜书！

念青好客，他备了几样海味菜肴，刘金堂先生带来一瓶茅台。席间，大家边酌边谈，天南海北，有说不尽的话题。

我谈了当年青岛文艺界的孔林、刘知侠、叶楠、姜树茂等作家，刘金堂热情洋溢地讲述了为庆祝中法建交50周年时，他创办的艺友书画研究院，应中欧艺术促进会和巴黎市政府的邀请，派人携带作品前往展览，他的一幅"海内存知己，天涯若比邻"的榜书作品，获得了巴黎各界的赞叹。

席间，他虽有一种豪放之气，但却只在一只小酒盅上抿了一小口酒，不知他是酒量不大，还是克制酒量。

陪他同来的是他的孙女——一位书法研究生。时值寒冬，窗外滴水成冰，室内却春风拂面，春意融融。

春节刚过，我应约前去拜访了刘金堂先生。

他住在文化名人公寓十四层楼上，一进门，仿佛踏进了一座艺术殿堂：墙壁上、柜子里、书桌旁，甚至箱笼上，到处都是琳琅满目的艺术作品！在这些艺术作品中，既有丹青，也有书法，既有他自己的作品，也有名家手迹，让人目不暇接。原来刘金堂先生不仅是一位曲艺大家，还是一位专攻榜书的书法艺术家！在这里，我看到了他为奥运会撰写的榜书楹联"五环连天下，四海仰巨龙"，也有为中国评书艺术家刘兰芳撰写的榜书楹联"九州空巷听说岳，三代满堂赞兰芳"。他的作品给人一种耳目一新之感。

榜书亦称大字，书界称其为署书，是中国书法史上的一朵奇葩，也是历史悠久的传统文化遗产。撰写榜书，不但要有厚实的功力，还兼收中国书法的篆、隶、楷、草、行及魏碑等笔法。刘金堂的榜书古朴大雅，笔拙气清，既有千钧之力溢于外，又有灵秀之蕴蓄入内。可养目修性，又能震撼心灵。他的榜书作品曾获"全国少字书法百杰"称号。

闲谈中，他提及了一件趣事：青岛市歌舞艺术院20万元买下了小说《红高粱》的改版权，排练的舞剧《红高粱》参加了第十届中国艺术节的演出，获得了文华大奖。2012年莫言获诺贝尔文学奖后，北京一家公司提出以5000万元买回排演权，被歌舞院拒绝。一向淡泊名利的刘金堂借用《尚书·周书》中的"功崇雅志，广业为勤"这句话，写了一幅榜书，赠给了这家歌舞院，以褒扬他们尊重艺术，不为金钱诱惑的风格。

写榜书不但要有魄力，还要有体力。为了保持充沛的体力，刘金堂每日都坚持练习太极棍，天天悬写大字。前年，他撰写的榜书论文《我国榜书宣传正能量》，在中国榜书第二届高峰论坛上宣读时，反响十分强烈。

这时，一位衣着得体、贤淑有度的中年女士来到客厅，原来她是刘金堂的学生、曲艺家王新玲。得知老师家里来了位远方客人，便应邀前来作陪，她还带来了她演唱的河南坠子《幸福的笑声》影像作品。舞台上的她，字清腔润，抑扬顿挫，悦耳动听，听她的表演是一种艺术享受。

"老树著花无丑枝"。身为艺友书画研究院院长的刘金堂，似乎焕发了二度青春，他告诉我，再过四年，当他90岁时，将在北京举办一家四代的书法作品展！我被他孜孜不倦追求艺术的精神所感染，也祈愿这一别具一格的展览圆满成功。

望着坐在窗前的这位老艺术家，听着他侃侃而谈。窗外，就是浩瀚无际的大海……

吾母是佛

我有个很大的心愿：为母亲写篇文字。

虽已断断续续写了数十个春秋，但仍未能写出来。

我曾勾勒出许多腹稿，都未能写在纸上；有的虽已写在了纸上，却因为过不了自己这一关，只好作罢；有的写了一半或接近成篇，也因自己不满意而未继续写下去；还有的虽已完稿，自己也认可了，只是因为没有一个满意的题目，最终还是放弃了。

时不待我，趁着视力尚可动笔，记忆虽不如前，却仍清醒，虽病痛缠身，体力却尚可，故而想早日完成这篇拙作，以了却人子的心愿。

1

一个人有权选择朋友、伴侣、事业、信仰甚至死亡，但却无权选择自己的母亲。

母亲的出身既非名门，亦非殷实家庭，只是一户贫寒人家，在山东潍县的大西王庄；父亲的家乡是潍县的小西王庄。当年，父亲用两个筐子挑着我的两个姐姐，逃荒到了青岛的李村。因家无片瓦，地无一垄，只能靠父亲给人家打工并做些小生意来维持家计。我和弟弟妹妹出生后，家境就愈发艰难了。

1944年夏天，父亲挑着青菜通过日本人的卡子门（岗哨）时，因从菜筐里搜出了几瓶酒精，因为酒精可消毒，被怀疑是通敌，关进大牢，惨遭毒打，出狱后不久就病故了。因买不起棺材，是好心的邻居们用高粱秸卷着父亲，葬在了乱葬岗里！

父亲死时，母亲36岁，我刚刚7岁。

父亲死后两个月，我的三弟出生了，是遗腹子。

为了拉扯我们兄弟姐妹六人，母亲帮人家缝补衣物，日夜操劳，她常年吃糠咽菜，忍饥挨饿，一年吃不上一顿白面馒头。后来，大姐进了纱厂当挡车工，舅父也全力相助，全家人才得以活下来。

新中国成立后，家中分得了二亩菜园地，还在河边盖了三间瓦房，生活自此算是安定下来了。

我参军以后，弟妹们也都减免学杂费进了学校。我转业时带着母亲去了江南，想让母亲享几天衣食无忧的清福。此时弟妹们都尚未成家，母亲心中一直牵挂着，她只住了三个月，便要回青岛。

当时正值寒冬，我和母亲乘火车去黄石搭乘江轮时，怕她在路上因风大而受寒，我便解下自己的一条毛线围巾让她包着头，并将她送到船舱里，找到了铺位。我告诉她，等我安排好了，再接她回来。

她听了，点了点头，她怕我赶不上回去的火车，便催促我下了船。

汽笛拉响了，我站在码头上，望着轮船缓缓驶向远方，心中突然有了一种莫名的不安，是怕母亲路途中孤独？还是担心江面上风急浪高？

我无论如何都没有想到，这竟是我与母亲最后的相处，也是最后一次相别。

母亲走后不久便是春节。在我的老家，除夕时都要吃"箍扎"（水饺），若有人离家太远，不能回家过年，家里人便会为他留下座位，桌上摆一双筷子，碗里盛上"箍扎"，让他与全家一起守岁过年。

这一年的除夕之夜，我想象着母亲和一家人团聚吃"箍扎"的情景，她一定会为我摆上一双筷子，盛上一碗"箍扎"的。为此，我还写了一首七绝，最后一句是"箍扎煮好等阿谁？"

那一年我 25 岁，母亲 53 岁。

2

1966 年，一场政治风暴席卷而来，我像树上的一片叶子，被风暴吹落下来，又被人踩在了脚下。

我报考飞行员时，政治审查完全合格，更无海外关系，根正苗红，我很自信。谁知，因在报刊上发表了一些诗歌、散文，竟成了这场革命的对象：文艺黑线上的人物！京畿揪出了"三家村"，小县城就揪"小三家村"，我便成了"小三家村"的村长，被送到农村改造世界观去了！

有一天，机关干部下农村参加秋收时，保密室的一位同志悄声告诉我说：你母亲过世了！……

我听了，感到"嗡"的一响，头脑里一片空白，觉得好像天塌了下来！我成了一个没有娘亲的孤儿了……

不久，风向突然变了，县里召开了大会，宣布为我彻底平反！

有一天，我在武汉参加省总工会的会议，深夜突然接到机关打来的加急长途电话，说是有要紧事情，让我尽快返回县城。

我回到机关才知道，就在头一天晚上，机关造反闹革命，抄了一位干部的宿舍，竟在他的枕头里发现了一些信件，其中就有我二弟写给我的信和母亲病危的电报。信上说，母亲病重住进医院，她是念叨着我的名字撒手人寰的……

当天夜里，有人在干部大会上念了这封信，许多人都哭了，群情激愤！县委书记也哭了。经他点头同意，会议主持人宣布：将私自扣留藏匿他人信件的那位干部予以逮捕！在一片口号声中，人们将他捆绑起来，押送他去了看守所。

我与这位干部既无远仇，又无近恨，他是奉命行事，责不在他。加之他的爱人带着小女儿找到我，哭着央求我原谅他，放他回来。我有些冲动，便立即去了公安局，要求他们放人。他们当时虽未答复，但不久之后便让他回家了。

……

就在这年初冬的一个清晨，我刚刚走到机关大院，突然看到了我的二弟！他站在寒风中，双眼有些红肿，显得十分疲惫。他也认出了我，刚喊了一声"大哥"，便抱着我大哭起来。

原来，我平反之后，曾给他发过一封电报。当时，发电报按字数收费，为了省钱，我在报文上只写了四个字：速来鄂城。

二弟接到电报时，正在地里干农活，他连忙与我二姐商量。二姐以为我已不在人世了，就让二弟买只罐子，好将我的骨灰抱回老家。当晚，二弟就爬上满载红卫兵的列车，三天两夜才赶到汉口，又连夜乘船到了鄂城。没想到一进院子就遇到了我！他惊喜交加，半天说不出话来。

二弟告诉我，母亲在弥留之际，总是问一句话："敬堂回来了吗？"

家人安慰她说，我已经在回家的路上了，快回来了。

9月31日午夜，母亲永远闭上了双眼……

我随二弟回到青岛的第一件事，就是去殡仪馆，我将母亲的骨灰盒抱到山坡上，轻轻擦去上面的浮尘，跪在她的跟前，反复重复着一句话：娘，我回来了，回来看你了……

暮色四垂时，我才依依不舍地离开墓前。

3

我是个粗心大意的人，正因如此，才留下了终生的遗恨，我不知道母亲的生日，不知道她的属相，甚至不知道她的名字！只知道土改工作队为她临时写了个名字：刘王氏。我也不知道为了拉扯大我们兄弟姐妹，她受了多少苦，遭了多少难！她生前我没问过，现在想问，却无人可问了！

还有，母亲在世的日子里，我为什么不在她身边陪陪她，听她说说心里话？

我有数百张在不同场合、不同时间拍下的照片，却只有三帧母亲的黑白照片。第一帧是我用借来的一架德国产的老相机，在老房子门口为她拍摄的全身照片；第二帧是我在海校学习，她与三弟来看我时，在南海路照相馆拍的三个人的半身照片；第三帧是母亲去世后，二弟寄给我的一帧母亲的半身照片。每当看到这三帧照片时，我都会痛恨自己，当年为什么不多拍一些母亲的照片呢？

我很想从别人口中知道一些有关母亲的往事。大舅、二舅以及我的两个姐姐知道的最多，但他们都已过世；母亲的邻居亲戚也大多作古，母亲住过的老房子早已拆迁，就连母亲用过的遗物，大多也已散失，唯独母亲在江南使用过的一只小茶几，虽几经搬家、更新家具，却被我完好地保留了下来，我将它放在书房的窗下。虽然它已显得老旧，在新房间里显得格格不入，但因母亲的双手曾经抚摸过，所以我才用心保护着它。

……

有一天，我在大街上走着，不经意间看到远处有位老妇人，我感到心头一热，那不是母亲吗？待仔细再看时，原来是一位陌生人。

心有所想，夜有所梦。我曾做过很多梦，在梦中遇见过很多人和很多事，我多么希望也能梦见母亲！在梦中，我坐在她身边听她说话，哪怕是一句也好。但希望很快就变成了失望，梦醒之时，倍感惆怅。

在母亲心里，儿子就是她的一切。

儿子对母亲粗心，应是一种不可饶恕的不孝，也是一种难以弥补的遗憾！

愿天下为人子者，切切以我的粗心为鉴。

4

顽皮是孩子的天性。

由于父亲早逝，我又不体谅母亲的艰辛，总是由着性子在外面淘气，下河摸鱼，爬树捕蝉，上房掀瓦逮刚出生的麻雀，三更半夜提一盏电石灯去赶海挖蛤蜊，还领着小伙伴们偷过大伯地里的甜瓜，甚至还逃过一次学。读小学时，我和一个小同学想到外边去闹荡一番，当顺着铁路走到天黑时，肚子饿了，人也累了，又没处栖身，心中有些害怕，便又灰溜溜地回到了家中。

我不记得母亲伤过多少心，流过多少泪！我每次淘气，都会受到母亲的一顿训斥，训斥之后便是一遍遍地唠叨。她一边唠叨，一边擦拭眼泪的样子，我至今难忘。

母亲天性善良，即使家中没有隔夜之米，当有外乡人上门讨饭时，她也会将自己碗中的饭全都倒给人家。每年的除夕之夜，她还会在院子里搭个三角形的草棚子，点上三炷香，摆上刚捞出锅的"箍扎"，说是留给那些无家可归的孤魂野鬼们吃。

母亲虽没有读过《孝经》，但她常常给我们讲古代二十四孝的故事；还告诉我们说，好人有好报，恶人有恶报。

凡是做了昧良心事的坏人，老天爷不会放过他！

她还给我们兄弟姐妹讲了一个她听来的故事：

在一个狂风暴雨的天气，一群行人纷纷挤在路边的店铺里避雨。雨越下越大，雷也越炸越响，一个大大的火球不断在房顶上滚动！这时，店家说，看来老天爷要处罚一个坏人，谁是坏人，谁就到门外去！这群人中，没有哪个走出门外。店家又说，既然没人出去，每个人就把头上的斗笠扔到门外吧！

人们纷纷扔出了自己的斗笠。

当最后一个人刚刚扔出斗笠时，只听"轰"的一声，一个响雷震落了房瓦！那个扔斗笠的人被炸倒在店铺门口！

原来，那是一个丧尽天良的坏人！

……

第五辑 乡愁如酒

243

有一件事，我至今难忘——

母亲随我到了江南之后，单位给她安排了一间住房，单位领导家的保姆也住在附近，二人常常一起逛街。有一天，母亲在街头拾到了一张面值五斤的全国通用粮票，她站在原地等候了大半天也无人认领。我下班后，她让我去交给"公家"，我说天黑了，明天去交吧！她听了，有些不高兴，说道，这可是那个人五天的口粮啊！

我怕她焦急，当晚便将粮票送到了派出所。

母亲虽不识字，但她十分敬重识字的人。她不许我们踩踏有文字的纸，说纸上的文字都是圣人留下的。

平时，母亲总爱唠叨，她常说的一句话是：做人要凭良心，老天爷就在我们头顶上。

她所说的老天爷，指的是冥冥之中的神灵。

我并不以为然，哪里有什么神仙？以为是她吓唬我的。

可是，过了若干年后，我终于明白过来了，母亲说的，不就是人们常说的"举头三尺有神明"吗？

母亲离世虽已有53个年头了，但在我的潜意识里，她就在我的头顶上，在时时刻刻地看着我，也在时时刻刻地庇护着我。

若今天有人问我：你认为人生中最大的幸福是什么？

我会毫不犹豫地告诉他：是听母亲的唠叨。

5

有位朋友在一篇文章里写过这样一个情节：他的父亲去世之后，母亲抚养几个孩子十分不易。为了让孩子们睡个好觉，她便趁着孩子们熟睡之后，细心量下他们的脚板尺寸，然后在灯下一针一针为他们缝制成鞋。她的孩子们出门时，没有一个打过赤脚！

我读到这里时，心中蓦然一动。

记得有一年初冬，母亲一手拉着风箱做饭，一手拿着一双刚做好的布鞋，让我穿上试试合不合脚？我穿上后觉得很合适，十分暖和。千层底纳成的鞋底，踩在灶门口的煤渣上，"嘣嘣"作响，舒服极了！那一刻的感受，犹若昨日。

我曾看过电视台播出的一则新闻：为了让年迈的母亲去看看外面的世

界，一位中年汉子蹬着一辆改装过的人力三轮车，载着他的母亲，从北方一路走到了江南。母子二人有说有笑，一路欣赏沿途的风光。我想，一个人若是富有，可以让他的母亲乘飞机、坐邮轮外出旅游，还可以驾驶豪华房车去游山玩水；而这位蹬三轮车的汉子显然没有这种财力，但他用自己的一掬热汗、一段生命，换来了母亲脸上的笑容！我若是遇上了这位蹬三轮的汉子，一定会站在路边，向他深深鞠上一躬。

我敬重有孝心的人，耻于与对父母淡情、寡情、绝情的人为伍。

6

我身份证上的出生日期是 8 月 1 日，那是我报考飞行员时随意填写的，因为这一天是建军节，好记。于是，这也成了我档案中的生日。其实，我的生日应是农历四月初八，听二姐说过，我出生的那一天，也是佛祖的生日（浴佛节）。那一天，湛山寺正在赶庙会。

由于农历与公元纪年对应的不是同一天，所以，自参加工作以后，我就未曾过过自己真正的生日。

我所客居的古城有个不成文的说法：八十岁时不庆生，要提前一年为老者过生日。

前年，我刚满八十岁，文艺界的一些朋友张罗着要为我过生日，我未应允，但他们都已安排妥当，盛情难却，我便与夫人去了现场。大家欢聚一堂，谈笑风生，觥光交错，无拘无束，十分尽兴。有人赋诗，有人献歌，画家向斌还为我画了一帧油画。有位友人唱《母亲》时，唱到动情处，他眼眶里泛着泪花，我心中亦十分感动。虽然医生叮嘱我不可饮酒，但我还是抿了几口红酒，人未醉，心已醉了。

我知道，童年时母亲一定为我过过生日，至于是怎么过的，我已经无从知道了。而我呢，却从未为母亲过过一次生日，甚至不知道母亲生于何年何月何日！

这是一种扎心的疼痛！

我有一个心愿：我百年之后，希望我的家人将我葬在母亲的坟墓旁边，让我日夜陪伴着母亲。

写到此处，心中忽有所悟：我的母亲是佛，是一尊安放在我心中的佛。

奢望有个小院

我有个奢望：在房前有一个小院。

小院不用太大，在不高的墙边有几棵向日葵，窗台下有几株大丽菊，井台边有一架葡萄，空地上有几畦或大葱或韭菜，墙头上吊着几个葫芦，几只蝈蝈正躲在叶子下面，和邻家的蝈蝈们对唱……

其实，我家曾有过一个这样的小院，院墙是用石头砌成的矮墙。母亲常在小院中摘菜、洗衣，大缸里腌着萝卜、豆角、辣椒；墙角处有一颗香椿树，开春后，树梢上抽出紫色的嫩叶，可用来炒鸡蛋、拌豆腐，是一道美味！小院里有一种居家过日子的烟火味道。

北方的人家，大都有一个或大或小的院子，以便存放农具等杂物，有的人家还可在院子里存放大车、粮仓和柴火。有院子就会有院门，院墙是砖或干土垒成的。有的人家在院子的东南方向还修筑门楼，还有的人家用竹竿或木柴编成大门，这就是古人所说的柴门或门扉。

隔着院墙，可以跟邻家打招呼或者拉家常，一家来了客人，邻家还会隔着墙递过一盘菜肴。普通人家的院子又不同于北京胡同里的四合院，独门独户，给人一种神秘之感。北京的四合院又不同于山西祁县乔家堡的乔家大院，那里大院套小院，气宇轩昂，占地 3000 多平方米，在砖与墙之间的缝隙中还嵌有一枚铜钱！这是晋商在向世人炫富！

江南人家的院子，别具风情，如拙政园、沧浪园、冈狮园等私家园林，都是回廊花窗，曲径通幽，围墙上有镂空花隔，外人可欣赏院中诗情画意的景色。就连一些普通人家，通常也会将小院拾掇得玲珑得体，粉墙黛瓦，以小见大，闹中取静。居住其中，则是另一种情趣。走在街巷中欣赏苏州的庭院，犹若走进一首宋代的小令中……

乔家大院离我太远，北京四合院与我无缘，苏州的园林是雾里看花，我所奢望的小院，是我家当年的那种小院。

当年，我站在自家小院里，心里曾经想过：我什么时候才能住进都市中的高楼？

后来，我离开了自家的小院，走进了城市，也住进了高层楼房。而我家的那座小院和三间低矮的平房都已拆迁了，各家各户都被一幢幢高层建筑所取代，只在地铁的站牌上，还留着村庄的名字……

记得刚刚退休，回到了家乡探亲时，一位朋友告诉我，崂山人祖祖辈辈住在山中，虽吃苦耐劳，但总走不出大山。现在好了，很多人家随着子女们下了山、进了城，山上的老房子或闲置、或荒废、或租或售。三间平房加上院子，院子里还有几株桃树，只要 5000 到 8000 元便可买下来，可以居住，也可与家人、朋友作节假日时作休闲之用。当时听了，虽也动过心，但终未付诸行动。

现在的崂山，已经是著名风景区，也是旅游度假的胜地，每到夏季便人群如潮，若遇上樱桃节、葡萄节，更是人满为患，要想登上这座"海上仙山"，得购买不菲的门票方可进入……

今天，我住在市区高层的房子里，尽管环境优雅，听不见闹市的嘈杂，但潜意识里总是觉得双脚并未落地，身子似悬在半空中。走到窗前鸟瞰地面时，行人的衣着、模样皆看不清楚，只看到远处海尔路上奔跑的小汽车一辆接一辆，像一串串颜色各异的蚂蚁，它们随着红绿灯的闪烁，一会儿停下，一会儿又蠕动起来！这时，我更奢望有个属于我的小院。

我想在小院里栽上几株并非名贵的兰草，在我读书累了的时候，为它擦洗、修剪过长的叶子，还会盼望从它根部冒出花箭来！

我想在小院里栽一棵四季桂，在午后的秋阳里，从它的花簇中摘下几粒桂子，放在杯子里，能冲淡绿茶的苦涩。

我还想在小院中挖一个水池，种上几节藕，并不指望它有出淤泥而不染的荷花，只想在雨天里，听到大珠小珠落玉盘的声音……

我的小院我做主！

若某一天，我心血来潮，不再种养花草了，我会在小院中种上芹菜、芸豆、茄子、花生、芝麻、黄瓜、地瓜、小油菜、红萝卜，看到那满园春色，我一定会忘却营营……

其实，我心里知道，我所奢望的小院，只是我的一种幻想，亦是我臆想出来的"乌托邦"。

梦系琴岛

　　近来多梦，梦中常见到青岛前海的琴岛，以及岛上的那座白色灯塔。待欲寻觅时，梦却悄然而逝，醒来时方知子夜刚过。窗外悬着一弯江南的明月，侧耳可闻轻涛吻岸之声。是东去的大江正在低诉着绵长的眷恋之情？

　　人们对故乡的感情是很微妙的，甚至有些儿自私与狭隘。假若一个青岛人一生都厮守在家乡，那么，他会认为，那座小小的琴岛，实乃是一块弹丸大的礁石；那岛上的灯塔，无非是一到夜间就开始闪光罢了；就是对整个青岛，也会觉得平淡无奇，甚至还会抱怨她有这样或那样的缺憾。只有当他在天南海北闯荡了一阵子之后，才会蓦然发现，自己的家乡实在是太美了，美得让人无法用语言和文字表述出来。就是把天下之大、之美、之灵都加在一块儿，也无法形容那小巧玲珑的琴岛！这是游子的眷恋，想念家乡了吧？

　　50多年前，我还是一个血气方刚的毛头小子，由于某种原因，我踏上了轮船的甲板，朝琴岛上的灯塔望了最后一眼，便开始了陌生的人生旅程。而这最后一眼，竟使我刻骨难忘。在凄风冷雨的牛棚里，她暖过我的梦；在苗寨的竹楼上，她拨过我灵感的琴弦；在大漠艰辛跋涉时，她给了我一片浩瀚的海；在不见星月的夜行中，她给我点亮了一盏灯。记得在南国一片椰子树下，遇见了一位两鬓斑白的同乡——外轮上的海员。他告诉我，他曾经到过世界上许多港口，也见过许多灯塔，但没有哪一座比得上琴岛的灯塔更红、更亮、更高。说着说着，眼睛里已经有了晶莹的泪花了。"同是天涯客，相逢说琴岛"。此时此景，只有久别琴岛的游子，才能品味得出来。

　　我曾几度去过琴岛，总想减轻一些思乡的折磨，谁知每次又平添了一些思乡债！尤其在离别时对琴岛的最后一瞥，总是撩得人魂不守舍，心潮难平。

　　忘不了我写的第一首诗，就是夜里望着琴岛的灯光构思的，发表在60多年前的《青岛日报》上；忘不了我学习摄影时拍的第一个胶卷，竟全部是琴岛的倩影；忘不了我和妻子的初恋，是琴岛的灯光送来频频祝福；我忘不了我和学友、战友、文友们，常常在海沿上漫步，望着近在眼前的琴岛谈论人生和文学，谈论属于我们自己的话题。我有位在文工团搞创作的挚友，每当他写的心烦意乱时，便邀我去栈桥走走，我们当时称之为"吹霉气"。任凭海风随意吹拂，让琴岛的光束梳理心中的文思，然后再回去爬格子。当时无意，现在忆来，始知是一种极大的享受。

在江南，我自费订了一份《青岛日报》，虽说比其他报纸要晚来几天，而且被折叠过，但我总是从众多报纸中先抽出它来，从一版看到四版，甚至连广告、球讯和停电通知都不漏过。一展开报纸，一些熟悉的名字和气息便扑面而来。我常常为新开设的经济开发区，新开辟的崂山旅游路线，新引进的项目，甚至于新上市的良种葡萄而激动过；有时也为报端披露的某些问题而感到尴尬，生怕被周围同事们看到，似乎张扬出去就是给自己脸上抹黑！这种偏激情绪，大概就是因为爱得太深沉了，才会产生那种自私与狭隘吧？

有人把青岛赞为"青春之岛""东方的日内瓦""亚洲的一颗明珠""万国的建筑展览会"。我觉得青岛均受之无愧。但我一直弄不明白，为什么人们把其貌不扬的琴岛叫作"小青岛"？为什么把小小的琴岛作为偌大青岛市的象征？为什么商标广告、啤酒瓶、火柴盒、车站牌、导游图、草编品，甚至衬衫都印着琴岛的图案？其实弄不明白有弄不明白的好处，可以用自己的眼睛及心灵去观察，去遐想，去进行艺术再加工，不是更有一番韵味？

忽然，我看见她朝我走过来了，踏着粼粼碧波走过来了。她的身躯是洁白如洗的汉白玉，眸子透着两颗红豆。这是我的幻觉还是在梦境中？

我感到了慰藉，因为我知道琴岛将伴着我，一直走完我的爱之旅，生之旅，就像灯塔伴着水手一直走完他的整个航程。

地瓜，一座城市的胎记

1

地瓜，是一种挥之不去的乡愁。

刚进腊月，我便从江南回到青岛的老家。说是老家，却分明觉得身在异乡，那些袅绕着炊烟的村庄，铺着石板的街巷，以及村头上有喜鹊搭窝的老槐树，都已不见了。抬头望去，是一栋连着一栋的高层楼宇，是被车水马龙占领了的大街，是潮水般的人群和商家五光十色的广告。唯一留下的，是那些记忆犹新的老地名：海泊桥、浮山后、板桥坊、水清沟、李村、台东、石老人、麦岛……我常常驻足在写有这些地名的车站和街道旁，默默寻觅着它们的前世和今生，因为它们已经凝固成了一种地域文化。

有一天傍晚，刚刚走到小区门口，忽然闻到了一种久违了的味道，循味望去，原来在一家店铺门前，有一座烤地瓜的烤炉，一中年男子正在通红的炉膛里摆弄着地瓜，久违的味道就是从那里散发出来的。我看到一对情侣站在寒风中，正在品尝热气腾腾的烤地瓜！

我也挑选了一个烤地瓜。听那汉子嘱咐说，烤地瓜要趁热吃，又软又甜！

我怕在大庭广众面前吃相不雅，便匆忙回到家中，坐地26层高的窗前，独自品尝起来。

我是吃着地瓜长大的。

我的家乡地处海滨，人多地少，且土壤贫瘠。虽也种植五谷，但产量不高。因地瓜不但易栽种，而且产量高，深受农家的喜爱，地瓜成了田地里的主要作物，也是人们的重要口粮。

2

地瓜也称"红薯"，在不同的地区，又叫朱薯、甘薯、香薯、白薯、红苕等。在山东半岛一带，人们管它叫"地瓜"。史料上说，地瓜的原产地是南美洲，不知何时它远渡重洋，来到了亚洲的南洋一带。由于红薯易于栽培，耐旱耐涝，平原丘陵都能生长，其根、茎、叶皆可食用，受到了人们的喜爱，它很快便在当地扎根繁殖起来。

明朝万历年间，漳州商人陈振龙前往吕宋岛做生意时，看到了这种叶茎象甜瓜、藤蔓茂盛、根块肥大的植物。当地土著人告诉他说，这是红薯，还特意挖出了红薯的根块给他看。根块红色，皮薄，生吃脆甜，煮熟了吃，如同荸荠，软糯可口。他是个有心人，便详细询问了红薯的种植和管理技术。回国时，还特意带回了一些红薯的秧蔓。到家之后，他将这些秧蔓插在自家地里。开始几天，插下去的秧蔓蔫了，他认为没有希望了，谁知又过了几天，秧蔓不但全部返青，而且还苗壮生长起来。又过了数月，他刨开秧蔓下面的泥土，挖出了一堆红薯！他将红薯送给乡亲们品尝时，大家都说红薯好吃！消息传开后，邻近州县的农家纷纷前往漳州引种。他不但赠送秧蔓，还向大家传授种植和管理的技术。于是，红薯便推广到了泉州、莆田、长乐，乃至福建全境。当年，在泉州的集市上，一斤红薯只卖一文钱，二斤红薯便可吃饱！

史籍上说，万历二十二年，福建省先后遭受了旱、涝、虫多重灾害，田地绝产。因红薯适应能力强，且可在贫瘠的山地生长，受灾的老百姓们靠着红薯吃饱了肚子，度过了这一年的灾荒！当地人称它是"救命红薯！"

从此以后，红薯很快便传到了浙江、山东、河南及黄河流域。福建学者何乔运还特意为红薯撰写了一篇颂文，大力赞美了红薯的救灾之功。明朝末年，杰出的科学家徐光启，曾向皇帝上书了一道《甘薯疏》；在《农政全书》中，他还专门为红薯写了一节，可见红薯在明代已经受到了朝野的重视。

3

烤地瓜虽然甘甜，但于我而言，它有一种难以名状的苦涩，总是难以挥去。因为我与地瓜有一种无法割舍的缘分。

栽种地瓜，分为早瓜和晚瓜两种。所谓早瓜，就是选出上一年的地瓜为种瓜，在家中的土炕上铺一层细沙，再将种瓜栽在沙中，洒上清水，盖上棉被，还要在灶中烧火，以提高土炕上的温度。待种瓜上长出紫色的芽苗时，便可拔下，栽种在田垄里。由于是春季栽种，初秋便可收获，称为"早瓜"。待早瓜的瓜蔓长到数尺长时，便将瓜蔓剪成半尺长左右一段，栽种在田垄上。过了中秋之后，便可收获。这叫"晚瓜"。不论早瓜还是晚瓜，都需要经常"翻蔓"，以防止瓜蔓接触地面后，生出新根，影响土壤中的根块生长。

在收获地瓜的季节，田野里、山坡上一片忙碌，男人们在山坡上刨地瓜，妇女们则将地瓜切成薄片，全家老少都忙着晒地瓜干，河滩里、场院中，甚至房瓦上，都晒满了地瓜干，白花花的一片，如同落了一层白雪！

每逢这个季节，一些没有土地的人家和外地的讨荒人，便会起早贪黑地在山坡上"倒"地瓜，即在刨过地瓜的土地上，再用镢头挖一遍，便能"倒"出遗漏在土层中的地瓜。"倒"出来的地瓜大小不一，大半是残留的半块地瓜！运气好的话，一天也能"倒"出大半筐子的地瓜！

有一天，我也随同小伙伴们在山坡上"倒"地瓜，到了中午，肚子饿了，大家便捡了些枯枝干草，在地头上生起篝火，将地瓜扔进火中烧烤。刚刚烤熟，我们便大吃了一顿！吃完后，每个人满嘴满手尽是黑乎乎的炭灰，互看一眼，都大笑起来！

一方水土养育一方人！在遭受自然灾害的那些岁月，口粮不足，人们用地瓜和地瓜叶填饱了肚子，抵御了饥饿。

地瓜，功不可没！

4

望着眼前这座熟悉而又陌生的现代化大都市，我想起了一些与地瓜有关的往事：当年我曾在一个展览会上看到一个特大的地瓜，叫"窝瓜"，重量超过 30 斤！其栽培方法是：头一年收获地瓜时，挑选出鸡蛋大小的地瓜作种瓜，开春后栽在超高超宽的地垄中，种瓜下面只结一个地瓜，地瓜越长越大，最终长成一个超级地瓜，称为"窝瓜"。"窝瓜"富含淀粉，不宜食用，可用作饲料。

当年勤劳聪慧的家乡人，用地瓜酿成地瓜酒，擀成地瓜面条，制成了地瓜粉条，还用地瓜粉蒸成了地瓜馒头。家庭主妇们还将煮熟了的地瓜，切成条状或块状，晒成了地瓜枣，也叫"嘎嘣干"，放在嘴里，越嚼越香，也越嚼越甜。记得当年的一份报纸上还报道过一则新闻：当地的厨师们以地瓜为食材，烹饪出了一百多种菜肴！

地瓜虽然有恩于人，但人们似乎对它有失公道。当年的家乡有一句俗话：地瓜不上席！也就是说，不论民间的还是官方的宴席，地瓜概不能端上酒桌！

我曾读过一首无名氏的七律：

原野土坡地几垄，披蓑戴笠谷雨种。
绿叶玉茎阳光照，藤蔓根壮雨露浓。
风暴雷电烈日烘，埋头挣扎泥下红。
苦难贫穷救命时，香沙充饥立大功。

眼下，随着环保、绿色、原生态等时尚名词铺天盖地而来，身价低贱的地瓜不但出现在大型超市货架上，更是"农家乐"必备的食品，让城里人品尝到地瓜煎饼、野菜味的地瓜包子的不同味道。更有甚者，为了招揽食客，有些高档饭庄还特意让地瓜登上了大雅之堂……

窗外暮色渐浓，华灯初上，宛若上苍向人世间倾倒了千斛珍珠，在楼宇的窗口中闪烁着。我忽然发现：此时此刻，会不会也有人在窗下吃烤地瓜？

我手中的烤地瓜吃完了，但仍意犹未尽，余味绵长。

有的人生下来后，身上便会留下胎记。而地瓜，就是这座美丽海滨城市的胎记！

书坛奇人

1

乙未年秋，我在青岛拜访了朱念青先生。他的工作室不大，但采光明亮，陈设古朴，有一种传统文化气息。墙上悬挂着的书法作品，既有行书、草书，也有楷书、篆书，还有数幅山水画，都出自他的笔下。

书法艺术，是中华民族传统文化中的瑰宝。自古以来的书体，可分为篆书、隶书、楷书、行书、草书五种。中国书法艺术历史悠久，源远流长。最早的甲骨文、金文、籀文，秦代称为大篆。秦统一六国后，废除了六国的异体文字，由李斯整理、简化、统一了书体，后人称为小篆，其代表作有他的《泰山刻石》和唐代李阳冰的《三坟记》等作品。

草书盛于汉代，其中的《史晨碑》《社器碑》《曹全碑》《乙瑛碑》《张迁碑》和《石门颂》等为代表作品。

楷书又称正书、真书，盛行于六朝，唐代达到高峰，其代表人物为颜真卿、柳公权、欧阳询以及元代的赵孟頫等，其代表作品有《颜勤礼碑》《大麻姑仙坛记》《玄秘塔》《神策军碑》《化度寺碑》《胆巴碑》《妙严寺碑》等。

行书是楷书的快写，始于汉代，代表作品有王羲之的《兰亭序》、颜真卿的《祭侄稿》、蔡邕的《麓山寺碑》，以及苏轼、黄庭坚、米蒂、蔡襄、祝允明、董其昌、王铎、何绍基等人的作品。

隶书并非随心所欲而写，它是按书法的一定规律所作，其艺术价值超过实用价值。草书又分为章草和今草两种，东汉史游的《急就章》是章草的代表作，王羲之的《十七帖》和唐代孙过庭的《书谱》，是今草的代表作。张旭的《古诗四贴》和怀素的《自帖》，及张素的《自叙帖》，被人称为狂草。

我们的时代，是人才辈出的时代。坐在我对面的，就是擅长"细书"书法家——念青先生。

朱念青的"细书"到底细到了什么程度？他曾将《诗经》中的305首诗，共32200余字，用楷书书写在一尺见方的宣纸上！在放大镜下，上面的每个字，都是楷体汉字！令人拍案叫绝！

这件作品曾随青岛政府代表团赴日时在展出时，引起了巨大轰动，并被日本友人斥巨资收藏。

若不是亲眼所见，不用放大镜逐字欣赏，简直无法相信这是一件天下绝无仅有的细书作品！

2

朱念青十分热情，落座后他为我泡了一杯崂山绿茶。我边品茶边向他请教有关"细书"的常识。他告诉我，"细书"也称细字，是一种比小米米粒还小的毛笔字，用的是传统毛笔书写，绝非是金属针刻出的文字！

"细书"已有2000余年的历史，早在东汉末年，著名书法家师宜官曾以"方寸千言"的细书，首创了这种书法艺术形式。南齐的萧钧"尝手自细书五经为一卷，置于巾箱中，以备遗忘。"黄伯恩在《细书华严经》的跋中说："以尺纸作七万字，殆得宜官法也。"周亮工在《闽小记》中称："一页纸上尽书陶诗全部。"由此可见，"细书"这一书法艺术的悠久历史。

他让我看了他的两副"细书"作品：一件是将苏轼的《前赤壁赋》和《后赤壁赋》写在了一寸见方的宣纸上；另一件是将《唐诗三百首》，写在了8寸见方的宣纸上！

著名书法家沈鹏看到他在四寸见方的宣纸上，竟然书写了《孙子兵法》13篇共6100字时，十分称奇，称赞是"点画精妙，海内罕见"，并为他题写了"缩龙成寸"四个大字。

3

朱念青之所以能创作出精美的"细书"书法作品，这与他深厚的书法功底和勤学苦练下的功夫有关。他自幼酷爱书法，13岁时拜书画家杜宗甫为师，认真临摹褚遂良、柳公权、颜真卿等书法大家的作品，继而对米芾入古出新、深厚豪放的风格产生了浓厚兴趣，对他的《蜀素帖》《苕溪诗》《乐兄帖》等30余件作品，数百遍临摹，潜心研究。他虚心好学，还常常不远千里向前辈大家虚心求教，造诣渐精。在研究书法艺术的同时，他还兼修文学、历史，使之相辅相成，厚积薄发，终成一家。

细书最大的特点，是文字要小，书法要好。文字越小，落笔越难。更难的是每个字都是在提按、转折、轻重、疾徐的笔画中书写出来，使之整篇浑然一体。在布局上，要做到疏密有致，正如苏轼论书时所说："大字难于结密而无间，小字难于宽绰而有余。"朱念青"细书"中的每一个字，一笔一画都合乎楷书书体，难能可贵。

朱念青虽已是古稀之年，但他乐观开朗，心态极佳，尤其是视力不衰，看蝇头小楷无须眼镜！他告诉我，他想在网上摆擂台，并自告奋勇为擂主，以他写在 14×14 厘米面积上的《孙子兵法》，向天下的书法家挑战！应战者的"细书"每字不超过 1.5 平方厘米，字体为楷书，或唐碑、魏碑，文字方园曲直，粗细轻重，提按顿挫等用笔技巧要符合书体要求。若攻擂方战胜，可获不菲奖金；他若守擂成功，不要奖金，只求一纸证书即可，为的是交流书艺，传承传统文化。

这实在是一种史无前例的大胆探索！我衷心预祝这位年逾花甲的书法家创意成功，在中国书坛上留下一段佳话。

暮色渐浓，窗外已是万家灯火。临别时，他送我数幅鲁迅的木刻头像，经他指点我才知道，鲁迅头像的线条上，竟刻了《鲁迅全集》中的 79 首诗，共 5000 余字！

这是他为纪念鲁迅诞生 100 周年展览时创作的一件作品，也是展览中的唯一的一件"细书"作品。

第六辑

文坛拾珠

心路与人生

——读姜锋青散文集《美丽的琥珀色》

1

姜锋青是位多产作家，也是一位多栖作家。他不但写诗歌、小说、散文，也涉猎戏剧、曲艺、电影等领域，其作品数量可观，且水准不俗。在他创作的舞台剧《贾书记卖鱼》、电影文学剧本《烈火军魂》中，所塑造的艺术形象感人至深，影响颇大。

去年冬季，我带着他的散文集《美丽的琥珀色》去了青岛，打算让这部作品集陪着我度过寒冷的长夜。开卷不久，我便在字里行间看到了从江南小镇走出来的作家，经历了怎样的人生，又是如何丰富了人生，感悟了人生和升华了人生的？

在《审读孤独》中，他写道："孤独是一种独立思索的状态。"

命运对他不公。正当他正青春年少时，因众所周知的原因，命运之手在他的人生道路上撒下了蒺藜，他只好孤独地"走上了流浪的生涯，在水泥厂、在建筑工地、在铁路工棚里孤独着"。但他在孤独中坦然面对，"把孤独看作是名士风度，在某种意义上涵盖了一种精神追求，从道德层面上来说，又是一种人格修养"。他在《我与静君》中写道："当我迷醉于诗的王国，当我在绿色的诗笺上构建诗的殿堂时……铁蹄如骤雨而至，我来不及收拾桌上的标点符号，狂风破窗而入，将我与长相厮守的李白、杜甫、艾青、田间……一起押走。当我没有了书，没有了笔，没有了纸张，我成了赤条条的穷汉。"像柏拉图珍藏梦中情人那样，他将一个小本子藏在床底下，上面贴满了他从报刊上裁剪下来的诗人们的作品，这些作品陪他度过了许多风雨飘摇的日子。

他在人生旅途中的遭遇，我感同身受。就在我被放逐到这座古城不久，在那场狂风暴雨中，我发表的数百首诗歌和收藏的中外名著，在熊熊的火焰中化为了蝴蝶！我也成了赤条条的穷汉。16 年后，当他将珍藏的那些诗歌赠送我时，我极为感动，因为这是一种诗化了的相遇。我对白乐天的"同是天涯沦落人，相逢何必曾相识"的意境，有了只可意会而难以表述的心境。

2

这本散文集一共收录了作家的166篇文章，分为四辑，皆以鄂州古城的背景为题。《洗心灵泉》中的《人是人的作品》，让人想起了先贤哲人们为我们留下的启示：文学即人学。我们每个人都是一本书，你自己就是这本书的主人公。至于这本书撰写的是否精彩？任凭你自己决定。

作家尚未写完的人生大书，从已读到的文字里看到，是厚实的、丰满的，这不仅指他有众多的粉丝，而是他对生活的理解和人生的感悟：淡泊。

淡泊是一种人格修养，是一种精神境界，更是一种灵魂的优雅。"文化人追求的是一种淡泊，拥有了淡泊就耐得住寂寞。台灯下，手捧黄卷，试看书林深处，几多俊逸儒流；拥有了淡泊，就能抛弃人世的喧嚣浮躁，携妻伴子，粗茶淡饭，尽享天伦之乐；拥有了淡泊，就能与人为善，施受于世，永远保持着智者的微笑；拥有了淡泊，就能直面高处不胜寒的淡然。品味人生，笑看庭前花开花落，闲看天上云卷云舒。"这是生活宣言，也是他的毕生信条。

无须忌言，我和他都已走已走进了人生的暮年。他说："人生是一本书，老年就是书的结尾，而结尾部分往往是最精彩、最感人、最令人难以忘怀的。""在人生的路上，交织着风雨雷电，沉淀着苦辣酸甜，蕴含着喜怒哀乐，布满着鲜花荆棘，只要你真正跋涉过，探索过了，体验过了，没有虚掷光阴，没有蹉跎岁月……你永远是充实的。"有了这种心态，人生这部大书的最后一章，就一定会更精彩。

3

散文是一种形式灵活、笔法自由、题材广泛、篇幅短小、情文兼顾的文学式样。在《美丽的琥珀色》中，既有《苏子遗亭》《情系琴弦》《夏雨田的信》等叙事散文，又有《西山之秋》《守护灵魂的幸福》和《秋日絮语》等抒情散文，更多的是《要不要灵魂》《也谈文学的神性与庄严》《三等人的诘问》《漂亮与浅薄》等议论散文。作家在创作这些作品时，选题十分广泛，从古往今来、天上地下，到时代风云、市井众相；从山川村舍、春花秋月，到文学艺术、生命感悟。这就要求作家的视野要开阔，目光要敏锐，视觉要多样，做到笔之所到皆成文章。还要适度掌控散文的特点，即要形散而神不散。

散文的结构是随心所至，信笔写来，不拘泥于形式，但也不是散漫无章。如《侃吃》《中年之怪》《我会赢了上帝》等篇，作家在这些作品中，因做到了"形散神聚"的尺度，故而作品既有可读性，又有感染力。

这部散文集还有两个显著的特点：一是语言凝练，流畅生动，如《俗人的风度》《雕刻自己》等作品，读起来不仅有一种愉悦感，还有一种信服感，这就拉近了作品与读者之间的距离；二是作家抒发的感情不矫揉造作，也不故弄玄虚，而是一种发自内心的真实、真切、真挚之情。如《乡下客敲门》《人间的最爱》等作品，这种感情最易扣动读者的心灵之弦。

十年磨一剑

——读《长征演义》随记

立秋过后，暑气渐消。灯下读周承水的力作《长征演义》，不知不觉已过了子夜，竟无困倦之意，顺手记下了一些感受。

1

数年之前，作者告诉我，他正在写一部《长征演义》，有 80 万到 100 万字！为此，他多年前已开始收集红一方面军、红二方面军和红四方面军的军史和各种版本的党史资料，共有 130 余册。

我钦佩他的胆识和宏愿，不过，也为他担心：其一，作品涉及众多的历史人物，既有正面的，也有反面的，如何把握？还涉及许多重大历史事件，如何取舍？其二，有关红军长征的长篇小说、长篇纪实文学、当事者的回忆录等文学作品和影视作品，已经产生了广泛的社会影响；其三，《长征组歌》《东方红》已深入人心，红军长征爬雪山、过草地的故事已家喻户晓、妇孺皆知，这部作品能得到广大读者的认可吗？其四，这部作品属于重大题材，须经文学界、史学界、军事界权威人士的审读和有关部门的审核，方可出版，书稿会顺利通过吗？

今天，当上下两册的《长征演义》摆在我的案头时，始知我当初的担心是多余的。

2

这部作品的创作过程，不但耗时费力，作者还须忍受常人难以忍受的寂寞、艰辛和不被理解的折磨。首先，他不但要认真阅读大量的正面史料，还要阅读若干反面资料，在阅读的同时，还要做好笔记，摘录重点；核对事件发生的时间、地点以及涉及的人物。当动笔写作时，因他仍然坚持以笔写作，要一笔一画将每一个字写在稿纸上，经过修改后，才能抄清，尔后央求夫人帮忙打印出来。初稿出来后，还须多次修改，方可定稿。书稿完成后，还要根据出版社的要求进行润色和调整。创作艰难，难以言表。

记得初稿完成之后，经友人介绍，我陪作者去了一家名气颇大的出版社，一位资深编辑顺手翻了翻三大本书稿，客气地说道：我们不出这一类的图书。说完，他将书稿退给我们。

我说，作者还有备份书稿。让他留下这本书稿，空闲时看一看。

我们回来不久，这位编辑来电告知：书稿不要外寄！他已汇报了主编，因是重大题材，由他们负责上报并出版！

后来，书稿转到了北方的一家权威机构，历经三年，经国家新闻出版署、中国军事科学院、中共中央文献研究室、原总政治部等审批后，《长征演义》终于公开出版发行了！

3

《长征演义》，并非党史、军史，它属于文学作品中的演义小说。演义小说是中国古典小说的一大种类，产生于明代初期。这种小说依据正史，结合野史杂记和民间传说，加以演化铺陈而成。

在我国宋代，民间出现了平话，明初的罗贯中吸取平话传统，依据陈寿的《三国志》和野史杂记及民间故事，创作出《三国演义》，随着印刷术的发展，出现了大量的演义小说，如《西汉通俗演义》《东西晋演义》《东周列国志》《隋唐演义》等流传广泛的优秀作品，这是中华民族文化宝库中的宝贵遗产。《长征演义》是以群众喜闻乐见为前提的大胆尝试，亦是对传统文化的继承和发展。

4

红军长征，是一次前无古人的伟大创举，正如毛泽东所说：自从盘古开天地，三皇五帝到如今，历史上曾经有过我们这样的长征吗？

红军长征是一座巍巍丰碑，不但是我党、我军的荣耀，也是中华民族的骄傲。长征不但对彼时彼地产生过巨大影响，还将对今天和未来产生深远影响。

长征精神是一种巨大的正能量。为了实现中国梦，为了中华民族的伟大复兴，我们更应当珍惜长征精神，这也是时代赋予我们的历史使命。

5

《长征演义》虽然超过 100 万字，但可读性很强，其原因一是作者根据整体艺术构思的需要，以章回小说手法，对作品的各种人物和各个部分作了巧妙而合理的安排，读起来引人入胜。二是人物形象鲜明、生动。作品中的正面人物，通过人物的思想、情感、品格、气质、作风、习惯等方面进行刻画。作品中的反面人物形象，亦不是概念性的漫画式描绘。三是作品注重细节描写，如第二十八回中，贺子珍在行军途中生下女儿后，又不得不把亲生骨肉托付蛮太婆送给别人的一段文字，写得动人肺腑，感人至深。四是语言生动，文笔流畅，可增加阅读趣味。五是采用章回小说形式，每回都有两句七字或九字的题目，每回的结尾，都有一首诗词作为结束语，增强了阅读趣味。

6

作者为了创作这部作品，从开始收集资料起，直到作品问世，整整用了 13 个年头！

望着眼前厚厚的两册《长征演义》，始信"十年磨剑"不谬。

长征是一座极为丰富的宝库，里边蕴藏着众多的创作素材，只要花力气挖掘，便会满载而归。

作者告诉我说，他准备再花三年功夫，撰写一部《长征通鉴》。

愿他成功。

母恩胜过三春晖

——读柯友如的《谁言寸草心》

　　散文《谁言寸草心》，是春节前夕读过的。不知何故，读罢之后，心绪久久难以平静，于是又反复读了数遍。

　　除夕傍晚，我和家人去了双亲墓前，点燃了三炷香，默默地望着飘散的青烟，又想起了这篇作品中那些文字和场景。

1

　　说真话，抒真情，是散文创作的根本要素，也是《谁言寸草心》一文的最大亮点。巴金先生曾经说过："写散文要写自己最熟悉的，写自己感受最深的。"这是他对自己一生创作经验的总结。也说出了散文创作的真谛。

　　真，是散文的精髓。

　　在这篇散文中，有一段文字写得十分真切：

　　有一天，母亲像往常一样急匆匆放工回家，没歇够气就上台做饭。这是一个打了补丁的土灶台，破壁残膛。家中缺盐少油，缺米少柴，满屋多得是高矮不齐懵懂无知的孩子，有的爬上灶台等饭吃，有的偎依在墙边不作声，有的在打闹，有的在啼哭，有的……见状，焦急，心痛。

　　寥寥数语，就把昔时家大口阔，生活艰辛的窘境真实而生动地展现在读者面前了！

　　母亲是子女们的天使和保护神。她宁愿吃尽天下的苦楚，也不让孩子受一丁点委屈，这就是母爱的博大情怀。

　　作者在写母亲熬夜为孩子们做鞋时写道：

我家这么多脚，一年四季要穿鞋啊！于是，母亲就成了鞋的供应商。每年将闲碎的布块，用面粉煮成的面糊在门板上一层一层的糊起来，做鞋帮子，索子是用几股自己亲手纺的线搓成的，鞋底是一针一线地纳起来的。做鞋完全不占正工，总是挑灯夜战。由于脚多，又长得快，鞋码子变化很大。母亲一般不去记码，便用土办法，备一根索子，趁我们熟睡时，就一个一个摸着脚量。

读到这里时，我眼前蓦然闪过儿时的记忆：有一年初冬，母亲正在拉着风箱做饭，见我回来了，便指着一双刚刚做好的布鞋，让我穿上，试试合不合脚？我穿上新鞋，在地上走了几步，觉得双脚不但舒适，而且暖和！屈指算来，这已是七十多年前的往事了，如今想起，依然感到余温尚存，温馨犹在。

2

语言简洁，文字质朴，是这篇散文的显著特点。作品中既无愤世嫉俗的言辞，也不在意华丽的修饰，以平淡无奇的笔调，娓娓道出了作者童年的苦难，青涩的艰辛，世间的风雨，以及舐犊情深，父子胸怀，母爱博大等，乡愁浓似酒，亲情深如海。宛若梁子湖的千顷碧波，明亮透彻，晶莹如玉。

在作品中，经常出现一些带有故乡属性的字眼，如筛子、草头、风扇、谷堆、禾场、草垛、菱角、糠粑、苔丝、渔网、竹楼、绞把子、打要子，以及"解渴的是大桶装的野山楂加一点儿盐烧的茶"。这些字眼让人感到既熟悉又亲切。

这种谦冲平和、隽永真挚的文风，最易拨动心灵之弦，引起读者感情的共鸣。对不热爱故园生活，对乡愁已经淡薄的人，绝对写不出这种浓郁的生活气息。

作者在倾诉故乡和亲人的苦难时，仍然以感恩之心，对美好生活充满了美好憧憬。作者还写了家乡的"四葩"：

一葩是"大雁南飞"。几乎每年深秋，暮霭西沉，带月荷锄时分，湛蓝的天空上洁白的云朵直挂眉梢。天光云影，鸿雁排空。母亲领着我们仰天呼唤：雁子，你排成个一字啊！雁子，你排成个人字啊！雁子很听话，应声而列，排成了一字或人字，比现在的飞行表演还整齐好看！我常常发愣、呆傻，问母亲："它们怎么能听懂我们的话啊？"二葩是"雨霁飞虹"。有时骤雨初歇，天空忽的腾跃出拱曲形、似桥状、七彩缤纷、绚丽夺目的彩虹，让人惬意，顿生精神。三葩是"青龙吊尾"。村野东方保安湖，忽见一个黑色的硕形"烟囱"，刹那间从天上垂直伸向湖面，盘旋闪动，忽而又自下而上，盘旋消逝，顷刻，瓢泼大雨从天而降，气势磅礴，然是壮观。第四葩是"山鸣谷应"。对着门前的峰，只要一呼唤，必定跟原声一样回应，有呼必应，屡试不爽。

乡愁、亲情，是一个永恒的主题，即便是石烂海枯，它也永远不会老去。

3

形散神不散，是散文的一大特征。在作品中，除了母亲以外，作者还写了外公、父亲、老单身保管员、大哥、三叔、二哥、中学校长等人物。用笔虽然不多，但都性格鲜明，呼之欲出。

在作品中，作者认定母亲是承袭了外公的品质：

外公是个硬气的人。有一回，他在一个中学当伙夫时，校长要他一斤米蒸出八斤饭。他咋舌说蒸不出来。校长又说，蒸熟了再蒸一次，"双蒸"就出来了。外公还是蒸不出，那校长气极了，逼着外公写检讨认错。外公也恼极，偶尔露了一下峥嵘：拿笔来，我念你写：

> 校长叫我作检讨，
> 双蒸八斤蒸不了。
> 游龙浅水遭虾戏，
> 黄莺啄了大鹏鸟。

念完，外公拂袖而去，校长半晌愣着。

一位刚正不阿、可亲可敬的老者，就活灵活现站在读者面前了。

这些不同身份、不同性格的人物，并未冲淡作者的本意。写他们都围绕着母亲这个人物展开，从不同角度丰满了主人公——母亲的艺术形象。

4

作品的题目取自唐代诗人孟郊的《游子吟》：

> 慈母手中线，游子身上衣。
> 临行密密缝，意恐迟迟归。
> 谁言寸草心，报得三春晖。

诗中慈母为即将远行的儿子缝衣的形象，不知感动了多少代的多少人！尤其是最后两句，把母爱比作一片无边的春晖，孩子们如一棵幼嫩的小草，小草永远都报答不完春天的恩泽。这首诗已被人们传承了1000余年，今后还将永远传承下去。

古人写母爱的诗歌还有很多，如韩愈写的："白头老母遮门啼，"这样的场面，让人悲酸。黄景仁写的《别老母》："搴帷拜母河梁去，白发愁看泪眼哭。惨惨柴门风雪夜，此时有子不如无"。读后催人泪下。

清代诗人周寿昌写了一首《晒旧衣》：

> 卅载绨袍检尚存，
> 领襟虽破却余温。
> 重缝不忍轻移拆，
> 上有慈母旧线痕。

因旧衣是慈母所缝，针针线线都凝聚着慈母之爱。睹物思母，情思绵绵。

《谁言寸草心》一文承载着中华民族无比珍贵的文明遗产——孝道。孝道是深厚的传统文化。今天，商品大潮虽然不断冲击着人们的灵魂，但孝道所体现的真、善、美，依然是人生的最高境界。

孟郊的故乡在浙江青德，那里举办过"孟郊奖·慈母游子情"华语散文大奖赛，在海内外引起很大反响。可见这首诗不仅有其艺术魅力，更有乡愁和亲情的巨大感召力。

我与作者虽然接触不多，但十分感激他，因为他的这篇《谁言寸草心》，伴随我度过了一个难忘的除夕之夜。

诗歌，永远不老

——读刘国安的诗歌创作

1

生活中的诗意，是一种惬意的人生境界。作为诗人的刘国安，在属于他的那片色彩斑斓的田野里，默默耕耘着生活的沃土，播撒着灵感的种子，收割着意象的谷穗。近些年来，他除结集出版《放飞炊烟》、主编《采撷春光》和《岁月之吻》之外，还在省内外的报刊上发表了大量的诗歌作品，其诗歌创作水准已上了一个新的台阶。

我有个习惯，每天晚上总要翻阅外地寄来的刊物和当天的报纸。有天晚上，我从刘国安的几首抒发故乡情结的短诗中，恍惚中看到了一个天真无邪的少年，骑在牛背上，一边在田埂上悠然地走着，一边横吹着短笛。蓦然，他的笛声叩动了我情感的琴弦，莫名地引起了心中的共鸣，少年时唱过的一首歌，突然在我耳边萦绕起来：

> 朝霞里，牧童在吹小笛
> 露珠儿，洒满了青草地
> 我跟着朝霞一块儿起来
> 赶着小牛儿上牧场
> 中午的太阳烤得慌
> 你为我把歌儿唱一唱
> 明朗的晚上，我们来相会
> 并排儿坐在那篱笆旁……

我依稀记得这是一首捷克民歌，但歌名歌词大多记不清了，但歌中浓烈的乡土气息和人物的形象、意境，如历历在目，难以忘怀。那一年，我刚刚 16 岁。

我想，这就是诗歌的魅力，刘国安的诗歌让我仿佛又回到了少年时代，自此以后，我便开始关注起刘国安的作品。

2

刘国安是位勤奋的诗人。有文友告诉我，十几年来，他已在《中国青年报》《天津文学》《中国诗歌》《诗歌周刊》《芳草》《长江丛刊》《湖北日报》等报刊上发表了近百首诗歌，其中《走得急的都是最美时光》《春风》两首诗歌，已被收录《湖北诗歌现场》一书；《入秋》被选入武汉地铁公共空间诗歌。但我的案头却只有他的50多首诗歌，已读了半个多月。这倒不是因为抽不出时间阅读，而是在细细品味韵律中的意象，就像慢慢品味一杯农家酿出来的散装谷酒，虽不浓烈，却不尽柔绵。

从内容看，我将刘国安的这些诗歌大致分为三类：

第一类，是田园诗。在西方，田园诗也称牧歌，起源于古希腊，诗人忒俄克里托斯首创，作品多以农民、渔夫和牧童为题材，以歌唱宁静悠闲的农村生活和自然环境，风格清新优美。中国的田园诗源远流长，晋代的陶渊明以其《归园田居》成为田园诗派的创始人，唐代的王维、孟浩然也有不少田园诗流传后世。我在刘国安的《我从乡里来》这首诗里看到他"怀揣一个散落于草丛遥远的梦/乘着一缕山野馨香的风/背上竹藤编制的行囊/走在牛蹄叩响的土路/追寻青春年少放飞的理想"。

读到这里时，我已感到一种久违了的亲切，便不得不跟随着诗人的诗句继续前行，去欣赏一幅昔日的画面：

> 栖落老屋垣头的喜鹊前来送行
> 弯弯田塍上的狗尾草点头含笑
> 天边害羞的彩虹一路不语
> 屋檐袅袅的炊烟随风飘散

诗人"就这样/一步步走出大山/就这样一步步挤进城廓"。

走进了新鲜却又陌生另一个天地里。

这些田园诗虽然散发着泥土的味道，却有一种纯净、质朴之美。这正如《诗学·诗艺》所说："诗歌就像图画，有的要近看才看出它的美，有的要远看，有的放在暗处看最好，有的则应放在明处看，不怕鉴赏家敏锐的挑剔，有的只能看一遍，有的百看不厌。"

第二类，是政治抒情诗。因这种诗的内容不但要高度凝练、集中、概括，还要构思精巧、语言精练、节奏鲜明，而且要有时代色彩。在《吴王城遐思》中，诗人一改清新委婉的笔调，他站在长江之滨，以一种奔放、大气的笔调，回顾了一座古城的变迁以及与之有关的人物。诗人博览群书，巧用典故，如这首运用的典故：

> 一道闪电，划过二十一世纪的吴王城
>
> 文韬武略的吴王回来了
>
> 囊萤夜读的车胤回来了
>
> 挂锡寒溪的慧远回来了
>
> 九曲寻梅的东坡回来了
>
> 隐居退谷的元结回来了
>
> 栽植官柳的陶侃回来了

这是一种发自内心的激情，以真实而又强烈的情感，具体而又鲜明的形象，生动而深刻的语言，表达了诗人对现实生活的观点，也是诗人的一种社会责任感。在这首诗的结尾，诗人写道：

> 一座城从哪里来，正如我从哪里来一样
>
> 无论何去何从，应当留住的——是我们的根

结尾点题，即是古人所说的"卒章显奇志"。

第三类，是哲理诗。如《时光，才是最大的赢家》中的：

> 此岸与彼岸，相隔的是
>
> 一叶扁舟的距离
>
> 真理与谬误，相隔的是
>
> 一念之间的闪现
>
> 尘埃与羽毛，相隔的是
>
> 一片云彩的爆发

诗人通过这些艺术形象，表达了一种普世真理，它能引导读者的思索，给人以智慧，启发读者对世界，对人生进行更加深入的理解。

还有一些讽刺诗，我将其归入哲理诗中，如《骰子》《路经洗涤店》等。在《求医札记》中，诗人通过医患之间的问答，抨击了社会生活中的一些不良形态：

> 曰：大脑发热，忌"坐冷板凳"；
> 曰：暴饮暴食，易"囫囵吞枣"；
> 曰：神经麻木，常"视而不见"；
> 曰：腿脚发软，好"点头哈腰"。

因用夸张、嘲讽手法，文笔犀利、幽默、辛辣，谴责批评了某些消极现象。

诗人在《人生是一道代数求解》中，把漫长而复杂的人生，比拟为数学领域的方程式，颇有新意：

> 呱呱坠地
> 每个人面临
> 一道人生方程式
> 一切也许是未知数
> 期望的是绝对值
> 但更多的是不等式……

3

从已读到的这些诗歌作品中，我能清楚地感受到刘国安在构思时，十分注重诗的立意，因为一首诗的立意，是诗人世界观和美学观的体现。《善斋诗话》中说："诗歌要以意为主，意犹帅也，无帅之兵，谓之乌合。"一首诗的立意，是诗的灵魂或统帅。立意不但要高，而且要新颖、深刻。立意往往是与构思紧密相连，构思也是诗人提炼素材、营造意境、塑造形象、抒发感情的创作过程。在《山水和弦》这首诗中，诗人确定了立意之后，通过情景交融、虚实结合，并在修饰、韵律、节奏上下了一番功夫，终于成了一首明快、优美的抒情诗。

这首诗还有一个特点，诗中将两个不同的意向串联起来：

> 故乡的绿水是——
> 慈母的一根背带
> 背起我的童年
> 背起我的梦想
> 故乡的青山是
> 父亲的一根扁担
> 一头挑起日月星辰
> 一头挑起雨雪风霜

正因为将"绿水"与"青山",将"背带"与"扁担""日月星辰"和"雨雪风霜",以及"彻夜不眠的相思"和"内心绽开的花朵"等不同的时空和景色叠印起来,读起来感人之深。

4

刘国安十分注重诗歌创作的一些表现手法,如在《薅锄青春》中,用"阳光薅锄青春"的比喻;在《故乡的草垛》中,他将草垛比喻是"麦稻用躯体堆积起来的——起伏山峦"。再如"是路人能够读懂的——村庄界碑";"头顶蘑菇的草垛,是村头守望丰收的姑娘","身披苇帘的草垛,是田间戴斗笠的老农",这些比喻形象、恰当而又生动。

更令人感到新鲜、准确的比喻,是诗人将家乡的一口当家塘,比喻为自己"永远的身体胎记",是"祖先镶嵌在村头的一颗蓝色宝石",是"故乡五官中美丽的明眸"。诗人不但将家乡的这口水塘融进了自己的身躯,也融进了诗人的灵魂。

还有些作品,诗人运用排比的修辞手法,将大体一致的词组排列在一起,有助于多层次多角度地抒发感情,增强作品的气势:

> 威风的锣鼓,擂响的是产业奋进之歌
> 嘹亮的号角,吹起的是创新改革之歌
> 勤劳的双手,编织的是全域交响之歌
> 妙笔的丹青,绘就的是灵山秀水之歌
> 铿锵的力量,打造的是幸福和谐之歌

这种排比的诗句，使作品有了鲜明的节奏感，也增强了作品的艺术感染力。

想象和灵感，是诗人的两只翅膀。让两只翅膀飞起来，就必须让他们丰满、强壮，这就要求诗人热爱生活，积累生活，从生活中汲取诗歌的养分。

在我案头的50多首诗歌中，诗人写乡愁的作品，如《枫叶的心思》《每颗种子都是报春的天使》《乡愁，是光阴缝补不了的伤口》《父亲的草帽》《夏日微澜》《落叶，季节撒下的一摞名片》《入秋》等，几乎占了半数。诗人爱他的家乡，以及笃厚质朴的父老乡亲。诗人的灵感，就是来源于他的乡愁。灵感是一种稍纵即逝的给予，也是一种创作的冲动，如骤然一闪的火花，只要抓住了它，便会激活生活中的某些感受，使诗人处于一种亢奋的状态，便有了一种创作激情。

诗人在城市中看到了一只烤红薯的烤炉，他即刻捕捉到了一种灵感，写下了：

> 一只红薯，躺在城市街口的
> 烤炉上大汗淋漓。他
> 匆匆进城，忘了带户口本
> 也来不及与母亲打招呼
> 一袋烟功夫
> 乡愁被烤糊
> ……

想象，是诗歌创作的基本手段。诗人在构思过程中，需"思接千载""视通万里"，在想象的空间里尽情飞翔：

> 此时
> 祖父向我徐徐走来
> 他那佝偻的身影
> 伴着老牛身后的犁铧
> 越拉越长
> 此时
> 祖母也蹒跚着脚步

将一颗颗浸泡着汗珠的种子
撒播在耕耘着的土壤。

——《夏日微澜》

读者凭借诗中泥土的芬芳，看到了熟悉的身影，感到了故乡的温馨。

诗人对家乡的山泉和水塘、紫燕和老牛、残荷和蜻蜓，萤火虫和蒲公英等，都寄托了游子的情愫。他在《一株水稻的抒情》中，展开了奇妙的想象：

水稻
轻轻打开湿润的花瓣
采集大地备好的露水
分蘖，拔节，灌浆
抽穗、扬花、蜕变
一条金色的瀑布
从春天孕育到秋天分娩

正因为诗人的想象丰富，才更容易引起读者的感情共鸣。

今天，诗歌似乎成了年轻人的专利。随着年轮的增加，许多人与诗歌渐行渐远，还有的已不告而别了，而诗人刘国安仍孜孜不倦地追求着他的缪斯女神，这表明他的心态依然年轻。

正因为如此，我坚信，诗歌永远不会老去！

一条流淌着乡愁的河

——读庞良君的诗集《母亲河》

1

在庞良君的诗集《母亲河》出版之前，我已在报刊上读过了其中的一些作品。此次结集出版，终于有机会读到了他更多的诗歌作品。读罢掩卷，总觉得有什么在叩动着心扉：

> 母亲河 一辈子清清苦苦地流着
> 母亲河 一辈子甜津津的流着
> 携着温柔亲切的祈愿
> 绕出雾罩的诸峰、密林与峡谷
> 绕出布满履痕的埠头、船歌与岸
> 去寻找你所有的涓涓细流么
> 去殷殷为你所有的支流哺乳么
> 去慈爱你的岸边所有渴望雨季的小树么
> 我的母亲河
> 我的清清苦苦的母亲河啊
> ……
>
> ——《母亲河》

在母亲河中流淌着的，不但有"屋顶上的袅袅炊烟""久违的田野""青青河边草""乡村柴火""池塘"以及"那个小屋"，还有游子化解不开的浓浓乡愁。

其实，我们每个人心里都有一条涓涓流淌的母亲河。不管走得有多远，甚至是天涯海角，也不管是富可敌国或一贫如洗，都忘不了自己的那条母亲河。

在诗人眼里，家乡的山和水，草和木，湖与船，红菱与荷花，柴火和犁耙，都是有生命的：

> 作为我老屋的一个亲人
> 你一直在用生命恪守乡村的一幅艺术构图
> 一辈子清清苦苦 把根留住
> 飞鸟和雨水 都已成为一代过客
>
> ——《枣树的一生》

诗人认为，凡与母亲河有关的记忆，都是珍贵的：

> 再也拾不回我少年的脚印
> 我只是想在这里多站一站
> 听听母亲从前捣衣的声音
> 很长很长的一条河
> 接风纳雨的一条河
> 终究走不出家园的一条河
> 深情而执着
> 清清苦苦地
> 留下岁月珍贵的记忆和箴言
> 送我远行
> 日子一页页翻过
> 我不知道
> 我的青春的行船
> 能从这里载走多少淳朴的眷恋
>
> ——《河边》

在诗人眼里，故乡的一切皆是美的，有灵气的，他在《草地上的鸟》中写道：

> 这是你的贵族生活
> 很自由的地球
> 被你这样一啄一啄

运转不息

不用惊叫，你踱着步

享受诗歌

正因为诗人听懂了鸟儿的声音，才对鸟儿说：

谢谢你，是你一声声小曲

拉住了

我这双载满春色的视线

莫非 你想跟我攀谈

世间的风雨 哪苦哪甘

世间的旅途 哪长哪短

……

一声声甜津津的祝福

将我沉重的心依稀拓宽……

——《听鸟》

2

　　碧波万顷的梁子湖，不仅是武昌鱼的故乡，那里还流传着一个动人的
传说，这个传说便成了诗人的《娘子塑像》：

娘儿俩 很亲昵地站在一起

两双眼睛里都装满了风浪和欣慰

很多声音似乎听不到了

很多善良都在这里醒着

两个人的故事 就这样传说到今天

在梁子岛上演绎着动感的生命

我们在这身边伫立 或者走过

飞鸟也轻轻来到了这幅沧桑的图画里

　　诗人以梁子湖那样清澈的诗句，礼赞家乡的风土人情时，也敢对某些
丑恶现象大声说"不"！他在《一家酒店门前》写道：

林立的彩旗下

车流如梭
一个干瘦的老头
伫立其中
双手乞讨着可望而不可即的生活
……
此刻 喧哗的大堂内
高脚酒杯里
正溢满豪华和奢侈

在《发廊的灯光》中，他毫不掩饰地鞭挞了丑陋的灵魂：

这是梳理人生容貌的客栈
却又一寸一寸淹没着人生心灵的彩虹
这里的灯长夜亮着
这里出入的行人的眼睛却浑浊着

3

诗歌不仅可读，还可朗声高诵，若配以音乐朗诵，其艺术感染尤佳。湖北高校、媒体和武汉作协联合举办纪念辛亥革命100周年诗歌音乐会期间，诗人的一首《彭楚藩》在会上朗诵并经演播后，受到了一致好评：

投笔从戎，并不抛弃经史诗文
毅然剪辫，是为了剪下晦暗和愚昧
爱与恨，在你的胸膛里凝成两条暗河
一颗心散发出永不凋谢的光辉
箭在弦上，你用它弹奏青春之歌
却觉醒了一个浑浑噩噩的时代
那个夜晚没有小夜曲
却着意锻造了你扬眉出鞘的智慧
一百年的岁月悠悠流淌，为什么
多少人还在把酒酹江
一个头颅掉下了，为什么

人们还在重塑你高大的身躯

在武昌三烈祠，在彭刘杨路上

我看见一百年前的你

站着，活着，开心着

老乡见老乡，两眼泪汪汪啊

　　除了这首诗，诗人还以饱满的热情写了他家乡的吴兆麟（武昌起义总指挥）、程正瀛（武昌起义开第一枪的人）两位同乡：

……

一百年了，总指挥

辛亥那年，那月，那日，那夜

就这么过了一百年

如果你能再回来

看看这大江大湖，该有多好

　　　　　　　　　——《吴兆麟》

……

当年，你的第一枪响声

直插入 1911 年 10 月 10 日夜的星空

直插入几千年封建帝制的肌体和心脏

历史，一瞬间，定格在你手上

一瞬间

特写了一个时代的终结

以及另一个时代的起点

……

　　　　　　　　　——《程正瀛》

　　在辛亥武昌起义时，诗人的家乡有数百志士参加，彭楚藩是武昌起义第一位被满清政府杀害的烈士。他的鲜血化成了熊熊烈火，260 余年的清王朝终于在烈火中土崩瓦解了。也许是种巧合，我和友人撰写的长篇小说《辛亥魂》，刚刚完稿，小说中的主要人物就是彭楚藩，吴兆麟和程正瀛等鄂州籍英烈也占了一定篇幅，读了诗人的这三首诗之后，心绪久久难平。

　　诗人十分勤奋，自 20 世纪 80 年代以来，除散文、随笔、报告文学之外，已在《诗刊》《文学青年》《长江文艺》《芳草》《长江》丛刊等省内外100 余家报刊上发表诗歌作品 700 余首，其作品已被《大诗歌·2011 卷》《2011 年度中国诗歌读本》《当代经典诗歌》《当代诗先锋作品选》《跨世纪诗人诗选》《中国诗歌精选 300 首》《当代新现实主义诗歌年选》《世界华语新诗选》等 20 余种诗歌集收录。

　　生活是创作的源泉。积累越多，越能激发创作热情。这正如一座水库，蓄水越多，灌溉效果越佳，诗人正值创作的丰水期。期盼能读到他更多的新作。

大爱若海

——读《遗爱湖景观赋》

1

初读张卫生先生的《遗爱湖景观赋》，我想起了50多年前的一件往事——

我从东海之滨来到了古城鄂州（鄂城），刚刚将行李、书籍搬进了招待所，便乘轮渡去了黄州的东坡赤壁。在二堂赋前，一字一句地读着苏东坡的《前·后赤壁赋》，还欣赏了院落中的《月梅图》和《念奴娇·赤壁怀古》等作品，直到暮色渐浓，才乘最后一班轮渡返回了江南。

那时，还没有遗爱湖。

自此之后，便与东坡赤壁结下了不解之缘，或独自、或陪友人前来，不下百余次；也在鄂城寻访过苏东坡的《西山诗》和九曲亭；还特意将古灵泉寺僧人制作的东坡饼，带到了东海的老家，与亲朋好友一边品尝，一边谈论诗人留下的传闻轶事。

有一天，我在东坡赤壁的门口，看到一辆大巴车，送来了东瀛的一群中老年女士，据说，她们是苏轼读书会的会员。她们在苏东坡的画像前，双手合十，虔诚礼拜。当她们看到小卖部里出售苏东坡的碑帖时，便纷纷购买，有的人甚至买了数十份，说是回去后送给朋友们欣赏！

我有幸结识了诗人、作家、黄冈地区的文联主席丁永淮先生，他对苏东坡颇有研究，是中国苏轼研究学会的理事，也是《东坡赤壁诗词》的主编；我曾读过他与熊文祥先生撰写的《东坡情趣录》和《苏东坡的故事》，让我受益匪浅。当时，我就曾萌生过撰写苏东坡别传的念头。但迟迟不敢动笔。

"问汝平生功业，黄州、惠州、儋州。"为了写出我心目中的苏东坡，除黄州之外，我曾到杭州、徐州、开封、密州、惠州等地寻觅过他的足迹，还三度到了儋州东坡书院，寻找他当年居住过的槟榔庵，收集到了他与黎族同胞的手足之情的感人故事。穷数年之工，终于写出了《苏东坡别传》，了却了心中的夙愿。

那时，依然没有遗爱湖！

华夏盛世，天地一新！某日，文友邱风先生告诉我：上巴河有位叫张卫生的企业家，年少时家境贫寒，读书不多，曾挑着担子，串村走巷，卖过窑货；如今他事业有成，业绩不俗，退休后热爱乡土文化，刻苦钻研诗词，还创办了一份富于地方特色的《巴河文苑》，影响颇大。

今天，不少文化人士在商业大潮里心生浮躁，迷失了自己，而张卫生却义无反顾地投身于文化事业。这是一种社会责任，更是一种人格魅力！

但因为我与他中间隔着一条长江，一直无缘与他结识。

2

黄州丰富了苏东坡，苏东坡也为黄州留下了一笔十分珍贵的文化遗产。

民国的文化大师林语堂先生说："我若说——提到苏东坡，在中国总会引起人们亲切敬佩的微笑，也许这话最能概括苏东坡的一切了。"

今天的女作家方方说：假若将苏东坡连根带枝蔓地拔起，我相信，整部中国文化史，将因之而失重！

我敢断定：你可以抗拒历史上的任何一位名人，但你却无法抗拒苏东坡。

当我听说为了纪念苏东坡，黄州城外修建了一座规模宏大、气势不凡的遗爱湖时，心中十分激动，但却一直无缘一睹其芳容。

丙申年初春，我与叶贤恩、余凤兰两位作家前往黄冈，不但见到了仰慕已久的张卫生先生，他还以东道主的身份，陪同文友们游览了遗爱湖。

遗爱二字，与诗人贬谪黄州的一段经历有关：当年黄州、鄂州的贫困人家，国家中生计艰难，有溺死女婴的陋习。诗人便发起成立一个"育儿会"，自己带头捐助财物，拯救了若干女婴的生命！他还为一个亭子题写了"遗爱"二字。于是，就有了今天的遗爱湖。

遗爱湖畔，垂柳婀娜，碧波如玉；回廊栈桥逶迤，连接亭阁楼台，各具风采，相映成趣；樱林若霞，梅岭堆丹，群芳斗艳，一步一景，应接不暇，游人如织，笑语不绝；游人吟诗作画，各有收获。

因园中面积太大，我们乘坐园中的观光车，走马观花了大半日，仍未游遍园中的所有景点。

苏东坡纪念堂，是众多建筑物中的核心建筑。我望着他的塑像，在心里说：当今的眉山三苏祠，黄冈的东坡赤壁，惠州孤山的苏东坡纪念馆，海南儋州的东坡书院，都是因他而旷美一世。而黄州的遗爱湖，却是一座不设围墙、天下独一无二的纪念馆！

美国学者艾朗若曾经说过："苏东坡不仅在中国，在欧洲、美洲，直至世界文学史上，也是少有的文化巨人，他的诗、画、文章和哲学思想，都达到了特殊的高度！"

和煦的丽日照耀着遗爱湖，在波光粼粼的湖水中，融汇了一种大爱。这种大爱，就是人世间的真、善、美！

友人告诉我，为了这座纪念馆，张卫生先生不仅倾注了大量的心血，还慷慨捐赠了他珍藏的史料和文物！

我忽有所感：遗爱湖之美，无与伦比；遗爱湖之大，大爱若海。苏东坡曾在黄州写过《赤壁赋》，若有人能撰写一篇《遗爱湖赋》，那就锦上添花了！

令我不曾想到的是，半个月后，友人送来了一篇《遗爱湖景观赋》，赋的作者，竟是张卫生！

3

若干年以前，读过宋玉的《风赋》《神女赋》，司马相如的《子虚赋》《玄门赋》，也读过杨雄的《羽猎赋》，班固的《两都赋》和张衡的《二京赋》，以及贾谊的《吊屈原赋》《鵩鸟赋》等作品，总觉得"赋"是阳春白雪，作者少，和者寡。自己早年虽也写过一些诗词，还试着写过小赋，但终因笔力不逮而搁置；也曾应约写过一篇《楚商赋》，区区600字，竟费时半个多月，易稿二十余次，才勉强成篇。自此，知难而退。

当读了《遗爱湖景观赋》之后，颇为感动。此稿虽只有700余言，不但将修建遗爱湖的宗旨、时间、地点交代清楚了，还阐述了遗爱湖的来历和"若夫其后，美德源远流长"的理念。

"赋"，是介乎于诗歌与散文之间的一种文体，也是《诗经》的"风、雅、颂、比、兴、赋"的六艺之一，《文心雕龙·论赋篇》中说："赋者，铺也。铺采擒文，体物写志也。"即用华丽的辞藻，进行铺设描述，描绘刻画事物，抒发作者情怀。

在《遗爱湖景观赋》中，诗人的多彩之笔，不但激情飞扬地写出了自己的所见、所闻、所思，而且还展示了"水媚如诗，山黛如画，一湖两岸，琼楼十里，古邑添异彩，广厦千间，遗园百卉芳"的人间胜景。

我已反复吟哦了数遍，为诗人的创作初衷、洋溢的热情和流畅的文笔所折服。

中国是诗词的国度，苏东坡为我们留下了一笔十分珍贵的文化遗产，在"他的身后，留下了一个浩瀚渊深的'苏海'，几乎囊括了中国传统文化的各个领域"。（《苏东坡研究史》作者之一，美国学者唐凯琳）

遗爱湖，只是博大精深的苏海的一个组成部分。

我为遗爱湖而自豪！

厚积薄发

——读余耀华新作《千古第一相：管仲》

案头上放着一本散发着油墨香的新书，书名《千古第一相：管仲》，有 40 余万言，书很厚，托在手里，很沉。

这是我市经济、史学专家、作家，市物价局余耀华先生的新作。

再看看书架，还有他的两本书，一本是学术专著《中国价格史》，一本是长篇历史小说《大唐财相：刘晏》。

作为学者，余耀华先生凭一部经济史学巨著《中国价格史》，登上了领奖台。2005 年，中央政治局委员、国务院副总理曾培炎，在京西宾馆亲自给他颁奖。

作为作家，三年（2007—2009 年）出版两本长篇历史小说，不能不说是一个奇迹。

更令人惊叹的是，他的系列作品《这才是宋史》（一共五本），还在创作之中，出版社就迫不及待地同他签约。壹、贰两本完稿，叁、肆、伍本按约交稿。

走南闯北，阅人无数，很少见这样勤奋人。每天凌晨三四点钟，他就起床写作，长年累月，笔耕不断。

用两个字表述他这个人：博学；再用两个字表述他的创作：多产。

博学，来源于勤奋，多产，恐怕只能用"厚积薄发"来解释了。

长年研究历史，使他成为学识渊博的史学专家，别看他平时沉默寡言，甚至有些木讷，说起历史，却是口若悬河，真不知道他肚子里到底装了多少东西！

再看这本《千古第一相：管仲》，读起来，令人耳目一新。

中国的圣人是孔子，孔圣人心中有两个圣人，一个是周公，一个管仲。

管仲是我国春秋时期伟大的政治家、改革家、理财家，助齐桓公成为春秋首霸。他富国强兵的治国理念和理财思想，影响了中华民族几千年的历史，直到今天，仍然在发挥作用，将这样一位伟大人物挖掘出来，奉献給社会，实在是一件功德无量的事情。

《千古第一相：管仲》，具备了成为一部优秀作品的所有元素：书中描写战争，波澜壮阔；描写改革，气贯长虹；描写商战，如同抽丝剥茧；描写爱情，令人回味无穷；描写奸佞的嘴脸，惟妙惟肖；描写忠奸之斗，妙心动魄。缜密的构思，巧妙的布局，体现出一种大气、隽永的特点。

小说以细腻的笔调，流畅的语言，崭新的视角，为我们描绘了一卷春秋时期的历史画轴，刻画了一位伟大人物的艺术形象。一箭之仇、管鲍之交、十年树木、百年树人、老马识途，富民强国，仓廪足而知礼节，衣食足而知荣辱等脍炙人口的成语，都出自管仲的故事或言论。

余耀华先生是近年来迅速蹿红的作家，成为各家出版社争相追逐的对象。几家出版社向他约稿，他无暇承接。他在中国文坛首创了长篇历史小说"大宰相系列"，由湖北长江出版集团崇文书局策划包装，已经出版《大唐财相：刘晏》和《千古第一相：管仲》两部，《大唐诤相：魏征》《大唐贤相：房玄龄》两部即将出版；《这才是宋史》壹、贰、叁、肆、伍本由吉林出版集团时代文艺出版社策划包装，壹、贰两本将在北京书会上隆重推出。

余耀华先生的厚积薄发，应了中国一句古话：不鸣则已，一鸣惊人，不飞则已，一飞冲天！

曾经沧海难为水

—— 读余凤兰《一生一世一双人，半梦半醒半浮生：薛涛传》

盛世春光好，文坛雅事多。初春季节，在饭局上得知，以擅长中篇小说创作的女作家胡雪梅，她的《团头鲂》获《山花》双年奖。翻阅报纸，两位女作家的长篇小说在报纸的副刊上连载。一群后起之秀的女诗人已脱颖而出；女作家高志文一下子推出了三部长篇历史小说，这是罕见的丰收；另一位女作家余凤兰的长篇小说《一生一世一双人，半梦半醒半浮生：薛涛传》已经出版，这虽然不能说是阴盛阳衰，但也是鄂州文坛上的一段佳话。

《一生一世一双人，半梦半醒半浮生：薛涛传》是余凤兰创作的第一部长篇小说，在这部作品中，作者紧紧把握着人物、情节、环境三个要素，通过对女主人公的坎坷命运，出众的才华和凄美的爱情，刻画出一位令人爱慕又令人同情的女性形象。通过人物对话、心理活动和环境描写，多层次、多角度地展示了人物鲜明的个性。这部作品情节生动，注重环境描写，表现了典型环境中的典型性格，让薛涛这个人物栩栩如生地展现在读者面前。

诗歌在唐代已达到了登峰造极，诗人如天际的星星难以计数，但女诗人却屈指可数，上官婉儿、李冶、薛涛、鱼玄机是唐代的代表人物。《全唐诗》收录了48000多首诗，其中就有薛涛的81首，是女诗人之冠。史料载：薛涛曾刊印过一册《锦江集》，共五卷，录诗500余首，可惜的是作品都在兵火和岁月中湮没了。

在薛涛的生活中，除韦皋等封疆大吏外，所交往的大都是名噪文坛的著名诗人，王建、元稹、白居易、牛僧儒、令狐楚、裴度、张籍、刘禹锡、张祜、李德裕、杜牧等，皆是诗苑中炙手可热的人物。女诗人与元稹的一段姐弟恋，写的情真意切、缠绵而又有分寸。她在人生路途上虽然邂逅了意中人，但却失之交臂，终生未嫁。

这部作品文字简练、流畅，人物对话也符合各自身份。

我曾数次去过成都，还找到了薛涛井、薛涛坟，还买到了彩色的薛涛笺，女诗人曾在浅红色的薛涛笺上题过两句诗：

　　　　　　　欲问相思处，花开花落时。

　　花开让人欣喜，花落让人感伤。薛涛虽然已走了 1000 多年，但还在我们的视线之内，她在用她的诗歌，叙说着她与文朋诗友，以及所经历的11 个封疆大吏的事迹。这部小说向我们描述着西南的风土人情和当时的社会环境，让我们感到薛涛是一个真实的历史人物，也是一个有血有肉的艺术形象。

新意迭见的词传力作

——评周承水新作《黄庭坚词传》

周承水自 2014 年鸿篇巨制《长征演义》出版之后，他蛰伏四年，新年伊始又推出了新作《黄庭坚词传》。《词传》虽然只有 20 余万字，但内容丰富，新意迭出，给人思辨。读完全书，如品一壶老酒，唇齿留香。依我之见，至少有四点值得回味。

一是不拘陈说，发黄词之风骨。诗歌史家有"唐有李杜，宋有苏黄"之说，说的就是黄庭坚的诗与苏东坡的诗，与李白、杜甫为唐宋四个高峰。但是，对于黄庭坚的词，历来词评家褒贬不一，且贬多于褒，历代的词选本甚至不选黄庭坚的词，常人多以"艳歌"而诟病之，仿佛黄词全是"短歌宜舞小红裳""红裳剥尽看香肌"，词的境界不高。然而周承水并没有因袭陈说，人云亦云，他通过对宋史的潜心研究，对黄庭坚生平的坎坷以及对黄词背景的研究，得出了自己独特的结论："他的词，犹屈原的《离骚》、阮籍的《咏怀诗》、李白的《将进酒》，心中所想，都流入笔端，可谓文以性近，异代通心。他以诗为词，以词为诗。读他的词，可以怡情养性，可以诗接千载，可以徜徉山水，可以坐看云起，可观佛光流韵。"与传主所处的时代同频共振。作者并不是空泛的议论，而是通过"黄词"举例，阐述自己的观点，挑战陈说，微言大义，载道黄词风骨。

二是语言典雅，读来赏心悦目。如果说，作者《长征演义》的语言风格干净利落，那么，《词传》的语言风格则是典雅优美。我同作者是无话不谈的老朋友，作者所写的一些小品文章，我素来爱读，尤其是他所写的《鄂州赋》《鄂州园林赋》《鄂州西山赋》《滨江公园赋》《镜鉴清明赋》等，文辞古雅，韵味十足。《词传》的语言风格，既有赋的典雅，又富有哲思的元素，读来给人以时空的穿透力和思想启迪。如作者在第三章之《菩萨蛮》一节中的感悟："一个纯粹的文化人，他的阅读、思考或者写作，终究会回到一个清丽多姿、纯净和婉的文化空间里。黄庭坚的性格固然有些不合时宜，但诗人或者艺术家，大都禀性独特，不足为奇。他宛若一株兰花，固守君子之德，清高傲然，当那些不起眼的小花静静地绽放开来，我们能嗅到一股独特的清香，沁人心脾。"这样的感悟，与其说是评语，不如说是一段优美的散文诗。近几年来，作者一直致力于唐诗宋词的研读，种豆得瓜，与诗词对话久了，语言自然会"入乡随俗"，这也是《词传》语言典雅的重要原因。阅读《词传》，我似乎听到了作者穿越时空，与传主对话，同传主交流；也读出了黄庭坚骨子里的那颗"位卑未敢忘忧国"的赤子之心和家国情怀。爱因斯坦说：世界上美好的事物，应该是内容与形式的完美统一。《词传》在内容与形式上，可以说达到了完美统一。

三是以词说人，洞悉传主心路。作者在《词传》自序中说："本书的叙述，以词的眼睛去探寻，以词的视角去发现。从黄庭坚的180多首词折射的点而连接成线，用线而勾勒出面，使点具有经典性，线具有延续性，面具有代表性，通过点、线、面有机结合，再现了黄庭坚的梦想、追求、诗才、书艺、思想、观念，以及宦海的沉浮。"秉持这一理念，作者在《词传》谋篇布局时，从黄庭坚词作中摘取能反映传主各个时期的心路历程的十句词，作为十个篇章的标题；各章下的四个小节，从传主180多首词中选取代表不同时期、不同心路历程的词，作为全书每节的标题。纵观谋篇布局，可谓用心良苦。可以说，《词传》是一部苦心孤诣的厚重力作。比如说第二章"携手青云路稳，天声迤逦传呼"，再现了黄庭坚十年寒窗，进士及第后，填词《贺圣朝》一首，诠释传主微妙的心理变化。又比如说第十章"诸将说封侯，短笛长歌独倚椅"，深刻洞悉了黄庭坚晚年贬谪宜州时的磨难与旷达。心如止水、宠辱不惊的黄庭坚，立体般地走到了读者面前，给人以心灵的净化。

四是笃定乡愁，弘扬松风阁文化。在我的眼中，周承水不仅是一位关注现实社会的作家，也是一位在地方文史上造诣颇深的文史专家、乡愁作家。近几年来，他先后参与并编写了镜鉴清明廉政文化展、贺龙北伐军军部旧址红色文化展、西山黄庭坚松风阁文化装修方案等。而尤为令人感动的是，他为了发掘松风阁的文化底蕴，亲自到江西的修水拜谒黄庭坚纪念馆和黄庭坚故居，并收集了《黄庭坚全集》《黄庭坚书法全集》《黄庭坚研究论文集》等大量文献资料。2018年，他完成了鄂州市社科联下达的《鄂州西山黄庭坚松风阁文化研究与开发利用问题的思考》应用研究课题。读完这个课题，我发现作者在黄庭坚与松风阁文化的研究上，用功之深、发现之广、见解之新，治学态度严谨，令人感动。正因为如此，他策划的西山松风阁文化装修方案，才令人耳目一新。也正因为如此，作者给我们呈现了这部雅俗共赏的《黄庭坚词传》。在《词传》中，作者用一整节的篇幅，还原了黄庭坚流寓鄂州的一段岁月，填补了许多黄庭坚与西山松风阁文化的空白。倾注了作者对家乡的爱，对古城鄂州的爱。

20 多年前，我曾写过散文《松风遗韵》（发表在《散文》杂志上），但对黄庭坚的生平知之甚微。在《黄庭坚词传》一书中，我们不仅能读出黄庭坚的跌宕人生，更能品味出北宋的遗韵，历史的风云。

陆游曾说过："文章本天成，妙手偶得之。"从周承水新作《黄庭坚词传》笔墨间晕开的，是浑然天成的感情，不经修饰，自然流泻，其情可见。

梁湖瑰宝

——记麦秆画大师范文杰

　　水是生命之源。每当我欣赏范文杰先生的麦秆画时，便会想起管子说的一句话："水者何也？万物之本源也，诸生之宗室也。"

　　水在孕育生命的同时，也孕育了来自生活的艺术。

1

　　鄂州地处江南，湖泊众多。湖北省水域面积最大的梁子湖，碧波万顷，浩瀚若海，生活在梁子湖畔的范文杰，自幼受到湖水的滋养，湖风的洗礼，湖韵的陶冶，迸发出艺术灵感，创作出了一幅幅洋溢着浓郁水文化的麦秆画，被人誉为"楚天绝艺"，是艺苑中的瑰宝！

　　范文杰的工作室坐落在梁子湖畔，是一座充满水乡情调的仿古建筑，虽面积不大，但简朴、文雅。我去拜访他时，正值冬季，窗外寒风瑟瑟，室内却春意浓浓。

　　墙壁上挂满了一幅幅镶嵌在红木画框中的麦秆画：有在牛背上嬉戏的牧童，有撑着轻舟牧鸭的村姑，有背着娃娃撑着雨伞的渔家女儿《回娘家》，有在《细雨绵绵》中浣衣的渔家大嫂……这些作品描绘了人与水相亲、水与人和谐的美好意境，也是一种难以割舍的乡愁，让人如沐春风。

　　我一面品茶，一面听他讲述从艺的经历。

　　他自幼酷爱艺术，在无书可读的年代里，他从神童王冕画荷的故事中受到启发：家中没有纸和笔，他便以树枝为笔，以湖滩为纸，临摹湖中的荷叶、荷花。一位路过的小学老师慧眼识珠，让他利用抄写大字报的机会练习书法，利用办专刊的机会练习绘画。离开学校之后，他专心致志自修美术和书画艺术，还远赴湖北通山、浙江东阳和广东深圳等地拜师学艺。

　　改革东风为他的孜孜追求带来了人生机遇，他被湖北省工艺美术协会推荐到中国工艺美术高级研修班学习，并有机会得到韩美林大师和清华大学美术学院院长杨永善等艺术家的谆谆教诲，不但提高了艺术理论水平，也夯实了自己的艺术底蕴。他创作的麦秆画终于成为梁子湖畔的一张文化名片，曾先后30余次参加了全国和全省举办的工艺品展览。《中国工艺美术》《湖北日报》等多家媒体报道了他的艺术成就，与此同时，他还被授予湖北省工艺美术名人、湖北省民间工艺美术家等称号。2010年9月，时任国务院副总理的李克强视察鄂州峒山村时，观看了他的《牧童》《牧鸭》等麦秆画，并给予热情鼓励和高度评价……

2

我的家乡在山东，每当麦收后麦粒入仓，剩下的麦秆大都作为灶房的柴火或牧畜的饲料，也有人将麦秆铺在房顶以替代房瓦，还有人将麦秆编篮子、草帽等生活用品。我曾用过用麦秆编织的扇子，轻巧实用，既能遮阳，又可扇风。当我第一次看到麦秆画时，便会联想起"化腐朽为神奇"的成语。

麦秆画又称麦草画、麦烙画、麦秸画，其工艺起源于长江下游及中原地区，已有上千年的历史，现已成为一种传统艺术品，这种艺术品的原材料，就是广大农村司空见惯的小麦麦秆。

不过，将这些麦秆变成工艺品，要经过选料、设计和工艺制作三个阶段，而选料又是最关键的阶段。首先，需要种植专用的小麦，待小麦成熟后，要由人工进行收割，再将收割的麦秆进行选择，将合乎要求的麦秆进行浸水、剖开、压平、刨平、浸泡、防腐、蒸漂、上色、拼接等十分精细的工序，然后方可进入设计阶段，即构图、画图、图纸分解、制板等技术环节。最后才是制作，即将制成的拓片进行修剪、烫色、粘贴、拼装，最后装裱成一幅麦秆画作品。

每一幅麦秆画都要经过20余道加工流程，让每一根麦秆都经过高温、防腐处理，可抵御常见的虫蛀和潮气，使画面洁净、光亮，更能彰显麦秆的自然美感。

试想一下，一幅麦秆画要经过如此复杂而严格的工艺处理，需要付出多少汗水和心血！

好马还须配好鞍。一幅麦秆画完成之后，为了使作品达到形式与内容的完美统一，范文杰的目光盯在了"木中之王"的小叶紫檀和花梨木、酸枝木、鸡翅木等名贵实木上，将美轮美奂的麦秆画配上制作细腻的硬木画框，作品不但增强了美感，也兼备了收藏价值。

3

水文是一种美学。在一幅幅麦秆画前面徜徉，犹如在湖光帆影中漫步，作品因水得魂，借水言态，以水传情，藉水取韵，感到如梦如幻，美不胜收。

其中梦里水乡梁子湖系列的四幅作品，尤有水乡泽国的特色。第一幅是两尾摇尾摆鳍的武昌鱼，第二幅是两尾前后移动的鳜鱼，第三幅是两尾相互追逐的乌鳢，第四幅是两尾相连的鲤鱼在悠悠游弋。每幅作品都配的或荷花或荷叶或刚刚探出水面的花苞、嫩芽，赏心悦目。在《咏蛙吟》中，一只青蛙蹲在荷叶上，正在鼓腮凝视，似能听到满湖的蛙鸣之声；在《虾蟹趣》中，四只螃蟹遇到了六只游动的毛虾，毛虾的长须和一对前螯清晰可见，栩栩如生，好像随时都会从画面上跳下来。

在《田园牧歌》中，远景是点点归帆的湖水，中景是炊烟袅袅的村庄，近景是位老农牵着一头黄牛正走在田埂上，两个儿童骑在牛背上，其中一个扛着钓鱼竿，鱼竿上还挂着一只鱼篓，画面上有一种人与自然的和谐之美。

最令人惊叹的是一幅《渔歌》的意境：一只小船在湖面上缓缓而行，一女子站在船艄划着双桨，一男子站在船头正奋力将渔网撒向前方，他手中还拿着一根网绳，人物形象十分传神；更令人叫绝的是即将抛在空中的渔网，渔网上面的网眼都清晰可见，这正是麦秆画的精妙所在。

墙上的一件书法作品，又让我见识了这位工艺美术家的造诣。作品是临摹书圣王羲之《兰亭序》的四条屏。王氏的行书"飘花浮云，矫若惊龙"，是书坛上的登峰造极之作，书法功底深厚。范文杰以笔临摹这种作品不难，难就难在每个字都是由麦秆剪成的。此序中有7个"不"字和20个"之"字，字字不同又字字独到！

他告诉我，为了创作这幅作品，他先后反复临摹了100多遍《兰亭序》。

古罗马的哲人辛尼加曾经说过：生命短促，艺术千古。梁子湖畔的这朵艺术之花，将在时代的大潮中越开越绚丽。

艺术不老　青春常驻

——记剪纸大师曹小琴

我刚走进雷山之畔的曹小琴工作室，就分明感到一种浓郁的艺术气息扑面而来。室内简约、素雅，墙壁上挂满了不同题材的雕花剪纸作品，如表现楚文化的《荆楚吉祥》《凤舞九天》《赛龙舟》等作品，也有反映民间风俗的《过大年》系列传统作品，让人目不应暇。

这位文静而略显腼腆的女性剪纸艺术家，因勤奋好学且成绩斐然，35岁时已被湖北省人民政府授予"湖北省工艺美术大师"称号，曾先后获全省"屈原文艺奖""人才奖"，被省文联列入"中青年专家人才库"，还被湖北省授予"文艺志愿者""岗位荆楚雷锋"；市政府授予她"十大杰出青年提名奖""享受市政府津贴"等诸多荣誉称号。当问起这些荣誉时，她十分低调，只是淡淡一笑。她说她出生在农村，自小就喜爱画画。读小学时，看到床单上的牡丹花，便立即找来纸笔临摹下来。读师范时，她跟着老师学习雕塑，开始接触到了剪纸。参加工作后，受鄂州雕花剪纸这块沃土的培养，不断向本土剪纸艺术家学习。在一次全国剪纸展览会上，她有幸结识了中国剪纸大师华月秀、高凤莲、杨兆群等多位艺术家，虚心向她们求教。渐渐掌握了剪纸的更多的技法，也更加热爱剪纸这一艺术形式。

起源于农耕社会的剪纸艺术，是民间艺人创造出来的艺术品种。早在汉唐时代，就有使用金银箔或彩帛剪成方胜（传统装饰纹样的一种，由两个菱形相套，取同心吉祥之意），花鸟贴在鬓角为饰的风尚。后来逐步发展，每逢节日便使用剪纸作为馈赠，贴在窗户上称窗花，贴在门楣上叫门签，已成习俗。由于剪纸构图单纯，造型洗练，线条明快，黑白分明，是广大群众喜闻乐见的艺术形式。

曹小琴剪纸艺术的一个显著特点，是从传承型民间剪纸向创新型现代剪纸发展，并结合雕花工艺，吸收各种传统文化的精华，以艺术家的智慧和灵巧的剪刀，使作品更为丰满、柔和、明快，将诗情画意的美感与剪纸的装饰性融为一体，既可欣赏，又有实用价值，剪出的人物、花卉、鸟兽、鱼虫都栩栩如生，画面上充满了活力。

一幅题为《家在龙脉上》的雕花剪纸，引起了我的浓厚兴趣：作品中有三个人物：父亲在田间耕耘，母亲在灶房做饭，一个顽童双手端碗给父亲送来了茶水。人物周围有玉米、果树以及小鸟、牛、龙等形象，各种美好寓意包含其中：玉米代表金玉满堂，柿子代表事事如意，牡丹象征富贵，龙脉寄托着对美好生活的向往，画面温馨和谐，是一种回忆，也寄托了作者心中的乡愁。这件作品已在第十四届中国工艺美术大师作品大赛中获奖。

随着"一带一路"的开拓，中华文明已跨进了一个崭新的时空。习近平总书记在北京文艺座谈会上的讲话和李克强总理在两代会上的政府工作报告中，都强调中国文艺要走出去，以提升中国文化的国际影响力，向世界展示我国改革开放的崭新景象和中国人民创新、进取的精神面貌。去年2月，曹小琴受国家文化部和湖北省文化厅的邀请，参加了"荆楚文化走韩国"活动。她创作的富含中国文化特色的作品《中国风》，受到了观众的一致好评，并被我国驻韩国大使馆收藏。

被列入世界非遗名录的鄂州雕花剪纸传承人曹小琴，今年5月，再次受邀前往老挝参加文化交流。她先后在老挝国立大学和老挝国立美术学院，为美术、雕塑、印刷、民间艺术、宣传设计等5个专业共120余名大学生，进行剪纸艺术培训79课时。她教这些异国的学生们如何使用剪刀，还手把手的教他们如何剪出月牙纹、波浪纹、锯齿纹、橄榄枝纹等剪纸语言，以及如何剪出人物和动植物的形象等基本功。培训结业时，校方举办了一次学生的剪纸作品展览，共展出360余件作品。其内容和构图没有一件是雷同的！使这些没有接触过剪纸艺术的大学生们，第一次有了老挝特色的雕花剪纸艺术作品。

在展览会上，老挝新闻文化旅游部部长和资源矿产部部长等老挝官员参观了展览。老挝的《人民报》和老挝唯一的一家英文报纸《万象时报》的记者，对她做了专访，还专版刊登了学生们的剪纸作品。

有一段曹小琴与一位老挝大学生的对话：

问：你喜欢中国剪纸吗？
答：喜欢。
问：我回国以后，你还会继续热爱剪纸吗？

答：我会把剪纸当成我一生的事业来做，我永远都不会放弃中国剪纸，要让老挝也有自己的特色的剪纸。

这是两个民族，两种文化的交流。

曹小琴在老挝传播中国传统文化期间，还认真观察了老挝的大象特征：长鼻、大耳、粗腿、体形特大；大象的动态：站立、行走、勾鼻、戏水，以及大象背上的彩色的饰物。她根据这些特征，创作了一幅《万象吉祥》（50×80）的作品：画面上有九只不同形态的大象和中国的牡丹花，中间是一条河，两岸的大象昂首相望，河流象征交流，大象代表和平、吉祥。图案中还融进了老挝的国花占芭花、香蕉树等老挝文化元素。她将作品送给两位部长时，会场上响起了热烈的掌声。

艺无止境。为了提高剪纸艺术的感染力，曹小琴不断大胆探索。她以手中的刻刀，临摹了王羲之的《兰亭序》，一丝不苟地还原了这件书法作品的飘逸、遒美、劲健、潇洒，令人叹为观止。她还将剪纸和景德镇的瓷器工艺相结合，将《中国风》两件作品制成了精美的摆件，釉色温润若玉，图案鲜艳夺目，置于案头，可令室内增色，馈赠友人，能传递文化信息。

临别时我问她，今后有什么创作打算时，她朝窗外望了望，笑着说道：她想剪出一群别样的凤凰，献给这座美丽的城市！

窗外是蓝天白云和万里长江，亚洲最大的货运航空港即将在这里拔地而起，一只接一只的凤凰将在天际翱翔。这座古城已焕发了新的青春。

绽放的艺术之花

——记布贴画大师李立志

　　去武汉参加楚商年会时，一走进万达广场的大厅，就看到墙壁上挂着一幅《问鼎》的布贴画：一个壮实的汉子，腰披兽皮，赤着双脚站在大地上，一双大手高高地举着一尊方形的铜鼎！人物形象和泛着绿绣的铜鼎，弥漫着一种浓郁的楚文化风韵。

　　有人告诉我，这件作品出自湖北省工艺美术大师李立志之手。

　　这幅布贴画让我想起了中国历史博物馆中那尊巨大的"后母戊"青铜鼎。我不知道画面上的男子举着的是否就是周代的那尊铜鼎，但我分明感受到了一种浑厚的历史感，因为这是中华文明的延续和发展。这也正如高尔基所洗："艺术的生命，比个人的生命更为久远。"

　　布贴画，原名为"宫廷补绣"，也叫工艺品布贴画、布堆画、布摞画、拨花等，是用不同面料和不同形状，色彩、纹理的碎布，经过剪、撕、粘等剪贴而成，也是一种传统的民间贴补工艺。在农村，常能见到的布贴画，多是妇女利用不同颜色的碎布，剪贴成虎头、花卉以及各种图案，缀在孩童们的衣帽和鞋子上。也有的将寓意美好的图案绣在青年男女的枕头上。这种来自民间的布贴画，由于极具地方特色，接地气，所以深受人们的喜爱。

　　被评为"湖北省民间工艺技能传承大师"的李立志，就是这一领域的佼佼者。他的人生经历，就是一幅虽色彩缤纷但也浸透着甜酸苦辣的布贴画。

　　李立志出生在鄂州市华容镇，那里有一方青石，上面刻着"花容月貌"四个大字，是一个十分美丽的地方。他的祖父、父亲都是当地的艺人，他们以绘画中堂、雕刻床头纹饰和书写楹联为业。他自幼受到家庭的熏陶，除了喜爱诗词歌斌以外，还苦练书法艺术。随着年龄的增长，他反复临摹中国画的山水、人物、花鸟等绘画技法，这为他投身工艺美术创作奠定了基础。不到 20 岁，他就成了华容刺绣厂的一名技工。为了深造自己，他报考了厦门工艺美术学院并被录取，学习服装设计专业。毕业时，他以

200多种边角布料创作了一幅《京剧脸谱》，获得了毕业设计奖，并以专业第二名的成绩毕业。校方希望他能留校任教，但他婉言谢绝了母校的好意，毅然回到了华容刺绣厂，从事工艺设计工作，并被任命为技术厂长。

正当他率领全厂职工攀登新的技术高峰时，不料企业突然倒闭，他只好和其他职工一样，下岗了。

逆境，是对艺术家的最好也是最严峻的考验。于是，他开始了对布贴画长达10年的苦苦追求。他独自"闭关"，从设计布贴画的图案、颜色、配料、修剪，到最后一针一线的刺绣，他都亲力亲为，其中的艰辛，只有他自己知道。

没有工资，没有收入，没有社保，爱人也没有工作，但他追求艺术的初心不改。由于缺乏资金购置布料，他将姐姐出嫁时压箱底的缎子剪成了长条，创作出一幅《凤还巢》。作品虽然获得了成功，但心中却有着难以诉说的愧疚。

还有一次，他去武汉购置原材料，跑遍了整条汉正街，选好布料时，最后一班汽车已经开走了。他毫不犹豫地扛着上百斤重的布料，从武汉步行回华容，不想路上又遇到了倾盆大雨！他冒着大雨走了整整一夜，当他到达家门口时，连迈过门槛的力气都没有了！不过，他利用这批布料，创作出的《门神》《十二生肖》获得了国家专利。清华大学的一位教授看了他的作品后，十分激动，愿意出高价买走一幅作品的初版。

在鄂州市博物馆里，有李立志的一间临时办公室，那里简直就是一座民俗展览馆！里面除了存放着他的一些布贴画，还收藏了4000余幅民间刺绣和370多种木匠工具，以及民间木雕、纹样、器皿、家具、古迹等上万件杂件。其中，明代的四件木雕工艺品做工精细、色泽鲜艳，极为珍贵，这为他的创作提供了直接借鉴。

李立志的设计、创作的布贴画，已有300多个品种，每个品种都有各自的特点，其中一幅《哼哈二将》的布贴画。高约120厘米，宽约60厘米。画面上的人物醒目而精致。这是他将数百块碎布拼集起来，又经过600余道工艺处理，耗费了上百个日日夜夜才完成的。就是这幅作品，让他获得了"中国民间工艺美术山花奖"的银奖和2013年"湖北省工艺美术精品展"的金奖。在2014年全国工艺美术大师作品大奖赛上，他的布贴长卷《十二生肖》获得了"百花奖"金奖；2016年他被授予"中国工艺美术典型人物"，系全省唯一。

布贴画，是凭借艺术家的双手，将创作灵感展现在画面上，其工艺十分繁杂。创作一幅布贴画，首先要设计图案，再将图案描到塑料绘图纸上，尔后，用针刺出图案，被针刺过的塑料绘图纸上便留下了密密麻麻的针孔，然后，再用塑料涂抹绘图纸。颜料透过这些针孔印在布料上，再按照布料上的涂料印记，剪出所需的图案。剪出图案后，粘贴到另一张布料上，用电熨斗烫平，最后一道工序才是刺绣，完成刺绣后，一幅布贴画就创作出来了。

艺术之美来源于生活，李立志从传统书法、国画、剪纸、木刻、雕塑和油画、水彩画中汲取养分，又融入了传统的民间工艺，于是，他的作品成为一幅幅精美绝伦的立体画。

李立志的布贴画有一个鲜明的特点：画面上有版画的粗犷、遒劲，油画的绚丽、厚重，水彩画的酣畅、淋漓，更兼有中国画的纯真、含蓄，既有"下里巴人"之美，又有"阳春白雪"之秀；既有美学价值、历史价值、文化价值，又有欣赏和收藏价值，深受人们喜爱。他创作的《问鼎》，已走进了李嘉诚的客厅，一幅惟妙惟肖的《十二生肖》，已成为文人雅士们的收藏品。在科威特人的家庭中，能看到李立志的《门神》，在一些国家驻华的使馆中，能看到李立志的《京剧脸谱》……

这无疑印证了一个真理：越是民族的，就越是世界的。

青春寄语

——贺鄂州大学三十华诞

1

有哲人说，一所高等学府是一座城市的骄傲。

鄂州大学，即是鄂州市的骄傲。

我敬重这所大学，理由之一是，这所大学里有众多为教育事业献身的师长们，他们是大学里的精英，这正如西汉人杨雄所言："务学不如务求师。师者，人之模范。"理由之二是，这所大学培养了一批优秀人才，他们是社会的中坚。

美国学者杜威说："教育是人类文明的传承。"此言不虚。

2

年少时，我对高等学府有一种难以言表的敬畏，我家住在山东大学（坐落在青岛大学路）附近，早就听说过蔡元培、梁实秋、胡适、闻一多、老舍、臧克家、沈从文等人的名字和轶事，也羡慕校园里的那些莘莘学子，但却无缘走进那所德国建筑风格的院校。

半个世纪之前，人生航船阴差阳错地将我载到了江南的这座古城，当时的洋澜湖一带尚是野湖水泽。曾几何时，一所高等学府拔地而起，校舍宽敞明亮，环境优雅秀美，这里成了鄂州市新的亮点和新的文化元素，我见证了这段历史。

3

暮年，我又走进鄂州大学，还一度被聘为客座教授，因而结识了大学的一些师长们，他们的人品学问令我受益匪浅。

有一天，我参加了一次毕业论文点评。在对一位同学撰写的琼瑶作品进行评价时，我在肯定了论文的同时，也对社会上崇拜和炒作及她的作品有过微词。后来发现，我的审美观难以融入青年学子的审美理念，方知自己已经老矣，已经落伍了！

4

"青春之文明，奋斗之文明也，与境遇奋斗，与时代奋斗，与经验奋斗。故青年者，人生之王，人生之春，人生之华也。"（李大钊语）

愿鄂州大学的学子们牢记一句话：人无两度青春。

值鄂州大学建校三十华诞之际，祈愿这所高等学府的芳草常绿，嘉树含芳，青春永驻。

后 记

　　《幽兰若故人》收录的短文，大都是在报刊上发表的旧作。还有不少作品因收藏不善而散失了，成了一种难以弥补的遗憾。

　　我虽然早就有了电脑，有人也教过我如何开机、打字、连接、保存等操作程序，但往往是今天学会了，明天就忘了，只好半途而废，成为跟不上时代潮流的落伍者！

　　由于我一直坚持笔写，困难虽然很多，但先后得到过胡念征、刘露露、李彩华、刘磊芳、黄梅、李爱晖、罗琼敏、袁巍、蓝凤、盛清华、彭祖贻、陈艳、庞良君、刘国安、阳康、夏阳、杨武凤、陈枭、良菩、董晓平、刘磊芳等众多朋友的支持和帮助。他们将我写在纸上的每篇文字，打印成电子稿。虽然手稿上的文字不多，但因我经常将简体字和繁体字混合使用，且字迹潦草，不易辨认，费事耗神地打印出来之后，还须经我修改、校对数遍之后才能定稿！

　　余凤兰老师利用繁忙教学的空隙，帮我收集、挑选、整理了全部书稿，又按作品的不同内容，分类编辑成册，并帮我发往了出版方。

　　在拙作出版之际，我向支持帮助我的朋友们，一并表示真挚的感谢！因为没有你们，也就没有今天的《幽兰若故人》。

2020 年农历四月初八

于青岛印象畔